心里满了，就从口中溢出

从故乡开始

三十岁以后的
写作课

何大草　主编

何大草写作工坊的同学们　著

SPM
南方传媒　广东人民出版社
·广州·

图书在版编目（CIP）数据

三十岁以后的写作课：从故乡开始 / 何大草主编；何大草写作工坊的同学们
著 . 一广州：广东人民出版社，2024.7
ISBN 978-7-218-17548-5

Ⅰ.①三… Ⅱ.①何… ②何… Ⅲ.①小说集—中国—当代
Ⅳ.①I247

中国国家版本馆 CIP 数据核字（2024）第 085722 号

SANSHI SUI YIHOU DE XIEZUOKE: CONG GUXIANG KAISHI

三十岁以后的写作课：从故乡开始

何大草　主编　何大草写作工坊的同学们　著　　版权所有　翻印必究

出 版 人：肖风华

责任编辑：李幼萍　熊　英
特约编辑：许东尧
责任校对：李伟为
装帧设计：裴雷思
责任技编：吴彦斌

出版发行：广东人民出版社
地　　址：广州市越秀区大沙头四马路 10 号（邮政编码：510199）
电　　话：（020）85716809（总编室）
传　　真：（020）83289585
网　　址：http://www.gdpph.com
印　　刷：广东鹏腾宇文化创新有限公司
开　　本：889mm×1240mm　1/32
印　　张：9.125　**字　　数：**200 千
版　　次：2024 年 7 月第 1 版
印　　次：2024 年 7 月第 1 次印刷
定　　价：58.00 元

如发现印装质量问题，影响阅读，请与出版社（020-85716849）联系调换。
售书热线：020-87716172

写作是一个动词

序《三十岁以后的写作课：从故乡开始》

何大草

游老师和我

我在二十四中念高一时，课间休息，与游开智先生操场相遇。他问我："今后想做个什么人？"

我说："当老师。"

他脸上浮出点笑意，但不是欣慰。"不是真话吧？"语气中，有疑惑，甚或轻微的嘲讽。

游先生是我最敬重的语文老师，民国年间的川大毕业生，已近六十岁，体胖、气色红润。上课时，能扣住一篇课文，口若悬河，出入古今，跑出去很远了，轻轻一句话又收了回来。他带佛相，很和蔼，但眼珠子偶尔一瞪，教室立刻清静，所有人小心翼翼望着他。我就读的是理科快一班，俗称火箭班，而同学们最喜欢的，却是他的语文课，且个个爱上了写作文。

我的意愿，就是要当他那样的老师。但他不相信。

高考刚恢复两年，社会、校园都洋溢着活力，人们嘴边念叨的，是"攻书""攻关""科学的春天"。但师道尊严已被践踏了十年，老师们还没完全喘过气，我却想到了要当老师。

我回答游先生："我说的是真话。"游先生又是怎么回应我的，已忘了。

我念大四时，二十岁，从川大（望江校区）步行走过九眼桥，赶公交车，再转车，去地质学院内一个高考补习班教历史。每周四节课，每节课两元钱，教完了一学期。这是我的第一份工作。

一九九八年底，我辞了报馆，从市中心去了东郊狮子山，在一所大学里教书。

时常有朋友问："你教什么呢？"

我说："写作。"

"写作，这能教吗？人们都说，写作不能教，中文系培养不出作家。"

"那要看谁来教。"

回答挺自信。而其实，我基本上是个谦虚的人。

我那年三十六岁，已在《人民文学》刊登了小说处女作，发表了《衣冠似雪》《如梦令》等中短篇，出版了一部小说集，还有一本长篇小说刚写完了一半。成果不多，但自忖也是作家了。我告诉自己，站在讲台上，也要以作家的姿态来讲课，而非一个专职老师，或一个学者。

我不用统一的教材。我开设的课程中，有一门叫作"影响小说的小说"，讲稿后来陆续发表，最终收进了我的散文集。还曾经用一整个学期，与学生细读《呼兰河传》。读得之慢，到期末才读完了两三章。有一天我把自用的《呼兰河传》忘在了讲台上，回家后寝食难安。每一页的天头地脚，累积着我逐年手写的评注，密密麻麻。只好打电话求助于学生。学生次晨早起，去教室帮我捡了回来。

我还编过一本阅读教材，《二十个经典和一篇习作》。习作的作者钟富娟，是我的学生，也可称之为高徒。她在大三时创作的《文纯良说书》，乃万余字虚构小说，民国小城叙事，全文发表在《红岩》杂志上。

这本教材的序言，是我撰写的，标题为："写作就是一门手艺"。

燕总来信

熊燕是我的好朋友，她和姐姐熊英共创的樱园，既是餐厅、民宿，也是知名的人文大客厅。

有个冬天的下午，我和中茂兄开车到东郊荷塘月色溜达。天色灰暗，吹着小北风，枯荷败柳，人迹寥寥。但，隔着荷塘，有两个穿袍子的女子提桶而行，一个戴帽，一个系了围巾，颇像走在唐传奇或《水浒传》的插图中。

这正是熊氏姐妹。桶中盛满的，是烈性的高粱酒。她们的荷塘樱园，就开在附近。那天算是正式的相识，我们一起吃了什么、聊了什么，都不大记得了。印象却是清晰的，姐妹俩都是才女，心性高、品位高，且行动能力强，想好一件事，说做就做。

五年前，燕总组了个团，带几位朋友去日本旅行。在东京偶遇了谷崎润一郎的出生地，在伊豆拜谒过井上靖的墓。访川端康成的旧家，但不对外，略感扫兴。就提早回和式旅馆喝茶，看书，思考。思考到半夜，想到要开一个写作班。承蒙她的信任，选择的合作者是我。她给我发了一条私信，征求意见。

我很快就回复了，说，很好啊。

我在与人合作上，不是个很爽快的人。之所以没犹豫就答应，首先一点，是对燕总的信任。她是英语专业八级，人类学硕士，而又深度爱文学，还能管理好樱园。能管理好樱园，就能管理好写作班。

另一点，是我喜欢教写作。我已在大学教了多年，相信写作可以教，也能教好。我还想在更小的范围内，践行、深耕这一个理念。

翻开文学史，自学成才的作家非常之多。

但二战后，从创意写作专业毕业的名作家，我们也可随口说出一长串：弗兰纳里·奥康纳、雷蒙德·卡佛、伊恩·麦克尤恩，以及获得诺奖的石黑一雄。

汪曾祺写过很多篇文章，说自己的写作受益于沈从文开设的写作课。

工坊与实战

写作班正式命名为：樱园何大草写作工坊。燕总是工坊的缔造者和校长。

工坊，是为了突出写作是一门手艺。习得手艺的有效方法之一，是师父带徒弟。这就像学木匠的作坊，也有点像武馆，一斧、一刀、一拳、一脚，全来实的，不玩虚招。弟子之间重在切磋，师父既要点评，也要示范。

招收的学员，以十五人为限。每期六次课，每两周一次，周六上课。一期结束了，就放假，各自工作、生活、云游、阅读，或不辍于收集素材、持续写作，带着问题，再回到下一期的课堂。

雷蒙德·卡佛在《约翰·加德纳：作为老师的作家》一文中，回忆到：学生的习作要让加德纳满意，得在一个学期内修改十遍。他相信修改，无止境的修改。他删改学生的习作，并让学生相信，这些删改是不能讨价还价的。他还跟学生讨论习作中的逗号，好像那个时候别的什么都没有逗号重要。他爱说："我在这儿除了教你们怎样写作，还要告诉你们该读谁的作品。"当然，他也会鼓励和表扬，但总的来说，他是个强势的老师。

我想到了另一个强势的教练，电影《百万美元宝贝》中，伊斯特伍德饰演的弗兰基，倔强的老家伙。他收下女弟子时，这样说：如果我收下你，你不能说话，不能问问题，不能问为什么，除了"遵命，弗兰基"之外，什么也不能说。我会忘记你是女孩的事实，如果受伤了别跑来哭。我会教你怎么打拳击，把牙齿打掉我也不在乎。就是这样，这是唯一的办法。

我以为，传授手艺的师父，也许是应该这么强势的。

不过，这不是我的风格。

我发现了优点或进步，从不吝啬于赞赏。批评，也是坦率的，但更谨慎、委婉些。一次错误的批评，不仅是无效的，而且伤害可能是深远的。

我在大学任教时，鼓励学生写童年—故乡。有次上课，请了位同学读她的习作。她有点犹豫，同桌就站起来，替她读了。文字朴实，有丰富的细节，我也给予了表扬。但那位女生却哭了。她说，以前上高中时写作文，老师总是批评她，写得没感情、不抒情，从此她就害怕写东西。我说，你的感情都在细节中，这是更高明的抒情。

这位女生毕业后，是否还在写作，我不知道。她如果教语文，可能是位不错的老师。她的文字、她掌握的标准，应该已超越了她从前的老师。

何为标准？

文学的魅力之一，在于杂色斑斓。风格样式，可以千变万化。

但作品的优劣，仍有可判断的标准。一道数学题，只有一个正确的答案。文学似乎不是这样的。而我以为，正是这样。或者说，几乎就是这样。

无论怎么写，基本原则都是：过度抒情、滥情，不是好的；堆砌形容词，不是好的；冗长、啰唆、乏味的描述，以及议论淹没了形象，也不是好的，即便这议论看似多么深刻。

好的作品，情感应该节制，要让细节充分呈现，以白描让人物、环境历历在目。这几条原则是门槛，也是梁柱，最基本的，也是最高的。违反了它们，即便是文学史上的所谓经典之作，其经典地位也是可以商榷的。

譬如朱自清先生，他的《背影》今天来读，依然是动人的。但《荷塘月色》出现在中学教材中，则可能是一个误导。请看这一段：

> 曲曲折折的荷塘上面，弥望的是田田的叶子。叶子出水很高，像亭亭的舞女的裙。层层的叶子中间，零星地点缀着些白花，有袅娜地开着的，有羞涩地打着朵儿的；正如一粒粒的明珠，又如碧天里的星星，又如刚出浴的美人。微风过处，送来缕缕清香，仿佛远处高楼上渺茫的歌声似的。这时候叶子与花也有一丝的颤动，像闪电般，霎时传过荷塘的那边去了。叶子本是肩并肩密密地挨着，这便宛然有了一道凝碧的波痕。叶子底下是脉脉的流水，遮住了，不能见一些颜色；而叶子却更见风致了。

寥寥两百字中，嵌入了：田田、亭亭、袅娜、羞涩、明珠、星星、美人、缕缕清香、渺茫、凝碧、脉脉、风致……然而，看不见任何一片荷叶的样子。朱自清先生的荷叶，不是荷叶，全是形容词。

优美是一个陷阱。《荷塘月色》的瑕疵，就是它太优美了，由形容词堆砌的优美。

再譬如郁达夫先生，他的为文、为人，对后世影响都大，堪称一代大家。但他的名作《故都的秋》，出现在中学、大学教材中，频繁地被阐释、学习、效仿，我以为是不对的。

这是一篇大作，写得很全面，也很抒情，间杂着滔滔议论。但缺乏细节，即便有几句，也看不出北平的唯一性。倘若把"故都"换成西安、太原、济南、开封、洛阳……但凡是北方古城，都差不多。一个熟练的写作者，即便不去北平，多数也能写成这样子，甚至更好。

与之相反的例子，可以举出周作人先生的《乌篷船》：小题小作，每个角度、每个细节都是绍兴的风物和气息。

世上没有相同的两棵树，人没有两片相同的手掌。写一个地方、一个人，应该写出差异性。萧红的《呼兰河传》，控制住乡愁，用平静的行文，白描的文字，细腻地写出了小城的街巷，街上的药店、卖馒头的老头，严冬让大地和手背都裂开了口子。小狗被冻得哽哽叫了一夜，像爪子被火烧着了。驮马在雪原上驰奔，汗水淋漓，进了栈房，汗停了，马毛却立刻上了霜。

她已去世半个多世纪，我的故乡和呼兰也相距甚远。但一打开《呼兰河传》，就能让人在这座东北小县城沉溺，这是一颗经纬交织，复杂、精细的星球。

"眼高手低"是个贬义词。我则以为，对学写作的人，正应该如此。不怕手低，手低可以练。怕的是心气不高，标准弄错了。

起步的早和晚

学习音乐，尤其是器乐演奏，欲有较大的作为，须有童子功，五六岁就得起步了。

学习写作，则不是这样，任何年龄都是正好的时候。即便有好的童子功，一旦放下，也就放下了。而起步晚的人，一旦上手，专注于此，也能不断提升，直到把佳作呈现给世人。

我儿子从七岁识字起，喜欢阅读、造句、写观察日记。八岁多时，写了一篇《考级》，被老师推荐，变成铅字发表了。但他没有在写作这条路上继续走。较为清晰、准确的文字能力，使他至今受益。但从根本上说，他的职业与文学无关，属于放下了，也就再见了。

而另一个例子恰好相反。一个叫作秀英奶奶的农妇，只念过一年半小学，六十岁后，开始写自然笔记、农事笔记等。六十八岁时出版了一本书，《胡麻的天空》。文字实在，也朴拙有趣，书是好书，这件事也算一个奇迹。

比这个奇迹更大的，是英国的佩内洛普·菲茨杰拉德。她毕业于牛津，但受丈夫（有人戏称他为渣男）所累，六十岁才开始文学创作。此后，她出版了九部长篇小说，并获得过布克奖。

可见得，写作的起步，不仅与年龄无关，也与学历无关，仅仅有关于坚持，持之以恒。学一艺，坚持三年，必有成效。换句话说，不到三年，基本无效。而外国人的说法是：一万小时定律。

同学们

这个标题也可改为"一个一个同学"。因为，他们是个体的，很有个性的，相互的差别大。说到共性，头一个共性，是进入写作工坊时，大多数都在三十岁以上，年龄最大的，只比我小一岁。

他们有丰富的阅历，即便比我年轻二十多岁的同学，人生可能也比我跌宕起伏。譬如一位女同学，生长于川滇交界的群山深处，十八岁在攀枝花的公交车上做售票员，穿着高跟鞋，一手抓紧售票盒，一手跟逃票的小混混干仗，而车窗外就是咆哮的金沙江。听她用家常语调讲职业生涯的小插曲，我眼里有神往和崇拜。现在，这位女同学是一家女装品牌的法人代表。

有评论家叹息，今天作家开出的履历，太像是白领、公务员了，苍白。说得有道理。但写作工坊的同学，不是这样的，每个人都有自己的传奇。他们对社会的介入、认识，比我深。

在上课的三小时里，我是他们的老师。下了课，他们都可以做我的"社会学导师"。

人生阅历，是写作者的第一素材。他们虽然起步迟了点，但在阅历上，却持有明显的优势，是存储了巨额素材的富人。

教材

市面上能买到的写作教材，我都不会采用。

帕特里夏·海史密斯出版过一本谈写作的小册子。但，她在序言中劈头就是一句话："要想说明如何写出一本成功的——也就是好看的——书，几乎是不可能的。"那她为何还要写呢？赚钱。出版公司预付了可观的稿酬，因为她写的书，好读也很好卖，《卡罗尔》《天才雷普利》堪称杰作，畅销了几十年。

作为类似题材的小说，我以为《卡罗尔》比小说《断背山》更为细腻和紧张、有力。各自改编的电影，则都可入围经典之列。而两个电影版的《天才雷普利》，主演分别为阿兰·德龙、马特·达蒙，配称妖魅、黑暗、悬疑和暴力的极致。

费笔墨说了一通海史密斯，我是想表达，优秀作家的好小说，才是真正的教科书：成功的秘密，就藏在作品中。

跳过作品，直接去读写作手册，读得烂熟了，最多也就读成一个王语嫣，啥都知道，就是不会打。

第一堂课，我要求把事情写清楚。清楚，包含着准确和精炼。还要把概念、概括、符号，分解为具体可感的小细节。

我带去了秀英奶奶的《胡麻的天空》，分享了其中的《黄河》，尤其是它的前几个小段落。黄河，是个巨大的题目，她却写得又小、又琐碎，讲了几件她与黄河之间的小事情，譬如，在一个冬天的下午，和父亲小心翼翼，一步步挪过结冰的黄河，去对岸看望生病的

11

外婆。寥寥几笔，画出了一幅苍凉、动人的风土场面。

此后，我们逐渐去接近更有高度和难度的作品，汪曾祺、萧红、沈从文、鲁迅，以及《红楼梦》。精微阅读，比文本细读还要细。约翰·加德纳和学生讨论逗号，我们也讨论逗号、句号、省略号，还要在名家名作中用放大镜找瑕疵，譬如，汪曾祺的《陈小手》《大淖记事》的最后一小段，是否画蛇添足，也许删了更好点？

纳博科夫的写作课，有这样一个重要教义："风格和结构是一部书的精华，伟大的思想不过是空洞的废话。"

我同意他的话，但我更乐于这样的表达：做文学的理想主义者，做写作的实用主义者。

实用，也就是实战，把花拳绣腿涤荡一空。

童年—故乡

写作是一个动词。所有的阅读，都是为了写作而用的。

实用高于无用。无用之用，放在哲学上是很有趣的。放在写作上？暂且放到一边吧。

同学们在精微阅读的同时，已开始了自己的写作。

有朋友表示过担忧：同一个老师指导下的学生，作品会不会很同质化？我也读到过几篇文章，对写作班、写作专业、写作工坊都有类似的质疑，甚至断言如此培养的学生，其创作可能跟流水线作业差不多。

也许，别处是有这样的情况。但我们的写作工坊，并不如此。或者说，恰好相反吧。同学们作品中呈现的差异性，很让我欣喜和欣慰。

屋顶上的樱园是工坊所在地，像一个码头，让来自五湖四海的同学，汇聚于此。同处一城，无论新、老成都人，都多少染上了相似的色彩，爱喝茶、爱川菜、爱摆龙门阵，喜欢坦率但又温和、幽默的表达，等等。但稍往深处看，则人人个性迥异。再深究到骨子里，这迥异的个性，源自各个不同的童年、家庭背景、故乡的风土。

人的一辈子就像一棵树，童年—故乡是根须和土地。

同学们的故乡，大致散落在这个巨大三角形的范围内：由黑龙江呼兰、四川攀枝花、新疆乌鲁木齐三点构成，边长各为三千七百公里、三千四百公里和四千公里。各自的故乡，隔着群山、峡谷、宽河、漫漫广野，不同水土、方言，养育出不同的童年。把童年—故乡写好了，就写好了盘根错节的土地和世态人情。

海史密斯说，"每个人都与旁人不同，正如笔迹和指纹所证明的那样……写作无非就是个体表达自己与他人的差异而已"。

写好故乡的标志之一，就是别人读来，确确切切是一方异乡。

我从一开始到现在，也包含着今后，都鼓励同学们写童年—故乡。可以说，这是初级的、入门的，但写到高点，也就成了传世的经典，譬如不朽的《呼兰河传》、长销不衰的《城南旧事》，以及大器晚成的《受戒》。国外的例子，有奈保尔的《米格尔街》，是他的成名作，也是被阅读最多的代表作。马尔克斯《百年孤独》的舞台马孔多，原型即他的童年故乡，海滨小镇阿拉卡塔卡。

写作的过程是艰辛的，也是有滋有味的。要把过程和滋味写下来，至少需要一万字。此处省去一万字：我想独享，我想秘不示人。更有说服力的理由是，读者有如在果园流连的客人，一抬头，能看见果子就好了。

这本书是同学们写作的第一批成熟果实。收入书中的十二篇佳作，都是以自己的童年或少年记忆为素材创作的。往事已了，人已长大，风物也大不像从前了，但十二篇作品中，仍倔强地、浓烈地释放着从前的气味。这是缅怀，也是隔着时间的重新审视，旧事物和文字一起，有可能获得永久的生命力。

序言写到这儿，该结束了。但我还想再啰唆一小段。

纳博科夫在回忆他的写作课时，这样说道："我的教学方法妨碍我与学生之间的真正接触。他们最多不过是在考试时还给我一些我的思想。"复杂、遗憾之情，可以让人明显感受得到。我读过他著名的《文学讲稿》《俄罗斯文学讲稿》，很有才华、见识以及非他莫属的偏见，我虽不完全认同，却也欣赏。但是，这样的讲义，可能培养不出作家来：它们属于鉴赏和评论，不是实战术。他的讲课，是一种高度自信的输出，不允许质疑。譬如，有学生反驳他对陀思妥耶夫斯基的贬低，期末就被回敬了一个不及格。

我在工坊的课堂上，则鼓励质疑、反质疑。校长、老师、同学们之间，来来回回、无拘束的交流，加深了彼此的接触。同学们不时冒出来的新念头、新的表达，会带给我若干的启发。

他们在生气勃勃地成长，我在衰年变法中成长。两种成长，一个指向高处，一个指向远处。

壬寅岁尾至癸卯年初

写于青城山下—温江江浦

何大草，故乡阆中千佛，1962年生于成都少城。1979—1983年，就读于四川大学历史系。出版有长篇小说《隐武者》《春山》《拳》《刀子和刀子》、小说集《贡米巷27号的回忆》、散文集《记忆的尽头》等。曾就职于《成都日报》、四川师范大学中文系。现任樱园何大草写作工坊指导老师。

目录

I

春生

瑞晶

春生

梁子家的院墙倒了。没有马车撞着,没有人推,连风都没吹,大白天的就垮了。

开春了,别人家都把堆在前后院的雪拉到村外的大地里,他家等着化。雪化一点,泥墙浸湿一点,白天化一寸,晚上又冻上半寸。终于有一天化得多了,原本立得硬挺的墙也跟着一起坍了。

梁子爸年年开春补墙豁,墙又年年再豁。

雪,化得差不多了。只有背阴的地方还能看得到几条白道儿。没有雪的西河沿上,只有沾着雪水的黑土和枯黄的干草叶子。河里的冰也变成了灰色,薄的地方已经化成一汪灰蓝的水。晚上还是会下雪，不像冬天里的那样飘飘洒洒，而是湿答答、黏糊糊地倒了一地。这雪也是不用扫的，太阳一晃就化了。

虽然摘了帽子手套，棉袄棉裤还是脱不得的。小孩儿出去疯跑一阵回来，背上全是汗。不知是久未洗澡，还是滚进了草叶子，只觉得从脖颈到后背都很痒，走着走着东扭西蹭，忍不住就反背过手去抠两下，弯腰拱背的，就像西岗公园里的歪脖子老榆树。实在够不着，就像骡子一样在门框上蹭几下，汗消了也就忘了。

也有受不了、忍不过的时候。得把线衣脱了翻过来细细找一遍，再让奶奶挠几下，重新穿回才算好。奶奶一边挠，一边说："春长喽……都说春天里的小孩儿和小树、小草一样往高里蹿，长得太快了，皮紧了，绷得痒。"奶奶把抖过的棉袄递过来，又说，"跟你爷一个样，后背沾不得半点痒。"

爷爷喜爱挠背，而且无论春夏秋冬，他的背好像特别爱痒。每天晚上都叫我帮挠，他斜坐在炕沿上，我跪在他后面，先从右边肩胛骨下缘开始，再向上向左，除了右下腰那个拳头大小的疤瘌，其他地方都细细地挠几遍。我一边挠着，一边听爷爷讲以前的事儿，听着听着手就停了，爷爷也不管，还是讲着，直到我眼皮子打架。

一天下午，我跪在炕桌边写字，二唤翻墙进来喊我："快走，西河沿跑冰排了。"

我蹦下炕，还没穿上鞋，就被奶奶喊住了。家里是不许我去河沿的，只有端午节和元宵节，才能和大人一起去。夏天我曾趁家里没人时跑去过，却也不敢像其他孩子一样下河游泳，只是站在河沿上，帮他们守着衣服。现在春耕还没开始，大人们都闲在家里，想跑出去可没那么容易。见我半天没动静，二唤甩开两条差色的裤腿跑了，一条裤腿是旧军装改的，另一条深蓝带橘花，刷子辫直愣愣地在她耳边支着。

看二唤跑远了，我蹭去厨房找吃的。奶奶正在做饭，从坛子里拿出萝卜缨子，抖掉上面的粗盐粒，凉水冲洗了，和豆腐一起炖。盐渍了几个月的叶子，在锅里竟也是绿油油的，一锅青白分明，在这青黄不接的苦春里算得上是美味。

奶奶递给我半截胡萝卜。咬一口，也还甜，一点不脆。

天还是不见暖，这些菜却都变了样。没吃完的冬储白菜和大葱，一下子变得蔫头耷脑，叶子全都干黄了。要是在那放几天再切开看，里面竟发出了新的黄芽。这菜是没人再吃的。不管是土豆长了芽、萝卜发了叶，还是白菜冒了薹，人统统都是不吃的，也不拿来喂猪，很嫌弃地直接倒在河沟里、粪堆上，就算只能天天啃咸菜疙瘩。

没什么菜可吃，只能吃些去年秋天晾下的干茄皮、豆角丝。这些干菜又是极喜油的，而杀年猪的肉早就吃完了。炖完干菜的锅里面一大圈白。

我家的下厢房里还有两坛猪油，油底下埋着肥肉。加上爷爷三天两头磨豆子，用豆渣加上盐渍芹菜叶一起炒，并没有觉得苦春有多苦。倒是，常见大娘婶子们，雪化了就开始上山找野菜，小半天下来也没啥收获，篮子里几棵歪头的小根蒜。

说是春天了，远远看着大地里泛着点绿，走过去细看尽是枯草，不见绿苗。那些小苗一个比一个藏得深，谁也不肯先出来。杨树和柳树看着变色了，也都寻不见新芽。除非折根柳枝，能看到树皮下面泛着黄绿，这时候的柳枝也没那么好折了，像皮条子一样难扯断。

白天好像长了一点，家家户户还是早早地关上院门。

夜晚，我跪在炕上给爷爷挠背，爷爷给我讲跑冰排的故事。他说跑冰排的声音轰隆隆像打雷，像火车过。他还看见过一匹白马，被冰排冲着向下游奔去。我躺在炕上听到西河沿传来一阵隆隆声，冰面鼓了，冰块冲着冰块向下游怒奔而去。

也不知道是哪天，听见了燕子叫。棉袄是真的穿不住了。

也就几天没出门，丁香的叶子都长了半寸长，细细的青紫色。掐下来一叶，真苦。

孩子们吹着柳条皮做的哨子，有的声音尖细，有的粗闷，那是因为柳条的粗细不同。我也跑去折柳枝，选一段光滑青皮，握在手里，左右手反向一拧，树皮就脱骨了，拿小刀割下来一截，再轻轻地把哨口处的老皮刮掉一层，这样吹起来更响。

柳哨声响过几天，就真的把春吹醒了。春耕拖拉机黑天白日地叫，直叫到老杨树的白絮四处飞扬，地里也见了青苗。地里忙碌的人，是我的家人和伙伴。

梁子

接连二十多天没有下雨，每天都是白晃晃的大太阳。早上三点钟就下地干活，到晌午地里、道上不见人影，连狗都躲在蔫头耷脑的柳树下伸着长舌头哈哈地喘气。

大人们都午睡去了，我从后窗户看到梁子坐在他家的院墙上，就翻窗户跳了出去。昨天晚上我们约好一起去西河沿抓蛤蟆。

梁子家住我家后院。他是家里的老五，也是唯一的男孩儿，没听人叫过他的大名，姓梁人家的儿子，就都叫他梁子。我的小名叫王孩儿，就是姓王人家的女儿。梁子的三姐和我，还有二唤整天一起玩。梁子多数时间都跟着他三姐。他不多说话、不讨厌，就像尾巴一样跟着，我们也习惯了一群女生里有个他。

见了我，梁子从墙头上跳下来，趿拉着布鞋。

"你三姐呢？"我问。

"我妈让她剁猪食。"他一边拿起旁边的竹竿，一边说。

我俩并排朝村外走，因为住得靠近村西，穿过两三户人家就到了头。再穿过一片柳条林，就看到西河沿了。

我又问："昨天那些蛤蟆在这边稻田里抓的？"

他用牙撕着下嘴唇的干皮，从鼻子里哼"嗯呢"。然后，给我指了指西南方向的稻田，"那边地里可多了"。

爬上河坝，河里没什么水。有些地方露出的泥晒得一片片翻卷着，我俩踩着干了的河床，到了西岸。这边是一大片稻田，我们村和隔壁村的连在一起，站在河沿上看不到边。再往西南方向就是一片乱坟岗，村里死的人都埋在那里，我从来没去过。

我们这个村子，东高西低。西头常年积水，也叫洼地。稻田、鱼塘都在西头，只是有一条河隔着，除了下地干活的大人们，小孩儿一般不过河。像今年这样能直接走过河还是头一回。

爬上河沿，听到远近都有突突突的拖拉机声音，在抽地下水浇稻田。梁子走在前头，我跟在后边。他领我走在田埂上，猫着腰东边看看西边瞅瞅，走几步，他停下了，示意我别出声。见他拿起竹竿，使劲儿向一株稻苗根儿上戳过去，一只绿背黑条的蛤蟆就被串在了竹竿上，大白肚皮向上翻起。他举起时我才看清，竹竿的头上用细铁丝绑住了一根自行车轮的辐条，磨得溜尖。梁子把蛤蟆取下来递给我，我不敢拿，他转身从田埂边的稗子上拔了几根草秆，从蛤蟆的下颌穿过，再绕成一个草圈，又递给我。我紧紧地捏着，胳膊支得老长。边往前走边抓，很快就一大串了。

我一边走，一边用胳膊抹脸上的汗。梁子的后脖子上沾了泥，有汗淌下来，在脖颈的地方冲出了几条小沟。我跟在他后面，看着稻田里泛着白花花的光。

他忽然停下了，我撞上了他后背。"地上好像有个东西。"

顺着他指的方向，看到田埂上有只羊趴在那儿，细看只有羊头和撕烂的羊皮，连着些肉沾着血，块儿大大小小的，有的浸在水里，有的裹在泥里。旁边扔着四截带泥的羊蹄子。吓得我赶紧往后躲，差点儿滑下田埂掉进水里。梁子猫腰往前凑一步："这是被啥咬死的？"

我扔下手里的草绳掉头就跑。耳边全是呱呱呱的蛤蟆叫和抽水拖拉机的突突声。

一口气跑过河，坐在河沿上，梁子说："那羊八成是有人偷的，拖到这边给杀了。回去别和家里的说咱看着了。"我点点头。我俩一边甩着脚上的泥，一边往家走。

吃过晚饭，我想找梁子三姐玩儿，站在院墙上冲着后院喊。他家院里有两条大黑狗，我不敢直接去。

村里的路本来就窄，再加上临近村头，走的人少，长了杂草、堆了粪堆，我们两家中间就像没路一样。

他家本来是连着脊的四间房，梁子家住东边两间，西边两间是梁子的九叔家。后来九叔一家要搬到县城去，本想把两间房卖给梁子家，结果因为价钱没谈好，九叔一气之下把两间房拆了，梁子家的房就变成了一半，西边的山墙用几根木头顶着加固，从我家里看过去就像带着船桨的船，又像条破了肚子露出刺的鱼。

喊了半天，梁子终于出来了。他把狗吆喝进屋里，我才翻过墙跳进他家院子。

每次去他家都不容易，虽然我们两家是前后院的邻居，但是他家开后门我家开前门，大人们都是从"井"字形的村道绕过去，小孩懒得走，就翻墙头。第二个不容易是他家散养的两条大黑狗，特别凶，除了家里人其他都不认，必须喊出人来看住狗才能进院子。

梁子家的两间房，正面偏西开门，进屋是厨房，后面隔出一半，给四个姑娘住。东边一大间，既当客厅，也是梁子和他爸妈的卧室。这间屋子里，除了靠南一铺炕和靠东边的一排木头柜子，没有别的东西了。

而靠北边的屋地竟然有一个土豆窖，占了半个屋地的窖顶上面铺着木板，走在上面咚咚响，正中是木条子钉的小方格出入口。我看梁子妈进去过，一米七多的她站在里面刚刚露出头。我们小孩能跳下去，想要爬上来必须用梯子。他家这个窖里也没有放土豆，只有一些杂物。我们经常躲到窖里去玩儿，里面可凉快了。

村里每家都有一个窖，挖在院子角，上窄下宽的一个深坑，上面仅留一米大小的洞口，挖到两三米深之后开始向四面加宽，直到像一间房那么大，总深度大概有五六米，形状像一个长嘴的气球。这个窖冬天用来储存过冬的土豆、萝卜之类，也把一些怕热又怕冻的咸菜放在里面。到了夏天，窖就成了冰箱，摘下来的黄瓜、洋柿子，买来的甜瓜和西瓜，都放在柳条筐里，用根绳吊着放到窖里，把绳子的一头绑在横在窖门口的木棍上，想吃的时候，拉着绳子向上拽，拿出来的瓜果冰冰凉还带着水珠。但是，窖却被规定为小孩儿的禁地。只有梁子家的这个可以随便进出。

　　梁子站在小屋里，见我进了东屋，才把两条黑狗放回院子里。

　　进屋闻到一股肉香。梁子爸盘腿坐在炕桌边，一边喝酒，一边说："王孩儿，来尝尝羊头肉。"梁子也进屋了，坐在炕边一声不吭地吃饭，梁子爸继续让："来、来、来，羊头肉。"我看到靠北墙边的地下，还放着四个羊蹄子。

　　我没吭声，靠门框站了一会儿，和梁子三姐说："帮我看狗，我回家等你。"三姐没有动，梁子跑出去了。梁子妈一边端饭，一边说："一定是她爷爷教的，别人家吃饭不能看着。"我走出去没有翻墙，磨磨蹭蹭绕到正门回家了。

　　后面几天，我没再去梁子家，他们也没来找我玩儿。除了跟爷爷写毛笔字，剩下的时间都是我一个人去菜园里摘马兰花、捉蜻蜓。

　　过了大半个月的一天早上，我爸跑回来说："后院梁子爸死了。"家人都去帮忙了。我站在后窗台上，看到他家的门上拴了白色的纸花，听到了一片哭声，也看到梁子头上披着拖地的白麻布，扛着灵头幡走在一队人的前面，往西南那片坟地去。

村里的人都在传说，梁子爸是得了鼠疫死的。咋得了鼠疫呢？是因为吃了从耗子洞里挖的黄豆。也有人说是因为喝了假酒中毒死的，几天传出一个说法。每天都在谈论，却从没人说过他们家的五个孩子和梁子妈怎么样，我也没有看到过梁子他们出门。奶奶摘了园子里的菜送过去，有时也送点鸡蛋。我要跟着一起去，被她撵了回来。奶奶回来后什么都不说，只是叹着气。

那年暑假快结束时，我要和爸妈搬到县城了。

搬家的前一天下了场大雨，村道上尽是水洼和稀泥。靠近院墙的地方零星垫了几块砖头，要想走过去，只有在一块块不连着的砖头上跳，就像蛤蟆从这片荷叶跳到那片荷叶。

搬家车陷在泥地里出不来，拖拉机的烟囱冒着乌黑的烟，突突突地咆哮，却怎么也挣脱不了。邻居们都过来帮忙，有人拿铁锹挖土，有人拿黄豆秆垫在车轮下。装了一车家具杂物的重载车，却在泥坑里越陷越深，我爸只得去村东头找别人家的拖拉机来拖拽。我站在路边，看着新买的球鞋上沾满了泥。

一只小黑狗被放进了我怀里，我抬头看到了梁子，他鼻翼两侧又干又红。

他说："这是大黑生的，你抱去一只。"我抱着小狗，低头摸着它的耳朵，小狗舔我的手心。

"你看它眼睛上边还有两个黄点呢。"梁子说。

"给它取的啥名？"我问。

9

"你给取一个吧。"梁子吸了吸鼻子。

车被拖出来了，我妈喊我上车。

走了两步，我问梁子："你三姐呢？"

"在家剁猪食。"说完，梁子就跳到旁边一块砖头上，从这块跳到那块，一块块地跳远了。

二唤

高一暑假，回到村里就听说二唤订婚了。我把书包往炕上一扔，翻墙去了东院。

二唤在井边压水，背对着我，手臂和身子都随着井把起伏。身上穿的还是去年那件橘色带黑格子的短袖。低马尾绑在后脑勺，半尺长的头发铺满了肩膀，黑硬地支棱着。

"二唤！"

听到我喊，她飞快地别过头。右手还压着井把，左手扶着水桶提梁，猫着腰，目光穿过膀子，从短袖衫的边上擦过。又转过去，左手一拎，把水桶从井口提下，放在井台上，在大腿边抹了把手，眯眼冲我笑，说："放假了！"

声音还是沙哑的。我点点头，看到她额头光溜溜的，没有了以前的齐刘海儿和两根刷子辫，头发顺着耳廓拢在脑后。皮肤有些黑，脸蛋上竟然透着点粉。

"等我会儿，把牛饮了就完事儿。"边说边提起水桶，斜着身子往牛棚走。我也跟着她往牛棚去。走几步，就得小跑才跟得上她。虽走得飞快，水桶却四平八稳，满桶水一点儿没洒，甚至水面连点波纹都没有。到了牛棚，她一手提桶梁一手扣桶底，往水槽倒去，"哗——"刚好满槽。顺手把水桶挂在旁边的门框上，拉起我朝院外走。

出了院门左转朝西，一条土道直通村口。太阳将落未落，村口的几棵老柳树，被火烧云映得满头金黄。往前走几步，道南是我家，道北是梁子家。

路过小关哥家门口，见着他正在扫院子，冲我喊："妹子回来啦！"我笑着应声。"下晌和阎三儿去抬了鱼，他在屋里炸呢！一会儿给你端过来。"我刚想客气两句，二唤接过话说："那我也要。"小关哥嘿嘿笑着说："你得自己进屋端。"

二唤红着脸挽起我走了。再往西走过三家，到了村头，穿过那片柳树林子，到了河边。

小时候，我和二唤放学就往河边跑。这条河是呼兰河的小支流，从北流向南，到南壶口汇入呼兰河，最终流入松花江。我们不知道它的源头在哪里，一定是我们站在河坝上也看不到的地方。也不知道那里的地名，都叫那里河北。

为了浇灌稻田和给鱼塘引水，河堤上每隔百来米挖一道引水入田的小沟渠，沟渠在河坝的口子上有水泥闸门。闸门修得方方正正，正中间吊着块大铁板，据说在汛期可以放下去，堵住下边的水泥涵洞口，这样稻田就不会被淹了。我们却从来没见哪块铁板放下去过，一块块锈死在闸门框上，有些上面还被人写了字、画了画，好像这就是西南乱坟岗的墓碑。

灰白的盐碱地，经过整天的暴晒，裂开无数口子，交织着铺满地面。薄层土皮皲裂翻卷，像刮掉的鱼鳞，踩在上面嚓嚓响。我俩都没有说话，一前一后猫腰攀上土坝，脱了鞋，坐在闸门的水泥台子上。

河水不深，很浑，黄灰色，看不到底。我俩都知道河底是黑黄淤泥，因为二唤曾经下去过。

那是刚上小学没几天，放学后我们又跑到河边玩。采了会儿野花，捉了会儿蛐蛐，相互追赶着到了河坝。也像现在这样坐在水泥台上，摇晃着脚试图踢到河水。可怎么用力，也踢不到水。二唤使劲一甩脚，红色塑料凉鞋嗖地飞了出去，啪嗒一声掉到了河中，打着旋儿沉入到浑黄的水里，看不见了。她没犹豫的，也跟着跳了下去。河水漫过了腰，她在水里摸了几下，又转身朝前走。一歪，河水就没过了肩膀，眼看就要淹过脖子。我被吓哭了，跺着脚喊她快上来。

二唤也蒙了，紧闭着嘴巴，瞪大了眼睛，伸着脖子僵在河水里。半晌，慢慢地往河沿挪。终于靠近岸边，我把她拉上来。我俩满身稀泥，不敢回家。

挨到了西天边从紫色变成深蓝，村里陆续掌灯了，才摸回家。二唤光着脚丫子，提着剩下的那只红凉鞋。晚上我听到二唤妈骂到半夜，还有二唤的闷哭声。

第二天，见她一只脚穿着红色塑料凉鞋，另一只脚穿了半旧黑懒汉布鞋，梗着脖子一甩书包，走我前面去了。

我和二唤同年同月出生，只差了十来天。

二唤满月那天，她奶奶特意去村东头的小卖店，买了两瓶玉泉二曲，拎到村西北的吴大神家。据说是给二唤批八字，也问问吴大神，这明明算的是个儿子，咋就生了一个闺女呢？

吴大神点了香、敬了酒，坐在炕头闭眼算了一阵，说这一胎本来是个双胎，有一儿一女，怀到一半，那个儿子就死在腹中，化成一堆血水。这个闺女命太硬了，自己活下来了不说，还把那一堆血水给吃了。这种事二唤奶奶闻所未闻，又不敢说没有这等事。吴大神眯眼扫了眼二唤奶奶说："女怕初一，男怕十五。这孩子命硬啊！生生相克，本命太强。"

二唤奶奶听着慌了神，问吴大神想个法子。

吴大神又说，好在生的时辰还不错，是个吃苦耐劳的，倒也能让人依靠。等到孩子百天的时候，过来破个"关"就顺了。走出了房门，二唤奶奶想起那两瓶四块五的二曲酒，又倒回去，把我的八字也一起给算了。

满百天，已进了腊月。过了腊八，家家户户忙年，也没人记得有没有去给二唤"破关"了。她奶奶给她取了"二唤"这个名字，说是她生下来就像个儿子，哭得嗓门粗、声音大，一天到晚叫唤。大家伙儿都说她是想唤来个孙子。有人说是"唤"，也有人说是想"换"。

上了小学，语文老师说"二唤"这名字太土，不文明，给她改叫"阿唤"，我们还是叫她二唤，一是真的改不了口，再是叫"阿"

和"二"也听不出来区别，叫啥她都不会应声的。你喊她，她直接过来。

二唤奶奶还给她做了两条腿不一样的裤子，一条裤腿是拆的旧军裤，另一条裤腿用的是深蓝色带橘色和黄色小花的棉布，村里人管这种裤子叫"差腿裤"，穿上这种裤子的用意，就是下一胎来个不一样的。

二唤爸是独生子，那年月独生子稀罕。谁家都想人丁兴旺，过年贴的对联里都少不了"人畜两旺"的字眼儿。当年二唤奶奶生了她爸后再没有生养，现在最大的愿望就是抱上孙子。不知道是二唤的名字，还是她的差腿裤起了作用，二唤三岁那年，家里添了个弟弟，取名叫"小双"。这孩子常挂着鼻涕，每年开春鼻子和嘴角一片红烂。梁子妈说是冬天给捂太多了，也劝过二唤奶奶别再让小双睡炕头。可小双依旧年年烂鼻子、坏嘴角。

有了弟弟的二唤还是常穿差腿裤，上学了也还穿。经常有一帮大大小小的男生，围着二唤笑话她的差腿裤。二唤没哭过鼻子，抢起军挎书包就打。她下手狠，被装着书本的书包打着一下，也是不轻，一片大呼小叫哄闹着跑了。

二唤梗着脖子，把书包甩到肩上，走了。两条刷子辫支棱在耳朵边，刘海儿上全是汗。

刘海儿是她妈扣着碗剪的。洗完头发趁湿，倒扣个二大面碗在头顶上，贴着碗沿中间一剪刀，两边各一下，就剪完了。许是她家的碗小了，二唤的刘海儿始终在发际线和眉毛中间，又粗又硬地向前支着，像个小小的遮雨帘子，显得她的眼睛更大了，双眼皮也更深更宽。

初中二年级时，她忽然就不来上学了。老师让我去她家找找她，二唤只说自己不想念书了。

倒是听二唤妈说，二唤爸这个民办老师，原本一个月还有几百块钱的工资，现在取消民办老师了，二唤爸考了几次公办老师，都考不上。几百块的工资也没了，明年小双也要上初中了，家里供不起，也缺劳力。大姐一听说，就开始哭，说自个想上学，家里不能重男轻女，只供小双不供她。二唤没作声，小双继续绑他的冰爬犁。

二唤再也没和我一起上学，她在家帮着做农活。我后来去了县城上高中。

我和二唤并排坐在水泥台上，勾着脚，免得沾湿。堤坝高，没有树，能看到很远很远的天边，看着红日慢慢落下，变成金色。稻田是金色的，河水是金色的，柳树是金色的，互相看一眼，我俩的鼻子尖儿都是金色。

我侧头问："你真的要嫁给阎三儿？"

"他家同意先订婚，过两年再结婚。"

"可是，阎三儿家……"

同村的阎三儿，比我们大两三岁。照村邻的辈分，我们叫他"三叔"。上有两个哥哥都务农，农闲时打打鱼、套套鸟。只有他喜好鼓捣车，会开车也会修车，村里谁家打稻子的发动机、抽水的柴油泵、孩子上学骑的自行车坏了，都喊他帮忙修。一喊就去，也不多说。洗得雪白的衬衫蹭上油，也笑呵呵地说没事儿。

阎三儿平日里和小关哥走得最近，长年住在小关哥家。夏天能见着他和小关哥在院子里光着膀子洗脸，扑棱得脸盆四周一圈的水。还见过他俩搬个旧收音机在院子里拆来拆去，没几天就听着他们院子里传来音乐声。小关哥做的木箱，加上阎三儿拆下来的零件，竟成了一个大音响，还带着彩灯，一闪一闪的。

　　他爸叫阎彪，村里人却叫他阎老虎，家里祖辈打野味，到阎老虎这会儿，狼和狍子不让打了，黑瞎子早没有了，兔子野鸡都打不着了。他就专门打黄皮子（就是黄鼠狼），也倒卖些兔皮、狐狸皮、水獭皮。

　　阎老虎打没人敢打、没人敢问的黄皮子，在村里也是桩奇事。

　　远近村里住着无数个大仙儿、二神，他们供的都是黄大仙，村人有个大病小灾、家事不顺、小猪跳圈跑了什么的，也爱去找大仙儿给掐算掐算，多多少少对黄大仙还是宁可信其有的。不管信的、不信的，也都不去招惹黄皮子，所以这一带黄皮子多。特别是西南乱坟岗最多，据说它们专门在坟上打洞，还干什么没人知道。那片坟岗因为有了它们在，也更让人心里发毛。

　　多年来，跳大神在这一带极为兴盛。而阎老虎就在大仙儿、二神的眼皮子底下，打了他们的黄大仙卖皮子。大家伙儿心里有些忌讳，却又不敢谈论，连二唤妈这个大喇叭也不谈论。不是怕阎老虎听了去，是怕被大仙儿们算了去。

　　据最神的吴大神掐算，阎老虎做尽杀伤害理的事儿，必定绝户（没儿子）。

　　可是，阎老虎家里却接二连三地生了三个儿子。

阎老虎贩卖皮草，加上头脑灵光，也会弄一些村里没有的稀罕货回来卖。没几年，他家盖起了村里第一所全砖房。大三间红砖房，洋铁皮的房盖闪闪发亮，只是没啥人去过他家，听说他家屋里常年有股子骚味儿，而且半夜有哭声。

阎老虎没有绝户，黄皮子也没有打光，大仙儿继续跳着神，阎老虎还给大儿子从外县娶回了个漂亮媳妇，转年儿媳妇大了肚子，眼看要抱孙子。

看着人家越过越好，大伙儿多少在心里有些犯嘀咕。就在这时出事儿了。

大儿媳妇肚子里的孩子忽然就没了，没人知道原因。她没黑天、没白日地哭了几天，人就疯了。扎两个羊角辫戴着红花，穿着结婚的红棉袄四处跑。有时候还边跑边脱衣服。

阎老虎带去省城里看了几回，不见好。

家里人一商量，卖了几张皮子，买了红布、白酒、黄纸、高香，又在鸡架里捉了只大红公鸡，去找吴大神。

吴大神在阎老虎家跳了三晚上的神，全村人都早早吃了晚饭，跑过去看。我也央求爷爷带我去，开始爷爷还说跳神没啥好看的，后来受不了我软磨硬泡，带我去了。

屋地正中间，儿媳妇由两个婆子拉着，坐在大红漆板凳上。阎老虎和大儿子跪在炕上，耷拉着脑袋，嗯嗯地点头。吴大神摇头晃脑，从头发到脚后跟都在抖，一会儿坐下噗噗地喷气，一会儿跳上板凳，一会儿又在地上像蛇一样扭，还有几个二神在边上，敲皮鼓唱神调，哎哎呀呀听不清。

吴大神在烛火上点了一张画了符的黄纸，把纸灰冲进酒碗里，让婆子给儿媳妇灌下去。儿媳妇不肯喝，婆子在边上劝："这是治病。"又跑上来几个人，抓了儿媳妇的手，吴大神把一根穿了黑线的针从她的中指穿了过去。儿媳妇也没有大叫，只闷哼了两声，就没动静了。

　　从大人们弯腰扭身的缝里，我看到儿媳妇的头上蒙着红布，前胸被汗和酒打湿了，露出的脖子上一片乌青。我以为她死了，吓得不敢看，也不敢在他家院子里站，拽着爷爷走了。

　　跳神后的儿媳妇没死，也不跑了。成天在家里睡，据说是好了。第二年夏天又怀孕了，生了个小子。只是再没见儿媳妇和谁说过话。

　　阎老虎也听了吴大神的话，不再打黄皮子了，做起了收粮的生意。家里买了拖拉机、收割机，还有一辆东风卡玛斯，阎三儿专门负责开着卡玛斯收粮、跑货。

　　日子过殷实的阎老虎成了吴大神家的常客，三天两头提着酒去找吴大神。

　　最近，又听吴大神说，他家阎三儿要在二十岁前订婚，还得找个本命强劲，不易受到刑克的人。阎老虎听得边点头边皱起了眉。这吴大神说得有道理是有道理，"可这样的媳妇去哪儿找呢？"阎老虎走在街上寻思，回家躺炕上也在琢磨，远了的不知根不知底，近了的还真难找。这个事儿成了阎老虎的心病，走道的时候都耷拉个脑袋，好像地上能冒出来个儿媳妇一样。

　　这天，阎老虎从吴大神家喝了酒出来，低头背着手往家走，碰上了放牛回来的二唤。

二唤喊了他一声："阎老爷，您老吃了没？"

阎老虎听到二唤这公鸭嗓，再抬起头看了又看，就跟捡着金子一样："哎、哎，二唤啊！吃了吃了……二唤啊！好、好、好。"

他倒回吴大神家，到掌灯才回。

隔天，来了媒人到二唤家。二唤爸把拿来的烟酒都给扔了出去，二唤妈去捡了回来。

二唤也没说啥，去梁子家住了两晚上，回来同意了这门亲事。只说有两个条件：第一，阎老虎出钱让二唤去县城念两年的中专，毕业前只订婚不结婚；第二，不买首饰不过彩礼，也不要房子，结婚时要现钱二十万。

阎老虎眼没眨一下答应了。

天边火烧云从金变红再到紫，快要被深蓝吞没了。二唤拽起我往回走。

"梁子妈和我唠了两宿，她说我没技术、没上过学的，到城里打工也只能做些出苦力的活，再几年回来还是要嫁人，还不如自己先想清楚咋过这辈子。"

我不知道该说些啥，跟着她往回走。下了河坝，二唤停住了，侧身让我走前面，"从小你就不敢走后面，我敢。"

转年开春，街上有提筐卖婆婆丁和小根蒜的了。我又回村里。家家户户在春忙，冬储的大蒜辫子，干得唰唰响。扒开蒜垛，拧下蒜头，掰开蒜瓣，满屋飞的蒜皮子沾到了头发上、围裙上，拍也拍不净，整个春天里飞的都是白絮，过不了几天就满天的杨树毛子，可谁也顾不了那么多。

　　二唤和一群姑娘们，坐车到县城里买衣服去了，因为就要换春装了，她也会给自己买花花绿绿的缎子被面吧。

2022 年 10 月 10 日

　　瑞晶，出生在黑龙江省呼兰河边的一座小城。少年入川，再回乡已多是"儿童相见不相识"。故乡的河水、火烧云还是原来的样子，却总觉得那不是我的了，我想要回去的是我记忆中、我笔下的那个呼兰河。

雷老爷

王稚春

小八沁下来一百米的山梁上，住着雷老爷。

雷老爷爱捡菌子，但只捡鸡枞。其他的杂菌他也会看一眼，有毒的一脚踩个稀烂，就像为民除害。

背后山的阴面，在山脚下有一块凹地，叫小八沁，是背后山的入山口，这里有十来株山茶，开粉色单瓣花，不香。唯独路口有株白茶，高高一树白花开得重重叠叠，也是单瓣，但更软瓤，白得有些透，风把茶花香送得很远。

雷老爷有地理优势，鸡还没叫，他挎着背篼就进山了。

太阳刚升起，我跟伙伴们就爬到了小八沁，大家都想早一点进山。才到小八沁，就遇上了出山的雷老爷。他短衣短裤，外面披一

21

件油纸马褂，透明得有些泛黄。脚上一双绿胶鞋，湿漉漉的，走一步，扑哧冒着气泡。腰上挂着他的撬棍，木头做的，尖头削得锋利，把手上刻出一个环形凹槽，系在布带子上面，布带另一端拴在裤腰上，撬棍上的黄泥巴是新鲜的，带着湿土气。

早上山里雾重，他满脸的络腮胡挂着水气，有力地支棱开。短寸头，浓黑的眉毛斜起往上长，有几分像张飞。一双小眼睛圆鼓鼓地张着，永远不知疲惫的样子。牙齿像锉过一样整齐，白生生的两颗大门牙，一笑就透着精神。人们说他牙口钢硬，像老虎，送他外号"雷老虎"。到我们一群娃娃这里，就成了雷老爷。

"娃娃们，喊雷老爷。"

"雷老爷，看看你背篼，看看你背篼。"

背篼里，绿油油的南瓜叶附着白绒毛，有些扎手。揭开来，下面卧着些白白胖胖的鸡枞。小伞状，微微张开，菌腿上有湿湿的泥巴，由另一张南瓜叶托着。边上还有些开翻盘的，伞盖平展地打开，灰青色。有些伞盖向上翻翘起，掉了只剩下半瓣。有的缺了一块，就像孩子换牙，成了缺牙巴。

两堆老鸡枞的旁边，三张叶子交叠铺垫在那里，呈半圆状，聚了一堆伞盖刚好成形的。这种鸡枞刚刚冒土，甚至只是把土顶起一道缝，就被捡鸡枞的人嗅到了味道。多数人会悄悄记住位置，留它们长两天再来。只有雷老爷，一抹不忍手，统统撬回去。

除了这些，还有些散乱放着的。背篼里的鸡枞脚上有黄泥、黑沙土、淡褐色的枯叶泥，真不知道他摸黑翻过了多少山脊。

"雷老爷，太丧德了嘛，小咪咪都撬了。留点给我们嘛。"

"你们走那边，顺着山凹子往上找。"

他边说边笑眯眯地下山去了，走起路来手冲脚冲的，头抬得老高。

我们按雷老爷说的方向往上找。

山里空气鲜湿，雾气没有完全散去，枯叶堆得厚厚的，踩上去松软，腐烂而清香。一路上，早谷黄、青塘菌、降落伞、皮条菌，就是没有鸡枞。也没人埋怨雷老爷指错路，捡到鸡枞的人都无比好运，村里哪个都没他运气好，他说话是有权威的。

再说了，红烧杂菌，也是很好吃的。把各种杂菌细心地清洗干净，撕成小瓣，剥一饭碗紫皮独蒜，两根二荆条辣椒，一半抄手青花椒，加汪实的猪油清炒。多炒一会儿就出了汤汁，关小火烧到滑软，如果大蒜没有变黑，那就可以放心地吃了。菌子像舌头一样滑，不小心都会一起吞下去。汤汁稠滑，泡在饭里很香，最后连辣椒、大蒜都会吃得干干净净。

越往山里走越有一股清幽，后背越发凉，我们是不敢走太远的，怕迷路。

下山时口渴了，小八沁有一股常年不断的清泉，用冬瓜树的大叶子向内卷成杯状，接上满满一盅，喝进肚子，凉悠悠的甘甜。这里能看到整个村子的全貌，青瓦连成一片，大榕树把它们护在身下。

出小八沁，几分钟就看得到雷老爷家了，他戴顶草帽，正在沟对岸挖地。鸡枞，准又是还没背到街上，就被拦在半路的贩子收了。以前他只负责捡鸡枞，雷表嫂负责背去卖。后来，雷表嫂带着小儿子跟着鸡枞贩子跑了，他就又捡又卖，只是山进出得更勤了。

大家跳喊着："雷老爷，雷老爷。"

他缓缓地双手支着锄把立起来："娃娃们回来了，捡到鸡枞没得？"

"有啥子哦。"

"来雷老爷家吃火腿肉，香哦。"

雷老爷家门口，有一棵果树正在开花，绿白色的花朵凑近了闻，有点清香，一不小心就把鼻头染成黄色，蜜蜂来了，染过鼻头的花朵上还是能采到花粉。花蒂下面草绿色的果子，豌豆般大小，正慢慢膨胀起来。一进门，他便端出一大品碗的火腿肉，一片有半指厚，巴掌宽，瘦巴巴的带点粉色，很适合吃起耍。

我吃了两片，正吸着手指。雷老爷扯扯我的袖子："丫头，你来。"我随他到厨房，水缸脚边整齐地睡着那堆刚成形的鸡枞，还是那三张南瓜叶子摊着，只是有些水迹。我转头看着雷老爷，他说："拿去跟大家分了吧，洒过水，明天就长大了。"

一进村子，就遇到迎面走来的董婆婆，她问，捡到鸡枞没有？我回她没有，雷老爷送了我们一些。她笑眯了眼睛，肚子上下抖着："雷他爹的老爷哦，你喊老表，这个着刀儿子。"一边笑着，一边走了。

董婆婆有个小商店，开在大队部右边一百米处，在公路的崖边边上。

崖上，有棵一抱粗的大榕树，据说是村中心那棵树的子孙。

那棵要七八人才能合围呢，它的子孙村里有三棵。这棵的枝丫伸到了公路上方，高高地遮住了小商店，跟边上的竹林撞在一起。这丛竹林生长是不易的，竹尖跟大榕树抢空间，挤得歪歪扭扭，根部被人们踩得发亮，枝干上刻满了图案文字，磨得玉光光的。半大娃娃把这些竹子当杠杆，一个又一个地后空翻，把竹子踩歪了，根蔸翘起一大半，它还活着。

商店的门口，成天坐着些无所事事的人，抽着草烟，吐着浓痰。苍蝇在到处打旋，边上丢着一支苍蝇拍，烂了三分之一。

雷老爷隔几天就来晃一圈，山上的阿妈背洋芋下来卖，别人用大米换，他用钱买。

火烧洋芋是雷老爷最喜欢吃的。大灶上烧火煮猪食，燃过的炭灰伴着火星子从炉桥落到灶炕，变成子母灰，这时把洋芋埋在里面。子母灰慢慢不停地落下来，猪食煮好，洋芋也煨好了。刨出来掰开，冒着热气，白色沙瓤又面又香，壳脆。如果进山找鸡枞，就背上几个昨天的冷洋芋，当早饭。

雷老爷到商店这边来只为了买洋芋，很少光顾小商店。需要什么，在赶场时卖了鸡枞就买了，有时还给董婆婆带一块二刀肉，油亮亮的。

董婆婆有张古板的脸，在雷老爷面前却放松了。她喜欢给雷老爷抓把恰恰香瓜子，两个人吐一地瓜子壳，不说话。

董婆婆以前是妇女主任，做事风风火火。人家生了二胎，她带着人拉猪牵羊，闹得人人都怕她，背后都骂她。也有很多婴孩在她的劝说下，夭折了。实在想生的，也会冒着各种风险躲着生，生下来也是有的。

有一次，她带一伙人去抓产妇，屋里翻了个底朝天，也没找着人。就在人们要离开时，董婆婆去猪圈解手，猪儿们不安地走来走去。仔细一看，一个人泡在粪坑里，只有脑袋露在外面，眨着惊恐的大眼睛。董婆婆愣了愣，吱呀一声轻轻拉上门，转身走了。

粪坑里的女人是雷表嫂。后来，有人咒骂董婆婆，雷老爷就会帮上几句，骂的人狠狠瞪一眼，也就罢了。慢慢地，雷老爷也沉默了，因为没有人在他面前说说笑笑了。

雷老爷是村里的刀儿匠，专杀过年猪。杀一头一元五角钱，如果没钱，就砍两斤左右的吊子肉，他会分一块给董婆婆。猪毛也会拾理起来，交给董婆婆洗净晒干，第二年卖给做刷子的。

一大早，他提着篮子，里面装着明晃晃的杀猪刀。加上他手冲脚冲的劲头，看起来杀气腾腾。几个帮手将猪儿按翻，边按边吼叫："脚，拉住。小心，要翻起来了。"帮手的脸兴奋得有些扭曲，猪在一群人的手下嘶鸣，哀嚎。人声与猪叫混在一起，最后猪无力地躺在黑条桌上，耷拉着耳朵。雷老爷系着黑围裙，扎起马步，一手拿刀，一手拿盆，明晃晃的刀轻轻滑进猪脖子，一股鲜血喷出来洒了些在地上，后来流到了盆里。

躲在门后的小孩挂着泪珠，露出了半张脸。邻村的小狗摇着尾巴也来了，尽管它瘸着一条腿，还是赶到了。

死猪仰着头。脖子上一道刀口往外翻，白生生的。身体被五花

26

大绑，抬到房后的汤锅边，刨了毛。雷老爷手起刀落破开肚皮，里头还冒着热烟子。他手做内凹状，伸进猪胸腔，抄出满满一手的槽血旺，送到嘴边喝了下去。帮手们都啧啧转过脸去，有的笑，有的摇头，全向后躲着身体。雷老爷胡子上挂着鲜血，几下把肉砍成块，都装进了五斗笤，猪头立在上面，闭着眼睛对着天空，样子好像在笑。

这一年，杀完年猪不久，雷老爷送走了他最后一个至亲。大女儿掉进了粪坑，走了。冬天里，他背着背篼进山了。

小商店门口，经常有人带来他的消息，有人说他打着赤脚在山上飞奔，赤着身子像野人。不是乱说的，山上有人看到了他的大脚印。有的人说他去了背后山的阿妈家，做了上门女婿，姑娘系着红头巾，脸上晒出两坨高原红，眼睛黑而大，比雷大嫂好看。

董婆婆说，他夏天捡到鸡枞就回来了。

写于 2020 年 7 月 11 日

改于 2022 年 4 月 10 日

定稿于 2022 年 10 月 10 日

王稚春，本名王志春，1984 年出生于彝汉杂居地，米易县新安村的凉桥社。2010 年跟儿时玩伴创立女装品牌"远家"，做好衣服的同时，2018 年参加樱园何大草写作工坊。好好写字，找寻另一个自己。2020 年得何大草老师赐名王稚春，同年 9 月 15 日上午 10 点 38 分王稚春出生。曾在《红岩》发表短篇小说《马十银》。

三个月亮

关小

一

邻居甘大爷原本是来叫我吃晚饭的。

因为都是一个人，我们总搭伙，这样能吃到两个菜。甘大爷喜欢把菜端到筒子楼的长走廊上吃。住六楼的好处，是能看到附近的几棵乌桕树、一个池塘、一片菜畦，以及金沙江上的趸船。

甘大爷边吃边讲。过去，有人撑着竹筏将盐巴从成都运到叙城的合江门码头。河船要用楠竹做成的铆钉固定，因为铁钉会生锈。纤夫的绳子是用七根竹藤子拧成的。锁江石大桥下刻着"锁江"二字的北宋巨石，从前用来在江上拉起铁锁链，是税务关卡。

叙城起在金沙江和岷江夹成的三角洲上。江上的故事，总说不尽。甘大爷越讲，饭越香。有时他会指着江边一个扑腾腾的家伙说，那是斑头雁。有时我们会打赌最高那棵乌桕树的叶子能不能全红。甘大爷六十多岁，眼力、气力都好，一顿三碗饭。

筒子楼里的男孩子很不服气，我一个女生，竟敢和甘大爷挨着坐。甘大爷在他们心中是个邪恶的人。他们说甘大爷会让人流血，让人窒息，让人无声无息死在地上，明亮的眼睛失去色彩。他们议论半天，没有一个敢来加入。他们连带着也怕了我。我还挺自豪的。

可那天，我根本应不了声。放学回家时，我还只是头痛。感冒了自然会头痛，这是我妈的想法。

"赵一桥，吃两颗药，去睡个觉。"我妈丢下一句就走了。她得去上班。天黑了，正是白酒推销员的工作时间。她当然着急，要去的第一个饭馆就在金沙江对岸。

过金沙江，要过一道很长的锁江石大桥。就算甩开腿跑起来，单是过桥，就少不了十分钟。

她一晚上去好几个馆子。叙城不大，但一圈下来也快天亮了。她不会觉得把一个十二岁的女儿独自放在家里过夜有什么问题。我们都习惯了。

头痛越来越无法忍受。我开始呕吐，把裤子尿湿了七八次。我觉得自己躺在一片湿润的草地上，不时有液体从我身边流过。甘大爷在屋外大声叫我，我只能把脸抬一抬，转到另外一侧。

那天甘大爷的烧椒番茄和我家的葱油豆腐丝都浪费了，我家的损失如果加上那道被甘大爷踢烂了的木门，还要大些。事后他很后悔，说早知道是脑壳长瘤，就不会喊火三轮。命大哟，不知道那血

29

管瘤是不是被颠破的。我更不好意思，那晚电视要放国家射击队出征悉尼奥运会的采访。甘大爷是个枪手，他感兴趣得很，已经盼了好几天。

我醒来的时候，发现自己躺在一个很大的房间里，有好几张床，每张床上都有人。我的嘴很干涩，几乎没有唾液。头上仍然一阵阵刺痛，但痛处似乎从脑壳里面换到了外面。脑壳最里面的地方——我说不清楚那个具体位置——无比舒畅，像是闷热的房间里进了穿堂风。

余光瞥见我妈。她靠在床边，脸上的肉松垮垮地吊着，比我还像从鬼门关里走了一遭。见我睁开眼，她愣了几秒，跟着冲出去，差点把输液架子撞翻。

她回来的时候，后面紧跟着一个男人。他个子很高，瘦削，步子快却稳。白大褂的领口微微张开，袖口卷到手臂中间，露出冷白的肌肤。他一进来，病房里所有的目光都集中了过来，连躺着的人也支起了身。

他俯身为我检查，我闻到一阵松林的木香。百叶窗的叶片微微斜着，日光透进来。那是非常秀气的一张脸，轮廓分明。好看的线条，一直延伸到喉结。这个小小的凸起让我想起大海中的岛屿。孤零零的。

几分钟后，他转过头对我妈说："放心，怕是比以前还要聪明。"我妈身子哆嗦着往下沉，快落地时，他扶住了她。旁边的人拥过来安慰道，有孙医生在，再坏的脑壳也修得好。

二

病房里的人爱谈论自己发病的症状。他们有的看见光从自己或其他人身上发射出来；有的听到有趣的笑话，想笑，却总也笑不出；有的丧失了打喷嚏的能力；有的分不清叙城的天上飘着的是云还是佛。

要帮到他们应该是件难事。

他们都认为是孙医生让他们焕发了新生。在医院的几天里，我常想象孙医生如何切开我的头皮，然后在一把方形手摇钻的辅助下锯开我的颅骨。他打开我的头，轻巧到像打开一个盒子。

我爸三天后赶来病房。我妈问他："豆沙买了吗？"

我爸说："我要买豆沙吗？"

"那天给你说了的，要来顺便带点豆沙。没买就算了。"

我爸有点局促："下次嘛。"

"无所谓。"

我爸过来捏了捏我的手，这是我们每次打招呼的方式。他很快往后退了两步，怕腋下的味道让我不舒服。不管天气多热，他总是穿长袖。但这反而更加伤害了他的汗腺。

他看起来很疲惫。

"桥桥，醒了你就多睡一会儿。

"桥桥，不想吃也吃一点。

"桥桥，不是爸爸不想来，是爸爸来不了。"

我爸讲话总让人想打哈欠。我妈说他生来就是木脑壳。开了快

31

二十年的大货车，一趟车来回就是十天半个月。你能指望一个空的副驾驶座能把司机的口才训练得多好。

我妈不耐烦地站起来，往外走。我爸有些慌乱，夹着肩膀，两步追上了她。他们离开不久，孙医生准时来查房了。孙医生问我大人呢，我说我妈被闷到了。

孙医生笑了，他说我妈是要透口气。那天，医院给了我妈两种选择，一是马上手术，但我年龄小，病情重，手术难度高，叙城目前没有医生做过。二是等，等外面专家来，但随时可能恶化。我妈问哪位是这里刀最稳的，其他人都望向孙医生。我妈对他说，这刀该咋落就咋落，切拐了不怪他。

"你妈太机灵了。我从来没有见过那么轻易交托的家属，反倒让我觉得绝对不能出任何差错，"孙医生的声音很大，充满热情，"幸好我们都争气。"

我正在想我妈到底是决断还是无情，她一个人急匆匆地回来了，大概半路中才想起查房的事。她有些丧气地问："好好的，咋个突然就这样了？"

"中风就是这样。"孙医生关切地盯着我妈，好像她才是病人，"一旦血液没有及时供给到大脑某个部位，那个部位就会死亡。"

他用手指在空中轻轻划了那么一下，我们之间的气流似乎强劲了一些。

"死去的部位呢？"我妈应该很难想象，我的某个部位已经死了。

"那自然而然就消失了。"

32

"以后，咋办？"我妈的脸色暗沉得厉害。

"她的脑壳里是少了一些东西，不过血管找到了其他出路。"孙医生的语气里听不出担忧，"人醒了，脑壳也轻松了，还不好？"

他的话让我觉得舒服。我妈攥着的拳松开来。她仔细听着每一句叮嘱，像是错过一句就会失去什么，这让我很感动。虽然直到我出院，我爸再没来过，但我妈说了，星星不一定跟着月亮转。在叙城，他还有另外一个家。那个家里的孩子们虽然不需要开脑壳，总也要操心的。

三

我妈是有恩必报的人。出院后，逢年过节都要带我去孙医生家坐一下。她总是大袋小袋：齐香斋的糟蛋、柑子园的乌骨鸡、白家溪的潮糕和临江镇的眉毛酥。她兜里还会揣几块刚炸好的五香糖，提防我馋她手上那些家里过年都舍不得买的东西。

在孙医生家里，我见到了他的女儿。孙依依十三岁，眉眼清亮，既纤巧又挺拔，是我长几辈子都长不出的好模样。第一次见面时，她用细线缝了四朵黄桷兰在外衣上，有淡香。那花像从身体里自自然然长出来的。

孙依依的妈妈不怎么搭话，有时平白无故就开始上气不接下气。后来才知道，她生孙依依时，心脏停了好几分钟，严重亏了气血，如今不得不整日在家养着。娘家据说很富有，但她看起来一点都不

33

像来自有钱人家。我暗自观察过,她应该要比孙医生大至少十岁,头发剪得很短,难得的整齐。身子总是紧缩着,像被江水浸湿而冻僵了。

她想用糖果来招待我。柜子就在客厅的一角。她拖着脚,一步步地挪。拿起蓝灰色的铁盒,又失望地摇头,示意孙依依来帮忙。她打不开盖子。我妈忙过去接着,瞪我一眼,感觉是我的错。

怀着敬意,我妈总要多坐坐,一坐就坐到饭点。家里没有开火的意思,孙医生便请我们去吃街口的蹄花面。

蹄花面店生意极好,找空位不容易。我们抬张桌子坐到门前石坎上,背靠着一截明代古城墙。孙医生总爱说些高深莫测的话,裂变、互融之类的。我妈居然每次都能耐着性子听下去,报恩真是不容易。

孙依依带我点面。垫高小半米的柜台前,孙依依细声细气地问我:"来碗口蘑汤?"

我摇头,说:"老板,我那碗清汤蹄花面,提黄、加青、撇油。"店员站起来看我一眼,说:"小朋友,内行。"

我们回到桌前,他们还在热烈地聊着。我听到我妈用一种热忱的语气回应:"是的,我从来没这样想过,但确实是这样。"

我忍不住插一句,问:"开脑壳难吗?"

"这个,"孙医生瞥了一眼边上的水果摊,"比开西瓜是要多几步。"

"看到血不怕?"

"啥子都怕的话,再嫩的草也要刺人。"

"你的胆子大，"我妈插了一句，"他们说你闭着眼睛都能把脑壳开了。"

真诚的恭维起到了效果，孙医生看起来好像很高兴："手术漫长，随时有变化。给她做的时候，我也怕。"

"怕我死了？"

我妈抿着嘴，她觉得我冒失了。

"怕看不到你原形毕露的样子。"孙医生轻轻摸了摸我的脑壳，笑了起来。出院之后，我一直不怎么敢碰自己的脑壳。它冰冷得像个摆设。

他触到我头发的时候，一股温热，我感觉自己像被用力抱了一下。

蹄花面端上来，大家都吞了吞口水。这家蹄花面是正宗的水叶子面，蹄花是先卤再炸，皮香肉烂。

我妈示意我：不要抢着动筷子，背要再打直点。简直没完没了。

我没理她，继续问："我醒了，代表彻底好了吗？"

听到后遗症的事，我妈顿时紧张起来。她望着孙医生。

"确实不代表。"孙医生筷子拿起来又放下，双手紧紧扣着，"有的人会患上失语症。"

孙依依同情地看着我。我妈的脸一下子没了血色。

孙医生把蹄花面往我面前推了推："这样，一碗好面就不会坨了。"

孙依依首先反应过来，乐了。我妈露出一个温馨的笑。孙医生说："不放心的话，每个月来找我复查一次吧。"

"怕麻烦到你。"我妈很客气。

"你才不怕，你的胆子更大。"孙医生说。

一种愉悦的氛围，我们全身心地投入到各自的面条里。金沙江、岷江在叙城汇成万里长江。三江水制成的面条，比湖水、井水做的更筋道。

散步往回走时，孙医生兴致仍然很高，说个不停，神态迷人。我妈保持着笑容。孙依依和我聊着学校的事。我即将升初一，和孙依依一个学校，她高我一级。

"你点面时喊的那个，"孙依依突然小声问我，"撇油我懂，提黄和加青呢？"

没料到她对这个上了心。我解释，提黄就是面煮硬点，加青就是多放菜叶子。

这些行话都是跟甘大爷学的。

孙依依一脸佩服："你好江湖哦。"

四

可惜，我恢复得很快。复查只去了两次，就再没继续了。我非常失落，但总不至于盼望自己再脑出血一次。我抓了些麻雀和蜗牛，试着解剖它们。它们被我弄得很难受。我也很难受，我的双手不像孙医生一样灵巧。

我妈总叮嘱我在学校要多和孙依依玩。她认为孙依依是个好学生，不会像我一样浪费精力逞威风，比如扔石头打破窗户，拿鞋尖踢烂篱笆。我也希望有个好学生的母亲，永远不会挥着毛线签签尖叫，"哪像个女娃儿的样子"。

女娃儿到底该像什么样子？我妈打完我，又不说清楚，导致我挨了很多打，还是不像个女娃儿。

学校里不只我一个人喜欢孙依依。她除了有好成绩、好容貌，还有一个很多老师都认识的舅舅——叙城一位举足轻重的官员。那位舅舅很健壮，脸颊饱满，目光犀利，说起话来鼻子翘得很高。他非常关心自己的外甥女，专门来学校讲话，并让孙依依一直站在他身旁。校长和他握手的时候，腰快弯到了膝盖上。每周一操场主席台上，孙依依朗诵、领唱、跳舞，像是必须要她出现，这周才算开始。我感觉她有一张巨大的脸，要贴到每个人的眼睛上。

有些女生明明不顺路，放学都要等着孙依依。她们经常送来胸针、头饰、明星卡片，变着法取悦她。那些东西偶尔也分我一份，我不要。她们一起，我就走开。我告诉孙依依，好朋友一个就够了。她不太认同。

我总忍不住悄悄跟在她们后面。我常想，人只分男生女生两种还是太简单了。女生与女生是不一样的，完全不一样。

那天放学，她们走到一处僻静地，突然冲出来三个十七八岁样子的男生。带头的胖子要拉孙依依走。其他女生都逃了。胖子揪着孙依依，那脏兮兮的手！

我冲过去，扇了胖子一耳光。胖子单手应付我，两个男生上来拉。我们五个像连体婴一样拉扯在一起，谁也不放。我看准胖子下体鼓囊囊的那个位置，狠狠踢了过去。一声惨叫，胖子连退两步，松了手。我重心不稳，将所有重量都往另两个男生那边压过去，我们三个摔成一团。孙依依终于挣脱了。她犹豫了一下，还是跑了。

胖子和两个兄弟围过来。我说你们要打我，我不还手。只是有件事情先说清楚，我是开过脑壳的，里面的瘤清没清不确定，爆不爆控制不了，说死也就死了。你们要是担得起，就打吧。

我把头发拨开，露出头皮上那条蛇样的疤痕，三兄弟吓了一跳。老天保佑，孙医生怕是有先见之明，故意把那伤口缝得狰狞恐怖，看起来脑壳随时会裂开。

就在他们商量的时候，孙依依带着两个大人来了。三兄弟见势不妙，一哄而散。

"你力气才大呢，简直不像个女娃儿。"孙依依一脸心疼。

"谁说不像，我只是偶尔会忘。"

五

过了两天，孙医生竟然一个人找到我家。我妈非常高兴，忙来忙去，好一会儿才坐下，像极了家长会上那些好学生的父母。孙医生看起来并不介意我家客厅里只有一张很旧的双人沙发，白墙的裂口上还涂着灰泥。我妈每端一盘血橙或者瓜子过来，他都抓了些放进嘴里。

孙医生谢我帮了孙依依。我的脸直发红。我哪当得起他的感谢。

据说我的手术做了十二个小时，护士换了三班，只有他一个人从头站到尾。在医院，他每天亲自来给我换纱布，动作轻柔又熟练。他并不健壮，但手臂显得很有力量。我有时会梦见他，他在穿针、补洞、粘胶、上蜡，他在认真地"修复"我，不让我有一丝裂缝。

我妈说："你太客气了。"

"桥桥帮了大忙。"

"小事情。"我妈用了一种我很不熟悉的温柔语气。

说得轻巧，这架又不是她去打的。

"你把桥桥教得很好。"孙医生说我是个有前途的孩子。这些话让我的呼吸急促起来。他身上白松香的味道，不止一次让我想起刚晾晒好的白床单。

他们继续聊着。我望着孙医生光洁的脖子，有些失神。我妈说到她是未婚，独自抚养我时，孙医生惊讶地张大了嘴。我听到他对我说："依依会羡慕你有这样一个妈妈。"

我妈很得体地笑了，看上去对我充满期望。

六

我妈虽然打我下手很重，但没有坏心肠。她帮过迷路的鸡回家。每年观音诞她都要去翠屏山上的庙门口卖一天的香，再把卖香钱奉给菩萨。我问她干吗不直接捐钱，她说菩萨要的是诚意。

她不仅有诚意，还诚实。在我很小的时候她就明确宣布：这个家里，只有我和她。

十几年前，外公出门探亲，在一处僻静山路上遇到车祸。司机跑了，外公躺在血泊中奄奄一息。我爸路过，停了车。抢救过程中，他不仅垫了钱，还捐了四百毫升的血浆。外婆喜欢我爸，说他忠厚。两位老人不约而同达成了共识——要我妈嫁他。

坚决的父母总有无数的手段达到目的，更何况是背脊打了六颗钢钉的父亲，和眼泪快流干的母亲。

我妈看不上我爸。在外公外婆的努力下，我妈鬼使神差地怀上了我。他们以为生了孩子我妈就肯结婚了。没想到我妈出月子便搬出来，和家里断了联系。至于我爸，大概没有想到让我妈爱上他会如此艰难，最后也灰了心，重新组建了家庭。

所以我爸不姓赵，我妈也不姓赵。姓赵的男人是甘大爷找来的，为的是让我的名字有资格出现在户口簿上。我的亲爸，那个沉闷的货车司机，曾经主动提出上了户口后可以马上离婚。我妈拒绝了。但仅凭她，又没有办法将我登簿。

结婚证、准生证、出生证明，我妈都没有。我实实在在出生了，但没有那些证，我就是社会上的孤魂野鬼。我妈发现隔壁甘大爷是个警察后，她求他帮忙。我妈说，警察帮小孩找爸爸是不难的。甘大爷找到姓赵的，把价钱压到了最低。

我问她："我爸是个混蛋吗？"

"不是混蛋，我就得和他结婚？"

"你不觉得我需要个爸爸？"

"要个爸有啥用，你不愿意做的事，多一个人逼你做？"

"那你不该答应他。"

"哪晓得还有能把我喝翻的酒。他们……"我妈顿了顿，没有往下说。

"他们都说你应该再找一个。"这些年，说媒的婆婆来了好几个，我妈背地里翻了她们不少白眼。

"哪个也不要想让我再伺候一个，"我妈很坦然地望着我，"男人，喝酒可以，一瓶有一瓶的钱。其他免谈。"

我笑起来，突然生出一种担心："你会不会讨厌我？"

"伺候你，我是认命的。"

"你生我，就是想了外公外婆一个愿？"

"赵一桥，"我妈郑重地说，"我希望你也能像我那么孝顺。"

我不知道为了保护孙依依搞得肘关节脱位叫不叫孝顺，但从此我们都成了对方唯一的朋友，太值了。

即便周末，孙依依也来约我。孙医生会开车带我们去远一点的地方玩，比如有蘑菇石的桑葚林，或者是有防空洞和铁轨的小山脉，总之是些很难抵达又有趣的地方。有一次，我们遇到了一朵极其愤怒的乌云，雨越下越大。车在一片青竹林中停下，我们三个坐在车里，车窗被一层水雾笼罩，孙依依的身体贴着我，孙医生在轻轻呼吸。那种感觉好极了。我很高兴孙依依的妈妈从来不会跟来。她每天要去一个中医馆理疗，靠那些药草煮沸的蒸汽打起精神。

我妈也不愿去，她说她要挣钱养家，可不能随心所欲地生活。她工作非常卖力，又聪明，价格、香型、口感，她能给客人配得巴巴适适。她虽然五官长得松散，绝不算漂亮，但她把头发一直精心地卷着，还恰到好处地在眼睑、脸颊和嘴唇上点颜色。没有客人会拒绝这种诚意。她的酒量好。我偷偷打开过甘大爷每天挎着的军用水壶，里面满满装着粮食酒，辛辣冲鼻。对酒当歌的时候，我妈好几次把甘大爷喝趴下。

孙医生的酒量就更差了。有一天我妈回来，不只精疲力竭，连手指尖都笼着酒气。她说那晚孙医生请十几个人吃饭，恰好来了我妈工作的饭店。饭局开始没多久，孙医生已经招架不住。他在第五次去吐的路上被我妈拦下，让他不要喝了。孙医生虚弱又尴尬地表示，有求于人，没有选择。

"你帮他喝赢了吗？"我问。

"那些自以为是的男人，总以为自己是酒缸做的。"我妈带着胜利者的笑容，衣服也没换便睡了过去。

孙医生再次上门，送了些解酒的茶汤和水果。他还是不清楚我妈的实力，她并不需要。孙医生说周六带我和孙依依去一个有啤酒厂的水坝玩，也再次邀请了我妈。我妈不好拒绝，更何况，老让孙医生一个人照顾两个孩子实在说不过去。

我妈做了一些豆沙包带出去。是好吃，我和孙依依都抢不过孙医生。他说要是每次做完大手术能吃上这个，简直回魂。我问他，打开我脑壳看到些啥子？

孙医生掰开一个流着心的豆沙包，说："喏，就像这个，美得很。"

水库正在开闸，水流喷涌而出。空气非常湿润，我像刚披着浴巾走出浴室。

七

一个周六的清晨，孙依依踩着露水来我家，说有重要事情和我商量。我们从最近的潼关码头下去，很快就到了金沙江边。好几个人背着竹筐来放生，放花鲢和白鲢最多，也有青蛙和鳖。浅滩回水处，大人小孩都在踩水。

孙依依说："爸爸在外面有女人。"

她偷听到一通电话。

她妈对着电话低吼，一连串的咒骂，然后表示，等找出女人是谁，要去杀了她。

"妈妈真的会杀人吗？"

"那你打算让她在那种时候说啥子？"我克制着郁闷。

就像我妈，饭店老板要是拖欠几个月的酒款，她也会说，他妈的，老娘杀他几爷子的心都有。

这些不了了之的款项很多，我妈从没出过手。房东对我们大概也是同样心情。

"我不相信爸爸会找别的女人。但我那些叔叔、舅舅，甚至外公，都有过。我听他们悄悄聊过。"

"那你妈更不会杀人了。要杀，也杀不完。"

"妈妈一个通宵没睡觉，我想她在制订啥子计划。"

"你咋个晓得？"

"因为我也一个通宵没睡。"

"我是说计划。"

"要解决一个难题难道不需要制订计划吗？"在孙依依心中，对付一个女人，和对付一本习题册、一张考试卷、一次汇报演出是同样逻辑。

"比如？"

"比如带我回舅舅家，住一周。头几天爸爸来，不给他开门。再过两天，才让他进来。舅舅总要垮起脸来说些话，也许会带点脏字。特别生气的时候，会教训人。家里人都听舅舅的，他动手也没人拦着。"

"他动谁的手？"我感到难以置信。

"爸爸呗。有一次，他让爸爸下跪认错，爸爸不肯。正好管园子的工人在干活，他便端起一盆粪水泼向爸爸。爸爸一个人在花园里清洗了好半天，特别可怜。"

"你爸犯了啥子大错？"

"无非就是爸爸晚上总睡书房，妈妈擦玻璃扭伤了腰之类的，"孙依依慢条斯理地说，"我有时也觉得舅舅大惊小怪了。"

"是多管闲事。"

"舅舅说，不能让妈妈有一丁点不愉快。他就妈妈一个妹妹，心疼得很。"

"咋可能？是个人都会有不愉快，每天都有。"

"爸爸不介意。他说他是乡下长大的，不怕脏。"

"城里的屎不臭？"

"爸爸家里欠的债，和工作，都是靠舅舅。舅舅帮了我们许多。"

"我妈说，靠山山倒，靠树树摇。"

孙依依的长发松松地挽起，明亮的眸子有些涣散。

"我该咋办？"孙依依问。

脚边的几只千足虫，长了密密麻麻两排脚，还是只能蠕动。我和孙依依沉默了好一会儿。礁石边一个大叔在快速翻转铁罐子，吆喝："爆米花爆米花，香甜又化渣。"

"砰"的一声，踩水的孩子们拥过来，开始欢呼。空气中弥漫着一股幸福的甜腻。我深深吸了一口气，说："先找人！"

八

回到家，尽管窗户都开着，我还是觉得喘不上气。想到孙依依眼底发青，想到她妈妈连自己的呼吸都控制不好，我有些难受。

我们对那个女人一无所知。没有人有权获得这样的胜利。我一定要把她找出来。我越想越觉得头上伤口那里很痛。

幸好我们还有一根藤，不会连一点摸瓜的机会都没有。

"要是被发现咋办？"孙依依很担心。

"我一个人跟，发现了也是我的事。"我不想让好朋友有顾虑。并且，跟踪孙医生，我更盼着独行。就像男女间的约会，也不会有别人。

我去请教甘大爷跟踪的诀窍。他曾经当过侦察兵。

"要想跟得不留痕迹，"甘大爷敲了两下桌子，"就是让自己消失。"

"消失？"

"要么你就变成那个人的影子，没人会在意自己的影子。"甘大爷打了个哈欠，显得精神不佳，"要么你就变成天眼，远在天边的眼睛，只有你看他，没有他看你。"

天眼太孤独，影子被踩在脚下，我都不想。桌上空了好几个酒瓶，旁边还有四五个烧黑的烟屁股。我提醒甘大爷贪酒伤身。甘大爷扯着脸笑了一下，说，就是喝少了，睡不着。

他点燃一根烟，猛吸好几口，直到把我呛了出去。

我决定下些笨功夫。接下来的日子里，我把学校到医院之间的路走了十几遍。胆巴店以及云山茶档都宽敞，可供躲避。肥肠汤铺子右侧有条小胡同，能抄近道。糟黄瓜摊的老板最热情，一见人就会大声打招呼，要避开。

我等孙依依给我信号。

九

这一天终于来了。

孙医生一早就给家里打了招呼，说今晚加班不回。放学铃一响，我第一个从学校冲出来。

学校和医院之间，隔了好几条街，路上满是炭灰和油渍。我跑得飞快，拐角那棵油樟树下的老狗被我踩得惊叫唤。巷子口摆了个脸盆，里面几条死鱼干瞪着眼，被我一脚踢翻。两只灰猫见势不妙，绕着我逃了。

医院分了前后门。前门是病人走的，后门是医院自己人进出。太平间开在后门。两三口水晶棺，十七八桌麻将，洗牌声盖过了哀乐。下班的人越来越多。

孙医生出来了。我快步跟上去，和他保持着五六个人的距离，让自己淹没在人群中。我能听到自己喘气的声音，像从山洞传来的风声。

孙医生昂首阔步地走着，倒显得我一副坏人像。他上了锁江石大桥。

大桥是新月形的单拱，被十八根吊杆托住，横跨在金沙江上。天晴云少的时候，桥上月色最好。我妈偶尔会带我去桥上散步。她指着天上、桥拱，以及江上的倒影，止不住地赞叹："赵一桥，你看，三个月亮。"

我多想孙医生看到月光洒在我身上的样子。只是现在，天还明晃晃地亮着。

孙医生没有径直过桥。他沿着桥头的石梯，往桥洞走去。

我有些犹豫了。

锁江石大桥的桥洞少有人去。

一九八三年，叙城等待处决的犯人突然多了起来。建新刑场是件讲究事。死刑犯有怨气，化不掉就让人睡不着。大师掐了指，金沙江属阳，镇得住。江边处决，魂魄顺着水就流走了，人鬼两欢。于是刑场就划在那里。

直到一九九七年，枪决改注射，那片地才慢慢荒了。

这些都是甘大爷讲的。他退休前负责执行枪决。

甘大爷说，五六式半自动步枪，刺刀尖长度十五厘米，对准头部中线和双耳上部平行线交叉点，一枪毙命。刑场阴森，有人见过啸叫的鬼火和半边头的女人，吓疯、吓傻的都有，一般人绝不会去。

如果偷情必须找这样的地方，我实在不懂为啥要偷情。

容不得更多的思考，估计孙医生已经下到江滩了，我们的距离越拉越大。

我一阶一阶地摸下去。江风带着潮气扑在脸上，我忍着痒，走两梯又蹲下，听听动静。我觉得那个女人就在桥洞，衣摆和江边那一大片芦苇一样，在轻微颤动。

桥洞周围，野黄花和奶浆草长得异常茂密，清新的香气让人觉得这里应该有个秋千，和几只绵羊。

我又往前追了几步，桥洞里只有一个收荒匠。他的脸焦黄，面颊凹陷，胡子乱蓬蓬的，像被火燎过，脚边散落着一根斑竹棍和几个竹篾篓。我鼓起勇气，问他有没有一个男人，或者一男一女经过。他嘟囔着，声音像从很高的山上滑落下来，我听了好一会儿才听清。

"死婆娘，不准跳……"

一种令人恐慌的气息弥散着。我周围看了一圈，哪还有人影。江风灌进我的衣服，我打了个冷战，决定马上回家。

孙依依正坐在楼梯上等我。

"你半天没消息，急死我了，"孙依依紧紧地拉着我，"怎么样？"

我不愿承认跟踪失败，那会降低我在孙依依心中的地位。我说：

"是去了桥洞，但没异常。"

孙依依蜷着双腿。她的眼泪，啪，一颗，啪，又一颗，落在我的牛仔裤上，荡开深深浅浅的蓝花，一朵比一朵重。她说："妈妈问，我跟哪个。"

"你跟哪个？"我实在太饿，去厨房抓了个苹果。

"为啥是我来做选择？"

孙依依当即对她妈大喊大叫。她妈一脸的怨气，似乎将破坏者的帽子戴到了孙依依头上。我理解孙依依的愤怒，她妈不去问孙医生选哪个，跑来问孙依依跟哪个，这些大人一个比一个精怪，都该拉去开脑壳。

"看来他们摊开说了。"

"我好想晓得那个女的是谁，"孙依依说，"看看爸爸是不是妖魔附身了。"

"既然说开了，迟早会见。"

"那怕晚了。"

"早就晚了。"我叹了口气，心里十分懊恼。

"也不一定，"孙依依把手蒙在脸上，"妈妈说，她还有一招。"

"好吧，希望是绝招。"我安慰道，心想这虚张声势的招数，也只能哄哄孙依依了。

窗外偶尔有小鸟掠过乌桕树的枝丫，远处的山，近处的江，都掉进浓浓的夜色里。孙依依的声音好听，风铃一样，一词一句飘进我的耳中：

"爸爸昨天打了妈妈，鼻血溅到墙上，比你这个苹果红多了。"

十

我认为孙医生在做一件很愚蠢的事情。

筒子楼里时不时有男人打老婆，边打边骂，婊子、贱人、骚货，极其难听。楼里的人都当热闹来看。

我妈是绝对不干的。她要么拿把剪子，要么拎个空啤酒瓶，就去敲对方的门。男人打在兴头上，哪里轻易停得下。但筒子楼里的男人又是软蛋居多，他们见我妈急红了眼（其实是喝大了），要撕人的样子，都相信我妈会把手上的硬家伙砸下来。

我问我妈，那些男人真动了拳头咋办？我妈说，但凡打女人的，哪个不是欺软怕硬的窝囊废。我担心，一拳下去怕也站不稳。我妈狡猾地笑了笑，说："你甘大爷就坐在走廊上。莫看他慢悠悠把烟点着，他心头有数。"

甘大爷是出了名的煞气重，筒子楼里再凶的狗也不敢对他吠。大家避着他，除了说他专门枪决犯人，沾血腥，还说他带恶相，大额头，眉弓突，眼眉短得不像样，裹在抱毯里的小婴儿望他一眼，就止不住哭。他拳头也硬，据说有次筒子楼里翻进来个人贩子，被甘大爷逮到，一拳打断了四根肋骨。后来我问他，他不承认，说是楼里好几个人激动起来动了手，又怕担责任，全推给了他。我又有点不信，别人练拳腿顶多打沙包和木桩，他是打水泥桩的。我还见过他晨练时单手一指做俯卧撑，边上站着好几个又怕又想多看两眼的小男孩。

我还真期待哪个男的动手，被甘大爷用胳膊肘死死抵住胸部，或是掐着脖子，最后结结实实摔到地上。我妈说打女人的男人会遭报应。

但我不希望孙医生这样。

十多天以后，我又去了桥洞。

快十点的时候，孙依依来找我。她听到她爸打电话约人，一会儿老地方见。她妈几天前就回了娘家，没让孙依依跟着。

我让孙依依在我房间等。老地方应该就是桥洞。不在桥洞的老地方，我们也还没有掌握。

月亮低低地挂在天上，金沙江水看起来比白天更冷冽一些。锁江石大桥上面还有人和车。他们可能都没有想要看那么低的月亮，或是那么像月亮的一座桥。

桥洞周围，依旧不见孙医生和那个女人。我躲在草丛里，细长的芦苇贴着我的大腿和手臂，痒得难受。

不远处有张旧木板拼成的床，旁边是柏油桶改装的煤炉和一堆被烧焦了的垃圾。那应该是收荒匠的窝，但没见他。

叙城的夜晚有种不一样的声音。金沙江上波浪呜咽，云层被水汽搅动。轮船汽笛划过天空，伴着岸边一两声狗的吠叫。

突然，一个男人独自走来，手里提着几个袋子。身影熟悉，但又不能马上辨别模样。

我感到每根骨头都在发抖。

他步子不快不慢，轻车熟路的样子。我缩着身子，努力与周围的草叶融为一体。从脚步声可以听出，他走向我，走过我，在离我大概五六米的河边停了下来。我轻轻拨开面前的一点苇草。他在摆

51

弄一些物件。

火光冒了起来，印清了男人的脸——是甘大爷。

火苗一点一点吞噬他面前的纸钱。火最旺的时候，他抬起嗓子喊："你们好好过。"

我很少看到甘大爷有那样的神情，好像被用枪指着的人是他。他上眼睑微微下垂，缩着脑袋，试图变得矮小，让今晚的月光和烛火都照不到他。

我才想起，今天是七月半。

等火光只剩火星的时候，甘大爷叹了口气，说："你们杀人，我杀你们，这罪孽咋个才赎得了。"

甘大爷的老伴早早去世，没有子女。十几年来，我妈做了好菜，都要请甘大爷来。就算只烧了一锅苦笋鳝鱼，我妈也要匀一碗让我端去。我听她讲过，甘大爷年轻时是神枪手。曾经有个死刑犯被枪决前报告，说自己一步之外有几只绿毛虫，倒下去会压死它们。没人搭理。甘大爷开枪时故意歪了下。子弹穿过，那死刑犯斜了四十五度倒下，恰好避开了绿毛虫的位置。

四周又重新阴暗下来，江风卷起碎屑，蝉声叫得凄烈。

"明年又来哈。"甘大爷喊道。我心里涌起一阵酸楚。

甘大爷慢慢走远，忽然有一双手从我背后伸过来，猛地一推，我整个人摔了出去。

我疼得差点睁不开眼，回头一看，是收荒匠。和上次白天看到他死气沉沉的样子不同，他头顶冒着热气，眉毛眼睛挤成一团，鼻尖上缀着汗珠。

我以为他会朝我扑过来。他瞪着我，我发誓那是我长那么大见过最恐怖的眼神。

"要命就赶紧走，滚！"他挥舞着拳头。

我强撑着爬起来，拼命往桥面上跑。二十多级石梯，从没觉得有这么长。一股巨大的挫败感袭来。这下回去也只能和孙依依实话实说了。

上到桥面，不远处接近桥拱底座的地方，站着一个女人，在和一个男人交谈。路灯下，女人穿了一件淡青色长裙，身形单薄。尽管不是皮包骨头，但一头波浪卷还是显得整个人有些头重脚轻。她侧着身子，靠着锁江石大桥上的栏杆，一只手臂垂下，看起来像失去了平衡。

夜色下，他们凝望着彼此，并没有注意到一个小孩的存在。我绕到桥拱底座的另一面，脚步轻得像赤脚踩在湿漉漉的草地上。那是距离他们大概三米远的地方，而巨大的钢筋混凝土基座成了我最好的掩体。我闭上眼，感觉一切都在旋转。大概十秒后，我重新睁开眼。我知道我已经完成了承诺孙依依的事。女人身边就是孙医生。而女人，我一眼就认出了她——我妈。

"他要给我发回乡镇医院我也不怕。"孙医生的声音低沉。

汗水再次流进了我的眼睛。

"那是你曾经不想要的，"我妈说，"你努力了这么久，不该就这么全毁了。"

"我现在想要你。"孙医生想要说服我妈。我远远地看着她，想象她被人亲吻脸颊、脖子、肩膀的样子。我的耳垂变得灼热，小腹有些隐痛，和发现自己月经初潮时的感觉很像。

"我们在乡下能做啥？是在碎石滩上生一堆火，在玉米地里抱着跳舞，还是和猪崽一起蹲茅坑？"我妈停下来，我看见她在用嘴巴呼气。

"我们可以一起生活。找一个种了很多树的小院子。"

"很多树的小院子。然后不晓得是马蜂窝掉进院子，还是响尾蛇顺着藤蔓爬进院子。算了。"

"不会的。"

"那里对我来说太陌生了。"我妈换了一个更缓和的语调，"对桥桥也是。"

"我会好好给娃娃们说的。"

"不需要那么复杂。"

"在你们面前，我是不是永远都是一条狗。他威胁我，可以让我来也可以让我滚。而你，你告诉我这一切太复杂。"

他们沉默了很长一段时间，显得尴尬，甚至难堪。特别是我妈，她试图走近一些，但孙医生僵直着身子，没有接纳。我妈往后退了退。

我没有想过我妈和孙医生之间会有别的关系，正如我和我妈之间永远不可能有另一种联结。孙医生转身离开。我妈扭着屁股跟在后面，动作在我看来很夸张。没追两步，我妈停了下来。我从没见过我妈这副模样。

孙医生的身影逐渐消失。

凌晨两三点，锁江石大桥空荡荡的。没有其他路人，偶尔有车呼啸而过。我妈还在原地，双手直直垂下。她昂着头，站了很久。

我也抬起头。天空是个浅灰的阴影，那轮月亮，每一刻都在变得更加明亮。

十一

我告诉孙依依，根本没见他爸。孙依依不停为错误消息向我道歉，我倒在床上，疲倦从脚跟钻进全身。

孙依依在我身边躺下。她说："我不信爸爸会去亲别人。"

她讲她小时候偷看到爸妈光着身子搂在一起，像两只动物，一上一下地滚来滚去，又啃又抓。她爸肚脐眼下面是粗黑的毛，还吊了一坨黑乎乎的东西。她妈似笑非笑，闭着眼，甩着脑壳，一阵阵地叫，疯了一样。

"是不是很恶心？"我问。

"那是我见过妈妈最有活力的时候。"

"你妈爱你爸吗？"

"妈妈年轻的时候收过很多人写给她的情书，现在都堆在舅舅的小仓库里。"

"拒绝了很多人，代表爱？"

"应该是吧。爸爸那时是乡卫生院的。妈妈和几个同学爬山时迷了路，在沟里困了两天两夜，幸好遇到爸爸，才走了出来。"

"英雄救美。"

"爸爸爱钻研。你看我家几柜子的医书。妈妈很支持他看书，就算她再不舒服，只要爸爸在学习，她吭都不吭一声。"

"你舅欺负你爸时，你妈也不吭一声。"

"舅舅永远是为我们好。"

我打定主意，不会向孙依依挑明整件事情，这也是为我们好。

我问："男人和女人为什么要在一起？"

孙依依用手摸了摸自己发育得鼓绷绷的胸，说："为了获得对方的秘密吧。"

"啥子秘密？"我接着问。

"每个人的身体都是秘密。"

"嗯？"

"但我们之间就没有秘密。我看过你，你也看过我。"孙依依说着笑起来，眼仁里的我像被揉碎了，变成一团温柔的火焰。

我心中不安，说："如果我有秘密没告诉你呢？"

孙依依把手绕到我的后背，非常缓慢地抚摸着我，说："我不想再听到任何人的秘密了。"

她的视线移向窗户，屋外的鸟叫吸引了她。那几只鸟的叫声有点像"过"，又有点像"噢"，还有点像这两个字的快速连读"过噢"。它们一般春末来，秋末转凉的时候就飞走了。

"过噢……过……噢……"孙依依学得一点都不像。我盯着她嘟起来的嘴唇，像两片淡红的、正在绽开的花瓣。我直直地吻了上去。

两块薄薄的肉碰到一起，我恢复了意识，连忙把脸侧开。正当我不知如何是好，孙依依凑过来，又吻上了我。

这一次，我感觉到孙依依嘴唇淡淡的湿润，像是进了一点水的海绵。我们就那样翘着嘴，一动不动。我把眼睛虚开了一点点，看到孙依依的睫毛在剧烈抖动。她长得很像她爸爸，这多么正常，多么可怕。

"你咬我，我咬你，"孙依依把嘴挪开，"真他妈没意思。"

夜深了，家里依然只有我和孙依依。我的内裤有些湿润。

院子里不知道什么花开了，香气弥漫进来，慢慢织成了一张柔软的网。我梦见孙依依长了条鱼尾巴，从细小的网眼里游了出去。

十二

我妈把卧室门敲开时，天已经微亮了。她像隔了几亩田一样大声武气地喊："锁江石大桥垮了。"

见我愣着，我妈又重复一次："我的先人，桥垮了！"因为着急，她那两个鼻孔显得特别大。

然后她才发现孙依依，问："你昨晚咋个没回家？"

"我来找桥桥玩。"孙依依还是一副睡眼惺忪的样子。

"依依，回家去吧。"我妈身上的裙子不见了踪影，脸上很素净。孙依依奇怪地看了她一眼，她有些尴尬，马上又提起了垮桥的事。她说今天是上不成学了，不如一起去桥头。孙依依摇头，说她要马上回家去。

外面下着小雨，路上几乎都是去同一方向的人。我妈说，一九八八年一月，我出生的时候，足足修了六年的锁江石大桥终于完工。

"那么长时间。"我感慨道。

"这桥太重要了。大桥修好前，要去南岸，全靠小划子摆渡。"

通车那天，上渡口、中渡口、下渡口站满了人。踩独轮的杂技班子上了桥表演助兴。两个轮、三个轮、四个轮的车也专门绕道过来。还有辆十轮的大卡车排在队伍中，交警急得捶大腿。我妈却没看成热闹，因为那天我这个小婴儿，特别难缠。

"所以我叫赵一桥？"

"让你晓得，你欠我一座桥。"

我和我妈赶到时，桥头已经挤满了脑壳，像是回到大桥通车的那一天。

锁江石大桥断成了三截。南北桥头各有一截引桥垮塌掉入江中。主桥还是完好的，被钢索拉着，悬在半空中。主桥上有一辆出租车，前后都是断头路。

我第一次见到一辆车如此进退两难，只能静止在半空中。驾驶位走下一个男人，他把背贴在车身上，没再向外挪动一步。他像是在抽烟，但看不到飘出的烟，只见到他右手不断举起、放下、再举起、再放下。

我妈注视着大桥，目光有些凶狠。

旁边的阿姨带了个不锈钢的淘菜盆来，反扣在地上垫脚，倒是比我们都看得远。听她说，凌晨四点的时候，那个车刚从北岸上桥，后边的桥面便垮了。司机想将车开到对岸去，没想到紧接着前面又垮了一段。

身边十几张嘴巴都议论着同一件事情。一个人说，桥垮的时候溅起十多米高的水柱。另几个人说完全没听到声音。还有人说当时除了那辆车，好像有一男一女两个人在桥上，都掉进了江里。但这两人又都游了上来，受了点轻伤。

大家都带着自豪在说，叙城人，水上功夫是保命的本事。金沙江再横，轻易收拾不到我们。

一辆警车鸣着警笛尖叫而过，淘菜盆阿姨说车上坐的是桥洞的收荒匠，是他把桥炸了。在一片诧异中，淘菜盆阿姨显得很神秘："四五年前，他输光了家当，老婆抱着娃娃跳了锁江石大桥。两娘母尸体一直没找到，他就住在桥洞，守着金沙江。上个月有政府搞规划的来赶他，还推了他给两娘母立的衣冠冢。"

"哪个信你。"人群中不知谁说了句。

淘菜盆阿姨有些生气，她指了指那边被一群警察围在中间，队长模样的人，说："那是我女婿，你看他现在威风，回家还不是要端洗脚水。"

静了一会儿，又有人喊，吊车来了。大家欢呼起来，都拥过去看桥上那人能不能下来。

雾渐渐浓厚，锁江石大桥成了一个暗淡的影子。我妈一直挽着我，直到回了家才松开。我妈把碗碟洗了，用抹布把水滴擦掉。她去收衣服的时候，发现泡菜坛有些生花，又加了点盐和酒进去。她的动作娴熟迅速，每一个平常的一天，她都是这个样子。

"那桥，多危险啊。"我妈声音颤抖，像回忆起令人惊恐的画面，胸口在剧烈起伏着。没多久她就斜在沙发上睡了。她睡得很安静，像是一直都醒着。

十三

我们家没再和孙医生有来往，我和我妈也没提过这个人一句。

孙依依很快就转了学，他们全家都搬走了。走得匆忙，孙依依甚至来不及告诉我要搬去哪里。

锁江石大桥垮塌的新闻不时都有新报道。炸桥的嫌疑人很快被释放，垮塌的原因最终定为工程质量重大缺陷，负责大桥工程的领导迅速被查处。那位贪赃枉法的领导被两个大汉架着上警车的照片登出时，我一眼认出了那是孙依依的舅舅。

叙城还有个没见报，但口口相传的新闻：大领导的妹夫，在医院拿了很多年的手术刀，但其实是个文凭不够、靠关系的乡巴佬。领导出了事，妹夫也被开除了。

我妈听到这个新闻，没有任何表情，像什么也不知道，什么也不记得了。

甘大爷查出了胰腺癌，早期。他戒了烟酒，人看上去松泛了许多，只是越来越瘦，眼睛、皮肤越来越黄。

我经常会想起孙依依身上黄桷兰的香气。也会想起她的妈妈，在我剥开糖纸后，苍白的脸上抿出一抹笑。我还会想起，桥垮的那天，叙城的天阴了很久。直到下午四点多，雾散了，人们才又重新看清那座断了的桥。

关小，现居成都。1990 年出生于四川宜宾金沙江畔。香港大学法律系毕业，时常因繁杂的现实而失语。没有创造什么，除了儿女，和很少的故事。

李大娘

黄可静

李大娘是我外婆，妈妈却叫她：嬢嬢。

家乡在成都南四十公里，小城四面环水，王勃写的"城阙辅三秦，风烟望五津"，说的就是它。

主街狭长，由东至西，我们住的老四合院位于西门。院子正面临街，背面穿过一片空地，紧挨老城墙，墙外流过缓缓的南河，河对岸是老君山。院子空地中央伫立着两棵三百年的楠木，树下有口老水井，全院子吃的和用的水，全部从井里打上来。天气晴好的周末，邻居们三三两两围在井边，洗衣淘菜，家长里短说说笑笑。

打破碗碗花粉桃素白地从城墙边冒出头来，看我们这些孩童奔跑疯闹。

四合院里，住着十来户人家。院中央，窄窄的巷子通向空地，我家就在它近旁。正房两间各十多平米，还有一间八平米的厨房。房子虽小，却被李大娘拾掇得干净齐整。

李大娘瘦精精的，头发黑亮，做萝卜干的手艺闻名西街。

秋日，出太阳天，李大娘一大早便去菜市场，花三角钱买回一背篼白萝卜。把它们切成不断筋的条条，晾晒在院坝头。萝卜水汽收干，差不多下午四点过。这时的太阳照进四合院，刚好停在我家门前，暖暖的橘红光影里，李大娘出场了。

她先把头发梳成髻，盘在脑后，又把黑布裤脚利索扎进千层底布鞋。藏青的斜襟盘扣布褂外，系上同色布围腰。随后，像女将军般排兵布阵，把专用大木盆搁在家门口，倒进半干的萝卜干，两手不停歇地左右开弓：左手把红油、盐、花椒面、海椒面、糖等佐料淋上去，右手不停搅拌，一条条萝卜干争先恐后翻滚拉伸，直至被均匀裹上佐料，深红油润地躺在余晖里，散发出鲜香麻辣的复合香味。

笼罩在四合院的味道，诱惑着左邻右舍来要萝卜干。李大娘会装满两土碗，让我端一碗给黄婆婆，另一碗送去张婆婆家。

黄婆婆正忙她的血旺摊子。一大铁锅的猪血煮在骨头汤里，她边加姜葱，边将整锅的血旺划成三厘米见方的小块儿。拳头大的猪小肚，咕嘟咕嘟冒起又落下。黄婆婆见我端着萝卜干，忙接过去倒出来，然后舀几大坨血旺进碗，淋一勺大头菜颗颗、红油、盐、葱花和醋，还舀了个猪小肚进去。见我两眼死盯着猪小肚，又舀进一个："李大娘爱吃，她一个你一个。"扭头对帮她烧火的兵鸡屎说："兵兵，晚饭留在我家吃，小肚猪血萝卜干下干饭。"

我端着萝卜干，走进张婆婆家。她端坐窗前，戴着老花镜，在看一本烂朽朽的书。一米五见方的木格窗被木棍支起，窗户四角雕了寿桃和飞姿各异的蝙蝠。木桌旧得发白，凹凹凸凸。光透过窗格照进凹处，斑驳折射，闪闪亮。我好奇："张婆婆，你在看啥书？"

"《石头记》，等静乖乖长大，我讲给你听。"

李大娘没读过书，是文盲。做家务麻利，却性子急、脾气暴。遇事，只会大声武气地吼妈妈，妈妈委屈又不敢顶嘴，包起眼泪儿，气怂怂跑去隔壁张婆婆家。回来就变开心了，不知张婆婆用了什么魔法。难不成偷偷给妈妈讲了《石头记》里的故事？

70年代，家里没空调。八月间，酷暑难熬，怕热的我有时半夜会被热醒。听见声响，李大娘立刻轻手轻脚爬起来，用热毛巾给我擦干汗，又把我挪去她睡过的依旧干爽那侧。接着，坐在床边，摇晃蒲扇，替我驱风撵蚊子。

李大娘边扇边轻吟：孙儿孙儿哎，我的静乖孙儿哎。又继续不停地扇。泪泪凉风拂，迷糊中，李大娘轻触我手腕，试有无汗意。我摸摸她的手，软软的，暖暖的，有点膈人。

当时，爸爸在部队服役，春节前回家探亲一周。这七天成了家里的隆重节日。七岁那年，李大娘和妈妈用攒下来的肉票换了肉，做了两斤腊肉。腊肉是条五花，李大娘抹了盐与花椒，风干两天后，又用柏枝熏了半日。

长约三十厘米的腊肉，孤单单挂墙上。午后的光把赭黄的肉色照得发亮，花椒与柏枝混合着肉香，诱惑胃里的馋虫全爬到嘴边，口水不由自主地吞咽。

爸爸回家那日，五点钟光景，李大娘开始煮腊肉。她把整条腊肉洗干净，切成四坨，放进装了一半水的铁锅里。坐在灶前烧火，火光映着她清癯的脸，满面柔和。

灶是土灶，占了厨房一半。矮矮的方桌静静蹲在窗户下，放杂物和吃饭两用。墙角边，站着老旧的碗柜，一米五高，漆斑斑驳驳，不规则露出零碎的木头色。李大娘用布头给碗柜手把包了边，这次用的红花色喜鹊闹梅。她说，要过年了，得喜庆些。

半小时后，腊肉香四处弥漫，李大娘把一簸箕切成菱形块状的红萝卜和白萝卜齐齐倒进腊肉锅里，一起炖煮。六点钟，李大娘把四坨腊肉用筷子捞起来，放进大土碗，晾冷，红萝卜白萝卜也好了。另一个铁锅头，蒸好了甑子饭。

李大娘熄了火，开始切肉。

第一片，她切得大而厚，递给一直眼巴巴死盯着腊肉的我。我小小地咬下一口，含在嘴里细细咀嚼，舍不得马上吞。我举起这片肉，递到李大娘嘴边，让她也咬一口，李大娘却不肯，她说不饿，晚饭时再吃。

李大娘把三坨肉都切成大大的薄片，码在大碗里。剩下一坨最大的，没切。

晚饭时，一大碗腊肉、一大碗红白萝卜汤、四碗米饭，我们全家人欢快地吃着，听爸爸聊部队趣事。没夹几筷子，腊肉就剩得只小半碗了。

妈妈问道："孃孃，肉你还留了哇？"

李大娘矢口否认："没有，全部切在碗头了。"

"两斤肉咋就这点儿？"

"你意思是我偷吃嗦？"李大娘急了，骂骂咧咧起来。

爸爸见状，责怪妈妈不该说质疑李大娘的话。

妈妈放下碗，气冲冲进了房间，爸爸呆坐片刻，也跟了进去。

李大娘见他们离开，二话不说，一抬手就把饭桌整个掀翻，腊肉在空中翻了几个滚，全部落到地上。

我跪在地上，把腊肉一片片捡起来，叠在碗里。拿起最上面的那片，吹了吹灰，放进嘴，慢慢嚼，依然舍不得一下子吞。

李大娘一把把我拉进怀里头，抱得死紧死紧。她的眼泪一滴一滴掉到我脸上，我伸出舌头舔了舔，淡咸淡咸的。

过了两天，李大娘要回眉山乡下的老家。

妈妈上班后，她开始装行李：先放一双新崭崭的男棉鞋，叠好一件半旧的军用男棉背心，又装进一大袋萝卜干。最后，悄咪咪走到碗柜前，摸摸索索拿出一坨报纸，打开闻了闻，看几秒，两眼放光。她把那坨报纸放进背篼的最下面，用萝卜干盖得严严实实。然后，她背起背篼，走出院子，步行十五里，转火车，去老家看她的亲生儿子。

李大娘是眉山人，丈夫病死后改嫁给外公。那年，妈妈三岁。

黄可静，白羊座猴女，时间管理最好的成都牙尖孃孃，用力当收藏家里文字最白描静气的那枚。故乡，成都市新津区。

断指

章立娟

一

大姨一出生就是断指。

我曾细细观察过她的手。左手中指的位置空缺，其余手指粗壮，骨节硕大，皱皱巴巴，布满了老茧。她的左手不能正常地合拢，总是突兀地向外支棱，像老树的枝丫，歪歪扭扭，猛地一看，很有点吓人。

大姨不是我的亲大姨。一九八四年，妈妈刚到渠县清和镇政府工作，县上要求每个干部都和贫困户结对子。妈妈被安排帮扶双盘村，村支书周大河说："陈同志，你初来乍到，我帮你安排一户关系简单的人家吧，这家的女人也姓陈，就是太老实了，日子过得紧巴巴的，连提留税都交不起。"于是，妈妈就和大姨一家结成了对子。

大姨是二十五岁那年嫁到双盘村的。她的娘家在清和镇隔壁的麻柳镇白塔村，村子距离镇上两公里，家里还有一个哥哥、一个妹妹。她父亲是个老实巴交的石匠，有一次在邻村干活时，被山上掉下的飞石砸了脚，落下了残疾，从此只能躺在床上。她母亲一只眼睛不太好，走路、干活总是慢吞吞的。父亲残疾后，常常躺在床上唉声叹气，有好事的邻居跑去她母亲耳边嚼舌根："陈大嫂，你家怎么这么倒霉哟？那么多石匠一起打石头，就你家老陈被砸了，是不是因为二妹是断指，把她爸爸克到了？"

她母亲听了，无奈地摇摇头："莫说了，这都是命。"

两年后，大姨的父亲去世了，去世前拉着她母亲的手，让赶紧给二妹找个人家。大姨的母亲便把这事张罗了起来。大姨长得不好看，方脸、龅牙、个子矮、皮肤黑，手还有残疾，本村本镇的鲜有人上门提亲，张媒婆来过几次又没有下文了。慢慢地，大姨的婚事就耽误了下来。

过了一年，大姨的母亲也去世了，去世前给儿子定下了婚事，是本村王铁匠的女儿王金花。三妹长得漂亮，皮肤白、个子高、口齿伶俐，婚事定到了麻柳镇上的一个屠户家。只有大姨的婚事，一直悬在半空，没有着落。

嫂子进门后，大姨的日子越发难过了。嫂子嫌她笨、做事慢，时常在哥哥面前告状。渐渐地，哥哥也看她不顺眼。

大姨主动上门找了张媒婆，送了一块布料，是她背着哥哥嫂子，起早贪黑挖折耳根去镇上卖，悄悄攒下来的钱买的。她求张媒婆帮忙，给她寻一门亲事。

这次张媒婆积极了很多，只过了两天就带回了消息，介绍的是清和镇云雾山一户姓范的人家。小伙子三十岁了，父母都已去世，还有个已经成了家的哥哥。张媒婆信誓旦旦地说，范家虽然穷，但是小伙子人老实，有力气，也吃得苦。不过云雾山太远，是个大山沟，离清和镇走路要两个多小时。

大姨考虑了三天，答应了这门婚事，两个月后嫁到了双盘村。

二

双盘村是清和镇最偏远的一个村，大姨的家在双盘村的腹地，翻过陡峭的云雾山，还要走半个小时。听妈妈说，她家的房子小得出奇，年深日久的穿斗房顶上掩着深黑色的茅草，堂屋中间搭了一张八仙桌，堂屋后是唯一的一间卧室，厨房、柴房、猪圈由前至后挤在一起，凑成了右边偏房。

妈妈和她家结对子，帮扶了三年。

第一年，县上要求为贫困户买一包肥料，妈妈看她家庄稼长得不好，就买了两包，一包尿素，一包碳铵。自从有了肥料，大姨家的庄稼开始好了起来。第二年，县上要求帮助搞副业，大姨本来想喂鸡鸭，妈妈说鸡鸭不值钱，就买了一头小猪让她喂。过年时，她给我家送来半边猪肉，其余的半边拿去卖了，开始有了零花钱。第三年，妈妈拿钱让她买了两头小猪，喂到过年，她给我家送来半边，自己留下半边，剩下的一头拿去卖了。

慢慢地，她家的生活有了改善，除了按时上交提留税，手里也有了些许余钱。

从我记事起，大姨便常来我家。每逢一四七的赶场天，她背着一个又宽又长的背篓，里面装着自家地里新摘的冬瓜、南瓜、红薯、四季豆，等到散场了，就来我家吃午饭。

我是极其盼望她来的，她一来，总会给我带一些平时吃不到的小零食。我喜欢吃李老头儿炒的爆米花，但妈妈说爆米花上火，从不允许我吃，任凭我再三央求都不管用。隔三岔五，大姨会带上自家种的玉米，去李老头儿那里炒一大包，分成四五个小包，用厚厚的塑料袋里三层外三层地裹好，藏在背篓最底下，一来就悄悄地交给奶奶，再由奶奶藏起来，每天晚上睡觉前让我悄悄地吃一把。后来，李老头儿又开始炒米花糖，大姨就从家里带上米，让李老头儿炒五颜六色的米花糖。米花糖呈圆柱形，空心，约一尺长，外形像一根根竹笛，有黄色、白色、粉色。我拿到后不着急吃，放在嘴边当话筒，瓮声瓮气地讲话，逗得奶奶和大姨哈哈大笑。

镇政府院子外有一左一右两条小路，左边通往河垭村，右边通往响水村。往河垭村的路上有几座阴森肃穆的旧坟，我不敢轻易前往。响水村那条路就不同了，路上有稻田、小溪、野花、野草，可以挖折耳根，寻刺梨，摘桑葚，还可以刨野地瓜。镇政府的院子里没有和我年纪相仿的小朋友，奶奶有哮喘不想爬山，周末的下午，我常常一个人去挖折耳根，不免觉得寂寞。大姨来了就不同了，我想干什么，她都会陪着我。

八岁那年，七月末的一个下午，我睡完午觉，就嚷嚷着要去刨野地瓜。五点多钟，太阳还没下山，空气闷热难当，大姨轻声说："娟娟，今天这太阳好毒哦，等凉快的时候我们再去嘛。"见我噘起了嘴巴，大姨连忙去取了两顶草帽、两个篮子、一把蒲扇，牵着我的手出发了。

太阳明晃晃的，路上几乎没有什么行人，我俩一前一后地走着，不时刨开路边的野地瓜藤翻看。绿油油的野地瓜藤纵横交错，牢牢地网住地面，椭圆形的叶子，叶边呈锯齿状。野地瓜藏在藤的根部，如果运气好，会发现一丛一丛的果实聚成一窝。

成熟的野地瓜呈暗红色，表皮上有不规则的褐色小点，像妇人脸上星星点点的小雀斑，一口咬下去，汁水饱满，清甜清甜的。

刨了一个小时，只有零零星星的三十多颗。我有点泄气了，嘟囔着说："大姨，好热哟，我们回去吧，明天换个地方刨。"大姨摘下草帽，掏出手帕帮我擦了擦汗，安慰我说："前面马上就到西阳洞了，听说西阳洞有一面坡上的地瓜多，我们去看看。"

大姨牵着我，慢慢走到了西阳洞脚下。她抬眼观察了地形，选中了其中一面坡，这面山坡树木茂盛，旁有山泉顺流而下。大姨说："娟娟，这个位置好，背阴又潮湿，地瓜肯定多。"果然，这里藏着好多野地瓜，随意掀开瓜藤都能找到，个头比其他地方的大，颜色也更红，大姨和我不停地往篮子里放。

快到坡顶时，眼前出现一大片野地瓜藤，我急忙掀开，一股清新的香气扑鼻而来。我惊呼："大姨大姨快来看，我发现了宝贝！"大姨闻声过来，只见一片红彤彤的野地瓜聚在一起，大姨欢喜地说："这应该是地瓜王了吧。"

我俩一边摘，一边笑，大姨说："把这点摘完就回家吧。"我点了点头。还有最后两颗了，我正伸手去摘，耳边突然传来一阵嗡嗡声，只听大姨喊了一句："蜂子来了！"我吓得扔掉了手里的一颗大野地瓜，双腿发软，脚下开始打滑，差点跪了下去。大姨猛地捞起她的衣服，包在我头上，紧紧地护住了我。

不知道过了多久，大姨揭开了衣服，我一看，她的两只眼睛都肿了，手上也鼓了几个包。我急得哭了起来。大姨拍拍我的头说："没得事，只要你没有被蜂子蜇到就好。"我搀扶着她，深一脚浅一脚地下了坡，走上了大路。太阳快要落山了，空气里的暑热渐渐退去，不时吹来阵阵微风，舒服得很。我突然停下，拿起蒲扇帮她打扇，又从篮子里选了两颗最大的野地瓜，在衣服上擦了擦，喂到她嘴里，她笑得眼睛眯成一条缝，露出两颗黑黄黑黄的门牙，说了一句："好甜哪！"

三

除了大姨，有时多外婆也会来我家帮忙。多外婆是清和镇上有名的寡妇，丈夫早逝，她靠着当搬运工、帮人洗衣服，养大了四个孩子。因为丈夫也姓陈，她便和我家认了亲戚。

大姨是个慢性子，做事温吞吞的。洗碗要洗四五次，洗完后还要慢条斯理地擦灶台、擦锅、擦窗子，常常一个多小时才能收拾完。一大早去河边洗衣服，要洗到下午两三点，有几次奶奶还以为她出了什么事，赶去河边寻她，结果她还在不紧不慢地打肥皂。奶奶说："永碧呀，差不多就行了嘛。"她说："伯娘，那怎么行呢，你们的衣服，我都洗了四五遍的。"

多外婆自恃做事麻利，对大姨常常带着鄙夷的神色。"永碧呀，你这样洗碗，好浪费水哟！""你扫个地都扫这么久，要是我的话，都耕完五分田了。""永碧呀，你洗衣服是在绣花吗？我还以为你掉进河里去了呢！"

大姨听了这些话，脸上红一阵白一阵，嘴唇动几下，想说话，又说不出口，只得默默地转过身去，继续干活。

大姨虽然啰唆，但做事仔细，洗碗后把灶台、墙壁擦得亮锃锃的，窗户也要擦三四遍，直到一尘不染。多外婆虽然动作快，但马马虎虎的，弄得不如大姨干净。

奶奶私底下对妈妈说："说起来我还是喜欢永碧，虽然动作慢了些，但是做事清清爽爽的，让人放心。娟娟她多外婆就是个'毛三匠'，洗了碗连灶台也不收拾，还要我帮她擦屁股。"

四

奶奶喜欢去新街找李婆婆、张婆婆聊天，大姨在的时候，她常常带着大姨一起去，渐渐地，大姨和新街上的人家也熟悉了起来。有时，她们也会让大姨帮忙洗衣服，大姨总要先征求奶奶的意见，奶奶同意了，她才去洗。洗完后，那些人家会给她两三块钱，有时还会送她一些旧衣服。

张婆婆有个邻居，姓蒲，家里刚添了小孩，老人在老家干农活，男主人在外地上班，女主人开着理发店，遇上生意好的时候，常常忙不过来。蒲家女人悄悄问奶奶，能不能让大姨每天去帮她带一下娃娃。

奶奶说："不是我不帮你，永碧她没有生养过，带娃娃没得经验！"

蒲家女人说："伯娘，我看永碧姐姐做事仔细，她就帮我抱一下娃娃，其他事情也不让她做。"奶奶同意了。于是，大姨就时常去她家抱娃娃。

大姨没有生过孩子，连怀都没有怀过。她和大姨父不知道是谁的问题，也从来没去检查过。奶奶和妈妈曾经多次劝说他们抱养一个，大姨父倒是想得开，一谈到这个话题，总会爽朗地笑几声："哎呀，没得事，我侄儿小飞就像我的亲儿子一样，他说的，要给我养老送终。"

大姨倒是动过几次抱养的念头，但又觉得自家条件不好，怕养不起。一年一年地拖下来，两人年纪越来越大，更加淡了心思。

蒲家的小孩五个月大，长得肉嘟嘟的，胳膊腿像一节节粉粉嫩嫩的莲藕。说也奇怪，大姨没有生养过，但抱起小孩来一点也不生疏。她每天六点就起床，随便吃几口稀饭，就匆匆忙忙地往蒲家跑。

有几个周末，我起得早，就和她一起去。小孩在妈妈怀里吃完奶，大姨就接过来，抱到街沿上散步。她在街沿边打着圆圈地走，边走边拍小孩的背，走累了就坐下来，嘴里唱着不知哪里学来的歌，反反复复就那几句，咿咿呀呀的，五音不全，让人听了想笑。

有时，她也学着孩子妈妈"咯咯咯"地弹舌，小孩一听到弹舌声，就开始手舞足蹈，嘴巴张得大大的，发出嘿嘿嘿的笑声，大姨也跟着笑，眼神比平时更加温柔。

五

我只去过大姨家一次，那年是她四十岁生日，农历七月二十，快要收谷子了。

一大早，奶奶、爸爸、妈妈和我，提着新衣服、新鞋、白酒、水果，去给大姨祝寿。爸爸叫了一辆四轮车，把我们送到了双盘村村口。到大姨家已是十一点，除了大姨父的哥哥嫂嫂、侄儿侄媳，加上两个孩子，就没有其他客人了。大姨正忙着杀鸡，虽然流着汗，脸上仍是藏不住的笑意。

我第一次来，看哪里都觉得新奇，跑来跑去地到处参观。进门是堂屋，摆了一张八仙桌，周身的漆早已脱落，有两条桌腿不平整，都用小木块垫着。堂屋左边是新修的储藏室，储藏室正中是粮仓，角落里有一架风车，旁边堆着几个旧麻袋，装的是米糠、花生壳。粮仓是新砌的，有一米多高，四块板子。风车大约很久没用了，顶上结了几个大大小小的蜘蛛网。

她家没有电视，我觉得无聊，只好跟着两个小朋友去逗鸡笼里的小鸡。好不容易等到吃午饭了，大家纷纷客气，不肯上桌。八仙桌上拥挤地摆满了菜盘，还有两罐哑酒。她家的板凳比普通人家的板凳窄，我老是感觉不平整，有什么东西割得屁股疼，吃饭也不专心，不停地把板凳移来移去，妈妈狠狠地瞪了我一眼，我才老实下来。

吃完饭，爸爸妈妈有事，匆匆忙忙地走了，我和奶奶也想跟着回去，但大姨百般挽留，说我们第一次来她家，无论如何也要住一晚，奶奶只好答应了。

大姨让我睡午觉，我觉得不困，就和小飞的两个孩子去捉蜻蜓。回来后，我说要上厕所，大姨带着我去了厨房后的猪圈，指着两块石板搭成的茅坑，说就是这里了。

猪圈里黑黢黢的，猪身上的臭味，混合着猪食的味道、茅坑的味道，让人作呕，我本能地往后退了退。大姨不好意思地捋了捋头发，低声说："娟娟，大姨这里条件差，今天只有先将就一下了。"说完把我牵到了茅坑边。我慢慢地蹲了下去，突然觉得身后有什么东西在动，猛的一下弹起，原来是猪圈里的两头猪在使劲往外拱，几乎凑到我的屁股了。大姨拿起旁边的扫帚，在猪圈栏上用力地敲了几下，把猪赶去了里面。

我担惊受怕地上完厕所，心里想着，晚饭时要少喝点水，千万不要再来这个地方了。

大姨家只有一张床。晚上，奶奶、大姨和我睡床，大姨父去小飞家睡了。没有电扇，大姨一边和奶奶摆着龙门阵，一边不停地为我摇蒲扇。

我翻来覆去睡不着，突然闻到了一股刺鼻的味道。我脱口而出："什么味儿啊？好难闻。"奶奶和大姨都笑了："笨蛋，这是尿桶的味道。"我一边捏住鼻子，一边皱着眉头喊："好臭啊，好臭啊！"大姨坐了起来，吞吞吐吐地说："娟娟闻不惯，要不然我提出去。"奶奶说："算了，永碧，就放在这里，万一我们要起夜呢。"大姨又躺了回去。

那天晚上，满屋子萦绕着一股隐隐约约、挥之不去的味道，我整晚都没有睡好。

恍惚中，我听见奶奶在问："永碧呀，你今天过生日，怎么你妹妹妹夫没有来呢？我只晓得你和哥哥嫂嫂没有走动，你们两姐妹以前还是有来往的嘛！"大姨似乎在小声抽泣："伯娘，你不晓得，我们也好久没有来往了。"奶奶说："为啥子呢？她是你亲妹妹，她生娃娃你不是还去帮忙了吗？"

大姨说："是啊，生老大的时候我去伺候了三个月，娃娃长得白

77

白胖胖的，他们就高兴。前年她生老二，我又去了，这个娃儿生下来就瘦小，又爱哭，我走的头天晚上，多抱了几下，放回床上的时候他妈妈没有接稳，摔到了地下，脑壳上起了鸡蛋那么大一个青包。第二天去医院检查，说是摔成脑震荡了，以后长大了脑壳可能有问题。娃儿的爷爷就怪我没有放稳，才让他孙子摔了跤，说我是断了指的，不吉利。"

奶奶气愤地说："真是不识好的东西！娃儿爷爷那样想，你妹妹该不会那样想吧？"大姨深深地叹了一口气："哎，不晓得嘛，反正从那以后，她再也没有叫过我去她家里了。"

第二天一早，趁着凉快，大姨送我和奶奶回家。她背着往常的那个大背篼，里面装满了丝瓜、南瓜、冬瓜。我走在中间，一会儿扯扯路边的狗尾巴草，一会儿踢踢草上的露珠。奶奶在最后，走一截就开始喘气，然后停下来休息。要翻云雾山了，奶奶说："永碧呀，你们这个山哦，实在难爬，我硬是架了好大的势才来的哟。"

大姨转过身，豆大的汗珠顺着脸颊不断地往下流，她掏出手帕，细细地擦了汗，用双手托了托背篼："伯娘，我嫁到这里了，没得办法，再远的路也要走。"

远处的大山连绵起伏，山顶的雾气白茫茫一片，和浓厚的云朵融为一体。知了不停地叫，我们走走停停，两个小时后才到公路边，搭上客车回家。

回到家，我和奶奶脱了鞋，发现脚已经起了水泡。我抱怨道："大姨家太远了，我以后再也不得去了。"奶奶长叹了一口气："哎呀，永碧也是造孽哟，嫁那么远，上个街脚都要走痛。你以后要对大姨好点，她平时给我们背菜还是辛苦。"

六

大姨五十岁那年，清和镇政府兴办了敬老院，大姨大姨父都是符合条件的五保户，妈妈帮他们写了申请，他俩就一起到了敬老院。

敬老院是原来的镇政府办公楼改建的，将二十多间办公室粉刷一新，每个房间放进两张一米五的床、一个铁皮衣柜、两把竹椅子，就成了孤寡老人的卧室。会议室里新装了一台二十一寸的长虹彩电，再放进新的椭圆形长桌，就成了老人们的活动室。

敬老院里住着四十多个老人，吃穿用度全由政府负责。春夏秋冬，每季发两身新衣服、一双新鞋，每人每月发二十元零花钱。四十多个老人里，以老头子居多，除了大姨，另外还有两个七十来岁的老太婆。老人们平日里无事可做，靠着看电视、打长牌、爬山、吹牛打发时间。

大姨父生性勤快，个子又高又大，是个热心肠，爸爸推荐他和一个叫聋子的老人去厨房帮忙。

聋子帮着厨师黄叔叔切菜、拌菜，大姨父干的是烧开水、喂猪、种菜的杂活。敬老院每年喂两头猪，一头年底杀来吃，另一头拿去卖，卖的钱充公，但会给聋子和大姨父分一部分。菜是老人们自己种的，主要供敬老院吃，吃不完也拿去镇上卖。

大姨父每天忙得脚不停步，浑身都是干劲。那时我家住在敬老院对面的一栋楼，他那爽朗的笑声时常在院子里响起。每天烧开水时，他特意帮我家多烧两瓶，一听到噔噔噔的脚步声，我就知道，是大姨父来送开水了。

在敬老院生活了五年，大姨和大姨父好像都变得年轻了，皮肤也变白了。那时奶奶已经去世，大姨还像从前那样，没事就去新街上和妇人们聊天。许家生了小孩没人带，想让大姨去帮忙，每个月给三十块钱，大姨爽快地答应了。

有时我路过，看见大姨抱着许家小孩，仍像从前抱蒲家小孩那样，一边满脸笑意地看着她，一边轻轻拍打。

七

敬老院里有个五十多岁的单身汉，名叫李老高，身高一米九，脸色苍白，瘦骨嶙峋，头戴一顶鸭舌帽，在人群里显得十分怪异。他为人尖酸刻薄，在家时就常常和两个哥哥吵架，是河垭村有名的刺头。到敬老院不久，他就开始拉帮结派，对那些年纪大、行动不便的老人，动不动就挖苦人家，说一些阴阳怪气的话。

敬老院有一个惯例，遇上过年过节，孤寡老人的家人会来接他们回去过节。大姨父的侄儿小飞经常来接他们，要是偶尔没来，妈妈就会叫大姨和大姨父来我家吃饭。李老高的家人从来没有接过他，每到过节，他都要发脾气，在空落落的餐厅撒泼，摔碗、扔筷子，再把两个哥哥骂得狗血淋头。

渐渐地，李老高成了敬老院的一霸，大家都不敢惹他。

大姨父是个直性子，有时看不惯李老高欺负人，站出来制止，李老高就连着大姨父一起骂。爸爸那时当着敬老院的院长，知道这事儿后，狠狠地批评了李老高。

李老高消停了一段时间，又打起了歪主意。他向大姨父道了歉，说了软话，有时也帮着烧开水，渐渐地，两人越走越近。他开始苦口婆心地劝说大姨父："老范，你好笨哦，大家都在耍，你一个人去下苦力。天天干这么多事，有没有给你多发一分钱嘛！""敬老院的人就晓得指使你干活，他们怎么不敢指使我呢？还不是因为你太老实了，所以欺负你！""依我说呀，你还是该回家去住。这里住着有什么好？一点自由都没有，像坐牢一样。你先回去，过段时间我们全部都回去，敬老院就要垮了。"

大姨父一开始也不信他的话，禁不住他天天在耳边念叨，竟然慢慢地当了真。

大姨父心里有了想法，也不去厨房帮忙了，烧开水、喂猪、种菜的事情，统统不干了。爸爸问他原因，他气鼓鼓地不说话。爸爸批评了他两句，他急赤白脸地和爸爸大吵了一架，说爸爸利用他、欺负他，他要回家去住。

第二天，他就收拾东西，回了老家。

八

大姨父走之前，想让大姨和他一起回老家。大姨坚定地说："你回去嘛，我是不得走的。"大姨父气得差点打人，被爸爸妈妈拦住了。从此以后，他们俩就分开过，大姨父在老家继续种地，大姨在敬老院过着衣食无忧的生活。

大姨父回家一年后，就得了肺气肿。他自年轻时就有慢性支气管炎，在敬老院时看病免费，一犯病了就有药吃，严重的时候，爸爸送他去渠县中医院住几天院就好了。回家后他又要干农活，又要自己洗衣做饭，生了病没有按时吃药，就越拖越严重了。

大姨父病重后，曾经让小飞带信给大姨，让大姨回去。大姨恨恨地说："当时我叫他不要回去不要回去，他个砍脑壳的，相信别人的唆使，这下好了嘛，该背时，我不得管他。"

大姨父的病越发严重，又拖了一年，还是去世了。棺材是小飞买的，葬礼是小飞办的。下葬之前，妈妈陪着大姨回去。小飞一边流泪，一边骂大姨，说她无情无义，心肠狠毒，连男人也不管，只顾自己享受。说到激动处，小飞跳到大姨跟前，指着大姨的鼻子骂：

"就是你个不吉利的断指女人，把我幺叔克死了，我要让你偿命！"

说完就扑过来，用脚踢大姨，幸亏旁人拦住了。妈妈说，大姨气得脸色发青，哭晕了过去。

大姨父下完葬，大姨就回了敬老院。她还是和从前一样，常常去新街上聊天，碰上哪家需要帮忙的就去帮忙。李老高像变了一个人，巴巴地跟在她身后套近乎，吃饭时也挨着她坐，她都爱答不理的。

不久，敬老院传出了闲话，说李老高在追求大姨。妈妈笑着问起大姨这事儿，她翻了个白眼，撇了撇嘴："他也不照下镜子，看看自己像个什么东西？要不是他挑拨离间，我老范也不得死那么早。现在又来打我的主意，门儿都没有。"

李老高见软的不行，又来硬的。他挑唆敬老院的其他老人孤立大姨，大姨也不生气，她和其他老人本就没有多少共同语言，不说话也没什么要紧。李老高见大姨软硬不吃，只得放弃了。

九

两年后，厨师黄叔叔的堂哥黄长林住进了敬老院。

他五十八岁，个子生得矮小，长着一张娃娃脸，冷不丁看背影，还以为是个十多岁的学生。他家里条件不好，父母自年轻时就有病，他一直在家伺候，因此耽误了婚事。黄叔叔看他一个人怪可怜的，就帮他写申请，进了敬老院。他会补鞋，一到逢场天，就提着两个箱子去新街上补鞋。他手艺好，收费低，生意越来越好。

在这之前，清和镇只有一个叫哑巴的补鞋匠，是个凶巴巴的单身汉，仗着自己做的是独门生意，收费颇有点高。黄长林来了后，哑巴的生意被分走了一大半，为此，哑巴很不高兴，常常指着黄长林，咿咿呀呀地嚷个不停。

黄长林为人大方，冷场天常常为敬老院的老人免费补鞋，有时也买一些卤菜、饼干来请客。

一起摆龙门阵时，好多老人都开玩笑："老黄哦，你才划不来，自己有手艺，又会挣钱，跑到这里来干什么呢？""老黄，你想不想结婚？我给你介绍一个，又年轻又漂亮。"黄长林总是笑呵呵地说："哪里哪里，我没得什么本事，不要去祸害别人了。"

一天晚上，我们正在吃晚饭，大姨突然和黄长林一起来到了我家。妈妈诧异地招呼他们坐下，他俩扯着衣角，扭扭捏捏地挨在一起坐下了。

一会儿，黄长林站了起来，红着脸，磕磕绊绊地说："陈同志，有个事情我想给你说一下。我，我，我想和永碧结婚。"我扑哧一声笑了出来，妈妈也笑了，转过头问大姨："姐姐，你怎么想的？"大姨脸上闪过一片红晕，羞涩地笑了起来："我愿意。"黄长林拍了拍胸脯，诚恳地说："胡同志，陈同志，你们放心嘛，今后我一定对永碧好。"

两天后，他俩去镇政府的新办公楼领了结婚证。黄长林比以前更加卖力地干活，鞋摊生意越来越红火。大姨脸上也是喜气洋洋的，她比以前长胖了，长白了，因为每天刷牙，连牙齿似乎都变白了些。

黄长林挣的钱都交给大姨，她想怎么花就怎么花。敬老院那两个七十多岁的老太婆，常常拍着大腿，羡慕地对大姨说："永碧呀，你的命才好哦，老了老了还找到一个对你这么好的男人。"

一到逢场天，大姨就去衣服摊子上闲逛，逛完总是三件两件地买回来，有时还叫妈妈带她去渠县城里买衣服。发型也换了，再也不是十年如一日的男士头，而是去镇上新开的翠花发廊烫卷了，还染成了红棕色。妈妈有时会笑她："姐姐，你买这么多衣服，黄长林得不得说你乱用钱？"大姨急忙摆摆手："不得不得，是他叫我买的，我不买他还要生气呢！"

十

结婚五年后，黄长林突然瘫痪了。据说是在从县城买鞋油回来的路上发作的，口吐白沫，不省人事，中巴车上的人立即打了120，把他送去了渠县中医院。医生说是高血压引起的中风。

在医院住了两个月，人清醒过来了，但从此也站不起来了。出院后，大姨带着黄长林回到了敬老院，每天给他喂饭喂药、端屎端尿、翻身按摩。她一下子变得异常忙碌。

不知从何时起，镇上又传出了闲话，说大姨克夫。

妇人们聚在一起就叽叽喳喳地议论个不停，一个说："老话还是有道理呀，说断指克夫那可不是开玩笑的。"另一个说："就是就是，她把头一个丈夫克死了，后头这个这么能干，又被她克得瘫痪了。"

大姨每天忙着照顾病人，再也没有时间去新街上聊天闲耍了。

偶尔去买个东西，人家都躲她远远的，特别是有婴儿的人家，都不敢让她抱。

她自己大约也察觉出了其中的蹊跷，不再主动和人搭话，也不去抱别人家的小孩，买完东西，就埋着头快步离开。但是也有例外，路过蒲家、许家时，两家人对她还像平时那般热情，非要拉着她进屋去坐。大姨总是推辞，说自己要回去照顾病人，匆匆地走了。

十一

天气好的时候，大姨常常用轮椅推着黄长林在敬老院的院子里晒太阳。黄长林生性乐观，虽然走不了路，但还是喜欢和人摆龙门阵，话说得不如以前那么清楚了，但大家经常听，也能猜个八九不离十。

大姨除了照顾黄长林，就是到处寻医问药。只要听说哪里有治疗中风的医生，她就立马寻去。有几次，大姨还去了渠县最北边的岩丰镇、文崇镇。早上六点出发，晚上七点才到家，每次回来，手里总提着一大包中药。她还托爸爸从县城带回了一个荥经黑砂锅，专门用来熬药。

每天一大早，敬老院的厨房里都会传出一股浓郁的中药味，有时苦，有时香。

不知道是哪个医生的药起了作用，一年后，黄长林居然从轮椅上站了起来，可以拄着拐杖慢慢地走路了。他逢人便说，大姨是他的福星，让他重新站了起来。

黄长林又摆起了鞋摊。老主顾们把鞋送到敬老院来，等补好了，就由大姨送回去。

逢场天，黄长林戴一副黑框老花镜，围一条褐色牛皮围裙，一边哼歌，一边用补鞋刀在鞋上划来划去，然后不紧不慢地摇着补鞋机，细细地扎。

大姨仍像从前那样，去衣服摊子上闲逛，等到散场了，慢悠悠地提着新衣服回来。她的发型又换了，是在翠花发廊新烫的羊毛卷，染成了时下流行的板栗色，在阳光的照射下，闪出透亮的光，十分好看。

章立娟，四川渠县人。行过许多地方的桥，看过许多次云，最爱的还是故乡。故乡的那条小河，常常在心里缓缓流动。希望有一天，能以自己的笔触，写出河边小镇上人们的生、老、病、死，爱、恨、情、愁。

大雪

朱星海

一

　　离天亮还早，后窗上泛了点灰白。冬月里，三湖镇的天本就亮得晚，又赶上风吹雪，西北风裹挟着雪粒子，在暗夜里刮得鬼哭狼嚎，后半夜才收了声。窗外一点点恢复了平静，祖父断续的咳嗽声，听上去又重了些。咳嗽的间隙，喉咙里也像是扯开了风箱，呼哧呼哧地响。他摸索着起身披了棉袄，坐在炕沿上吧嗒起烟来。屋里没有掌灯，祖父的身子佝偻成一个阴影，在暗夜里一动不动，只有叼在嘴里的旱烟忽明忽暗。我早就醒了，憋着泡尿，缩在被窝里等天明。

祖母朝祖父坐着的方向转了个身，劝道："你不好不抽？都咳成啥样了，还戒不了那口烟？"

祖父咳了几声，紧跟着抽了口烟，叹气道："酒都戒了，要是再没口烟抽，还不如死了算屁。"

"你早晚得死在这口烟上。"

祖父并不搭话，深吸一口烟后，紧跟着又是一阵咳嗽。

尿快要憋不住了。我掀起被子，打着哆嗦把棉袄棉裤招呼到身上，趿着棉乌拉下了炕。窗外泛了白，借着微光，隐约能看清祖父脚下的痰盂了。屋门像是被人从外面顶住了，怎么也推不开。我用肩膀使劲撞了两下，依旧纹丝不动。我已经九岁，可力气毕竟有限，只好去里屋找祖父。

祖父随我来到外屋，推了推门，也没推开。他沙哑着嗓子说："雪太厚，封了门，你去灶房里把小斧子拿过来。"祖父用斧刃一点点敲掉冻在窗框上的冰溜子，使足了劲，才把外面封着地膜的窗户勉强推开一扇，寒气裹着雪粉冲进屋来。我踩着木凳往窗外爬，祖父抓着我一条胳膊，一再叫我当心点。我从窗户跳到院子里，双脚沾地时，雪已没了膝盖，灌进敞着口的棉乌拉里，脚脖子冻得就像扎满了缝衣针。我顾不得脚上的冷，把憋了一整晚的尿滋在了雪地上。大雪不知何时已经歇了，天上灰蒙依旧，柴垛上的雪高了足有半米，蓬松着，风一吹就灌进脖领子里，透心地凉。

我找来木锨，一点点铲清堵住屋门的雪，又喊祖父从里面推，门总算开了。回到屋里，祖母已起来做早饭，她往昨夜还未燃尽的炭火上，又添了一捧豆秸和几块干透了的桦木绊子，火苗子重又蹿起来，把桦树皮烧得噼啪作响。我凑到灶坑前，坐在引火的豆秸上，把两只通红的脚从冻得梆硬的棉乌拉里抽出来，贴近灶坑烤暖。祖母往锅里添了几瓢水，盖上锅盖，交代我说："吃了早饭，你往道班上跑一趟，去找一下老歪头，让他再来给你爷摸摸脉，看抓点什么药对付着才好，再这么咳下去，怕是熬不到你爸回来了。"

二

我扒拉下两大碗干萝卜缨子做的小豆腐，蹚着雪出了门。我把狗皮帽子夺拉下来的两只耳朵扣在一起，又把棉手闷子套在手上。上路时天还铅灰着，太阳也没出来，怕是没这么快出来。这场大雪接连下了两天三夜，总算是停住了，再这么下下去，整个镇子快要埋在雪里了。

三湖镇窝在山坳里，一到冬天，四周的五花林就只剩下黑白两色。除了东大甸子里那片不落叶子的红松林，白桦、柞树、刺槐、水曲柳，还有些我叫不上名字的树，都只剩下光秃的枝杈，被冻在连绵无边的雪野里。

虽说是个镇子，可和长白山林区大部分镇子一样，只住着百十户人家，连个热闹点的地方也没有，买东西全靠礼拜六沿街铺开的大集。如果说三湖镇和别的镇有什么不同，得说那条伪满洲国留下来的窄轨铁路。冒着白烟的蒸汽小火车，装满一抱粗的圆木，从东大甸子的林海里缓缓驶过。镇上一半的人在三湖林场上班，说是工人，也无非整日待在深山老林里，干些使大力的活儿。

铁路边上蜿蜒着一条黑水河，从森林里流过，河水是黛青色的。大河转弯处，连着三个几亩地大小的野泡泽，三湖镇因此得名。道班的两间红砖房，就建在泡泽和道轨中间。三湖林场从山里伐下的木头，在这里装上蒸汽小火车，运往六十里外的木材加工厂。

道班离三湖镇撑死有五里路，若是放在平日，边走边看光景，个把小时就能到。可这场大雪一下，哪还有路？全叫雪给遮了，只能试探着往前走。我家周遭的邻居都紧闭着院门，大雪覆过了门槛，无人清扫，怕是人也都被封在了屋里。只有家家户户屋顶烟囱里缓缓冒着的白烟，让镇子看上去没有被完全冻住。街上也只有两行脚印和滴了一路的水迹，不知是谁家水缸空了，赶早起来挑水做饭。长街两边，各户人家院墙外面堆着的家什，都覆着厚厚的雪，只剩下隐约的轮廓，全凭回忆才能想起它们以前的样子——

刘大鼻子家门前窝着一堆鸡粪，准备来年春天化冻时，拉到地里做肥；老赫家院墙外垛着今年冬天新劈的两杖绊子，他家有六个孩子，要往学校里交的柴火不少；冯瘸子家大柳树下是一挂马车，冯瘸子上山放树被砸断腿后，那挂车就再没动过；老隋家门口，锯木架子上横着根还没锯完的柞木，下大雪之前，我还见老隋家的两个儿子拖着二人拽大锯，在那里锯木头。隋老二断了右臂，扯起锯来，空袖管荡来荡去……

三湖镇通往山外的公路也被大雪阻断了，我走了两里多路，没见一辆车开过去。平日里绑着防滑链子在路上呼啸而过的大解放，消失得无影无踪，再也不用躲避它们开过时扬起的风雪。路比以前更难走了，被车辙压得平滑发亮的路面，虽然覆上了一尺厚的雪，可底下一层还是滑的，遇着上下坡，很容易摔跟头。

往道班去，要先上一个大坡，再拐两个急弯。铁路和公路的交叉口，就在公路的第二道转弯处，沿着铁路走到东大甸子深处，再转一个大弯，远远地就能见着道班不起眼的班房了。

才走到红砖厂，我身上已经没劲了。

红砖厂和白土厂中间的山坳是个风口，凛风从西坡顶子刮下来，挟裹着灌木丛里的雪粒子，抽在脸上生疼。我背朝山口侧身走，将戴着狗皮帽子的后脑勺正对风口，这样能好受些。可风还是不要命地刮，我被吹得东倒西歪，吃不准路的边缘，一脚踩空，跌进路边深沟，一直滚到沟底的雪窝子里才停住。我挣扎着爬起来，摘下手闷子，弄干净脸上的雪，雪上沾着点血，柳树棵子在我的脸上划了道口子，沾了雪后生疼。我在沟里坐了好一会儿，才重又挣扎着起来，手脚并用爬出深沟。

我坐在路面上喘着粗气，用冻得通红的手指从棉乌拉的敞口里

92

往外抠雪，雪已经化成卵石样的冰疙瘩粘在袜子上。我有些沮丧，坐在雪地上算起日子来，巴望着回关里老家借钱的父亲能早些返来。

祖父久咳不愈，还照样去东大甸子开荒，直到咳出了血，父亲才套上牛车拉他去了趟县医院。大夫说肺结核是山里面常见的病，可治病的钱，即使掏空家底也摸不出来。祖母四处去借，可这苦寒地方的人家谁又存得下钱，能吃饱穿暖就心满意足了。熟识点的人家借了个遍，也只凑了一半。父亲这才坐上火车，回关里老家去想办法。

铁路上更不好走，连道轨都被雪埋了，更别说道轨下的火山灰渣和枕木了。镇西的小龙岗是个火山口，那边有取之不尽的火山灰。途经三湖镇的这段铁路，就是用小龙岗的火山灰铺的路基。

我顺着铁路往东大甸子深处走，枕木、火山灰渣，脚下踩到什么，全凭运气。有时也会踩到铁轨上，免不了滑出去，一屁股跌坐在枕木上，硌得屁股生疼，半天都爬不起来。

三

打我记事起，祖父就在东大甸子边上开荒。

那里最初是一片杂木林，生长着脸盆粗细的落叶松、白桦、核桃楸子和水曲柳，圆枣子和野葡萄的藤蔓缠在枝丫上，林间混杂的灌木和蒿草中长着些野树莓。祖父先是把高大的树木放倒，截去枝丫，用牛车拖回家里盖猪圈，树棵子垛在地头，等太阳晒干后拖回去当烧柴。接着点上一把火，烧光地里的荆条、灌木柳和蒿草。最艰难的事情，是把树根从被火烧过的林地里挖出来，这得使上大力气。

我长到五岁的时候，祖父常带着我一起来。他并不许我往树林子里钻，而是让我坐在一根树墩子上，守着他的烟袋、饭盒和茶缸子。我从小就见他光着被太阳晒得通红的膀子，抢起尖镐在那里刨树根。不远处的树林里，啄木鸟敲击树干的声音，连续且急促，快到我无法数清敲击的次数，让我一次次想要钻进林子去看它怎样工作，未得祖父允许，又不敢轻举妄动。只好攥着块用罐头的玻璃瓶底磨成的放大镜，聚起光点，烤不慎落入我视线里的虫子和蚂蚁。

休息时，祖父蹲在地头不紧不慢地卷旱烟，我便跑到他刨开的松土中去看有没有地蝲蛄、夹板虫或蜈蚣。有时候也能遇着窝破了家的蚂蚁，它们乱作一团，把米粒一般雪白的蚁蛋往安全的地方转移。

祖父身子乏了，就放下尖镐，让我把他装烧酒的军用水壶背上，领我走一条林间小路，穿过东大甸子里的沼泽，拐到铁路上来，再沿道轨走上半里地，去道班找老歪头喝酒。

夏天时，沼泽地里到处都是沤着污泥的小水泡，面上盖着蕨草，一脚踩进去能陷到脚踝。我在林子里跳着走，一手扶着白桦树，一手扒拉开野树莓繁芜的枝叶。每走上三回，总有一回要掉进小水泡里，黄胶鞋灌满稀泥，走在路上，鞋里的泥水也跟着晃荡。

老歪头在道班上"扳道轨"。这活儿比干大田轻快得多，一天有四趟火车从这里经过，有时也停在这里装木头。不同方向的火车在站台会车之前，老歪头要走半里路到铁道分岔口去接火车。其余时候，他和另一个老头窝在道班的班房里下棋。

四

我走到铁路分岔口时，远远地见着道班那两间红砖砌的班房，烟囱里平缓地冒着白烟。推开道班的房门，我掀起和军大衣一个色的厚布门帘，探头往里看。屋里暖烘烘的，老歪头没在里面，李大年提着把水壶，正在往暖瓶里灌水。炉前堆着一抱桦木绊子，鲜木头不好烧，炉口往外倒烟，屋里的空气有些昏沉。李大年扭过头来，他认出了我。

"你这孩子，大雪天的，不在家好好待着，咋跑这儿来了？"

"我老歪爷呢？"

"你找他？"

"我爷不太好，我奶让我来喊他去给瞅瞅。"

"他上林子里拉木头去了，你在这等吧，快该回来了。"

我坐在炉子边上烤火，棉乌拉上的雪一点点化开，打湿了的鞋面往外冒着蒸汽。我搓着冻得发木的手，摊开来凑近炉子烤，一点点缓和过来。冻得发红的脸蛋，被火这么一烤，痒得要命，一碰又生疼。我坐等了个把钟头，棉乌拉烤出了胶皮味儿，仍不见老歪头回来，便又盘问起李大年来："老歪爷去了哪片林子？远不远？"

李大年见我坐不住了，便用手指在茶缸子里蘸了水，在椅面上给我画起地图来，边画边喃喃地说："道班后面最大的那个泡泽你知道不？你先走到那儿，再沿着黑水河奔东走，那片林子里有块伐光了木头的空地，他就在那一片转悠，你到了那边再跟着脚印找就得了。"

我把狗皮帽子重又扣在头上，转身就要出门。李大年在我身后说："别走太深，找不着脚印就转头回来，这么厚的雪，可别迷了山。要是还没活腻味，就别往太深的林子里面钻。"

五

出了道班，我循着老歪头踩下的脚印往林子里面走。可刚转进林子里，就后悔起来。林子里的雪不知比道轨上深出多少，脚下磕磕绊绊，能踩着啥也摸不清底细，有时是倒木或树桩，有时是纠缠着的藤蔓和枯草，也有时一脚下去遇上深沟，雪就没到了大腿根，人瞬间矮了半截，戳在雪地里还没有一丛野树莓高。

狗皮帽子被树枝挂掉过几次，我那还冒着热气的头发，瞬间就给冻炸了，一缕缕地向上支棱着，就像头上顶着个刺猬。好容易摸到黑水河上，雪才算浅了些。这条河夏日里水急又冷，平常的冬天也只在表面冻一层冰，可如今也被这零下四十几度的严寒给冻得死死的，像一条蜿蜒的小路。

我沿着河道往东走，紧盯着河面上留下来的脚印。不知走出多远，脚印渐渐模糊了，我的眼前一片寂白，四周混沌起来，两只眼睛生疼。我被白茫茫一片给包围了，站在河面上眩晕起来，全分不清天地。我扶住河岸的一丛柳树棵子，枝上的雪扑啦啦直往下掉。不知还要走上多久才能找到老歪头，我浑身乏力，胸口怦怦狂跳。我试着往河岸上走，想站在高处看一眼身处的境况，可每回不是踩进了雪坑，就是歪倒在荆条丛里。我感觉哪儿不对劲，又全不知哪里不对，我那时并不知道什么是雪盲症。

我不打算往里走了，也不再试图爬到河岸上去，就站在河面上，扯起嗓子对着林子深处喊道：

"老——歪——爷——，老——歪——爷——"

声音湿暾得听不着回声，接下来是一阵长久的沉默，只听见树的枝干随风晃动，雪从枝头扑落下来，没等落到地上，又被风给扬成雪粉。

我又使出半身力气，仰头干号了几声，这回朝着冷空，声音似乎传出去老远，换回来的仍是寂静无声。我一屁股坐在雪地上，顺势仰躺下来，背脊马上感到了寒意。我打算就这么小躺一会儿，等恢复点体力，再原路返回。

班房里的炉子正烧得火热，装满水的水壶在炉子上吱吱作响，一想到这些，我周身也暖了起来，疲累中添了几分睡意。

六

我醒来时，正趴在暖烘烘的背上，军大衣上浸着一股陈年的烟熏火燎味儿。我听见大头皮鞋踩在雪地上的吱嘎吱嘎声，缓慢而沉稳，还有呼哧呼哧的喘气声。我已经恢复了一些力气，仍趴在宽厚的背上不想动。等我再次醒来，已躺在三张并在一起的椅子上，身下垫着件军大衣，铁皮炉子把我身上的棉袄烤得暖烘烘的。

我刚从椅子上爬起来，老歪头那张榆树皮一样皱巴巴的脸便凑了上来，两只被烟熏黄了的斗鸡眼盯着我看，我又回到了道班的班房里。李大年不知去哪儿了，屋里只剩下我和老歪头。见我醒来，他递给我一个茶缸子，我喝了一大口，又一股脑喷在铁皮炉子上。茶缸子里盛的是辣喉的烈酒。

"嘿嘿，喝点酒，驱驱寒气。"老歪头摸了摸我的额头，见我没有发烧，又接着说，"没啥事儿，暖和过来就好了。"

我把祖母交代的事情说了。老歪头叹了口气："你爷那病，就是累的。治不大好，一时半会儿也死不了。"

隔了一会儿，老歪头又道："你也别着急，先缓缓，等末班火车一过，我就跟你去。"

98

离最后一班火车开过去，时间还早。老歪头从大衣口袋里摸出烟袋锅来，又摸出一个猴王牌茉莉花茶的长条塑料袋，敞开口，从里面倒出些碎烟来，装进烟袋锅，用拇指压紧。老歪头抽了一口烟，不紧不慢地说："想当年，我和你爷可是死里逃生。"

铁皮炉子上，那把从早热到晚的水壶，被炉烟熏得黢黑，只剩了提手和壶嘴儿的部位依稀还能见出铝色。热水在壶里沸开着，那声音像极了刮风时松树的呜咽。老歪头给我讲起陈年旧事。

那还是生产队的时候，三湖镇周围的山林里，还有黑瞎子、狍子和野猪。秋收前，大家伙儿夜里要轮着守山，在地头上笼起篝火，以防黑瞎子下山祸害玉米地。有一回轮到我祖父和老歪头一起守夜，他俩一人带壶烧酒，一人带花生米，围着篝火，在同一个茶缸子里喝酒。起先都还聊得起劲，从深山野岭聊回关里老家，从生产队里的工分，聊到如何看牛相马。喝到半夜，酒劲上了头，两个人越聊越孤寡，谁也不服气谁。这个说，你能把我咋地？那个说，我不想把你咋地。互相隔空用指头戳戳点点，一直斗到后半夜。老歪头起身去撒尿，正尿得兴起，只见面前的玉米秧子一片片扑倒在地，赶紧解下裤腰带上挂着的手电，往玉米地里照。

这一照不打紧，只见一头黑瞎子，正一边掰玉米，一边沿着玉米地的垄沟往这边走来。老歪头的酒劲瞬间醒了一半，赶忙招呼我祖父。

我祖父借着酒胆，试图用一杆连狍子都打不死的自制土枪放倒这个浑身长满黑毛的大物。枪砂倒是全打在了黑瞎子胸前，无奈这野物身上蹭满了松脂，日积月累，皮毛比雪地里冻住的牛屎还硬。祖父被冲到面前的黑瞎子一掌划拉出老远，要不是老歪头从火堆里抽了根正烧着的棍子撵过来，黑瞎子也不会掉头跑回山里。

祖父捡回一条命来。按说黑瞎子一掌下来，也是凶多吉少，可他却只是右脸上留下几道抓痕，从此看上去面相凶险。

老歪头说："你爷命硬，没那么容易死。真要是死了，说不定还能少遭点罪。人这一辈子啊，有时候就像林子里那些站干，明明身子已经硬了，还能立上好几个冬天。"

七

老歪头起身，从屋角的桌上拿来一个陈旧的小木箱，从里面取出一瓶酒精，倒了点在白瓷小杯里，又从褐色小瓶里揪出一团棉花，蘸着酒精把几根三棱针擦了又擦。

"这套家什儿还是我爹在关里老家当赤脚医生的时候用的。那时候他叫我跟着他学中医，我不愿意，硬是要跟着二舅来闯关东。离开老家的时候，老头让我把这个箱子背上。现在回头想想，要是那时候学通了这门手艺，就不用出半辈子大力了。"

老歪头手里擎着一根三棱针端详了许久，又把它和其他几根包在一起，重新装到小木箱里。他回头看了一眼座钟，叮嘱我说："你在屋里再暖和暖和，我出去接了这趟车，咱们就走。"

老歪头从墙上摘了大盖帽扣在头上，又摘了红绿两面旗和一个有牛皮手柄的圆环。他掀开中间已经黑油油的布帘，推门出去了，大头皮鞋踩在雪地上的吱嘎声，一声声远了。

道班的小屋里安静下来，炉子里的柴火快要烧尽，只剩下微红的火炭，上面覆着一层蓬松的草木灰。没过多久，远处传来火车的鸣笛声，拖着老长的尾音，紧随其后的是"哐切——哐切——哐切——"，车轮撞击铁轨的声音，连续且匀称地由远而近。

我把温热的手掌贴在镶满冰花的窗玻璃上，融化出鸡蛋大小的一片透明，把脸贴在上面向外张望。

火车头上冒着的汩汩蒸汽，比火车还长，在站台上弥漫开来。周围又混沌起来，一时分不清哪是云天，哪是雪野了。

2022 年 7 月 28 日

写于成都

朱星海，1981 年生于吉林长白山，现居成都。设计师、写作者。文学作品曾发表于《滇池》《长江文艺》等，2005 年出版小说集《南欢北爱》。

彭家庙

屈川莉

一

　　每当清晨，四望山与马伏山之间，会飘来一段若有若无的青烟味儿，淡淡的。倘若顺着味儿闻去，便能看见在一片土黄砖房的村头上，有一座一半红墙一半白墙围着的老庙。庙檐四角挂着铜铃，庙门上是一张木匾，字有些脱漆了，却依旧能看出是"彭家庙"三个字。

　　庙殿前有一口四方鼎，鼎脚有一处已经瘸了，用八块红砖垫着。彭家庙里，只有一间主殿，内里有四根大红柱子。殿内供着一尊掉了漆的佛像，我叫不出名字。只是见他眉毛弯弯，就觉得很是亲近。

　　佛前的案台，只供着香。黄色的经幡，也只是随意地搭在佛脚边。佛殿的右侧，隔了木板，拉了帘布，成了守庙人马牙亥的房间。左侧，架着一口黑色的棺材，那也是马牙亥的。

二

前河上头，两山之间，有一热闹处，因下边河滩盛产的都是黄色的石头，这地儿，便名为黄石坝。

在我幼时，前河里头还有纤夫，去往黄石坝的山路还没有通车，只能靠着牛板车进出黄石坝。

听说，马牙亥就是躺在牛板车上，被拉进的黄石坝。

"那时他快死了。"一位老人说道。

"你咋晓得？"河滩边，另一位老人问。

"那年，就是我老汉儿他，在这河滩边，捡到了马牙亥。"老人手指向河滩的一处，然后又说，"他是从上头漂下来的，落在这里，头、脸、衣服全破了。我老汉儿以为他死了，走近去，才发现他还有气。就将他拉回了黄石坝。"

我正听得起劲，外公在河岸上扯了一嗓子，将我喊了回去。

外公将我抱上了牛板车，问我："你在河滩上做啥子？牛板车都差点走了。"

"我在听那个爷爷讲马牙亥。"我眼睛还望着河滩上两个老人的方向。

103

外公轻哼了一声，没搭我话。

我又问外公："马爷爷是外乡人吗？"

"问些废话，他姓马，又不姓彭，不是外乡人是什么！"

"那他是怎么来的黄石坝？"我问外公。

"管他怎么来的，反正都是要牛板车拉进来的。"

我看着外公："爷爷，我从哪里来的？"

"你生来就在黄石坝了。"

"不对，我是外乡人。"

外公瞪了我一眼："又在乱讲，你怎么是外乡人。"

"我也不姓彭啊。"我急着说道。

外公语气轻了些："你不一样。"

我低着头，嘴巴里咕哝："有啥不一样，他们还不是不同我一起耍。"

板车一颠一颠的，就到了黄石坝。一进坝，抬头就能看见不远处的彭家庙。一半的红墙，点亮了土黄色的村子。

庙门口，马牙亥正在扫地。地上又是村里孩子为了作弄马牙亥放火炮留下的渣。

马牙亥不爱说话，一天不见开口两句。于是村里的孩子都说他是哑巴，时常捉弄他，家里大人也都装作不知道。

他们捉弄马牙亥无趣后，便来捉弄我。先用鞭炮吓我，再把虫子丢在我身上。我被吓倒在地，大哭起来。那些孩子被我的样子逗得大笑，朝着我说："找不到爹的外姓娃，活该被欺负。"

这时候，马牙亥突然冲出来，拿着扫把冲他们比画。他眉眼自带弯弯的形态，但他不笑并将眼睛瞪起来时，眼珠凸出来，显得很是凶狠。

那些孩子许是被这样的马牙亥吓着了，一把散去了。

马牙亥走过来，将我扶了起来。然后他就开始扫火炮渣。我站在那里，这是我第一次认真地看眼前这个穿着藏青色涤卡上衣的老人。他脸上有几处小疤，可能是现在年岁大了，疤藏进了皱纹里，不细细瞧，是很难瞧出的。下颌挂着山羊般的胡须，同他的头发一样，细长又白。他身材不高，背脊却依旧笔挺。

我朝着他说："马爷爷，谢谢。"他像是没听到似的，头也没抬，低头扫着炮渣。

回到家，外公见我一身狼狈，问我怎么了。我不回答，却又开始委屈，一个劲儿地哭。哭累了，便说："我要回家。"

外公安慰我："兰兰，这里就是你家啊。"

我大吼出来："这里不是，我又不姓彭。"外公像知道了什么一样，拍拍我说："没事兰兰，等妈妈回来，带你改姓彭就好了。"

三

天还没全亮，马牙亥在庙里上完第一炷香，便背着竹篓出了彭家庙。他顺着牛板车下山的路，走去前河滩。他会走进河里，水到

105

小腿的位置，然后朝着前河滩的上游不停地走，直到背影消失在前河滩。

滩上的人都以为马牙亥走了，可过了好一会儿，又看见他背着竹篓，从河里走了回来。每日都是如此，渐渐地，牛板车上的人都传马牙亥是疯子。

马牙亥回到庙里，那炷香快灭了，他也不续香。倘若这天没有香客，彭家庙便只在清晨飘着青烟。

这时，与马牙亥一般大的老人，便会在庙门口，朝着他大骂："马牙亥，你就是个疯子。一天一道香，佛祖都要被你饿死了。"

马牙亥听着，也不恼。老人骂够了，便会离开。

慢慢地，马牙亥这里，似乎成了黄石坝的泄愤口。谁不开心了，便在庙门口朝着他骂。借口来去，无非就是佛祖没供养好，香火不旺。可他们却从不进庙去拜那尊掉了漆的佛。马牙亥都只听着，庙门也不关，随他们骂去。

这天，我同外公去叔叔家吃饭。在圆桌上，喝了酒的叔叔开始骂马牙亥："这个龟儿子，白住在我们坝上，村里供着他，他就应该把我们的庙看好。"

我忍不住反驳叔叔："怎么没看好？"

叔叔看着我，两个眼珠有些涣散，一嘴酒气地说："佛祖连香都吃不到，这难道叫看好了？"

"那你可以买香去庙子里拜啊。"

"我才不信那些鬼神，浪费这个钱。"叔叔醉醺醺地笑起来。

"那你怎么还骂他？"我语气有些激动。

"村里人都在骂他，外姓人咯，又不姓彭，骂下又无所谓。骂了他，心情就好了嘛。"叔叔还在笑。

我有些委屈，声音有些颤抖："外姓人就可以随便骂呀……"

叔叔醉了，外公也有些醉。两个人讲着话，我坐在一边，再说不出什么话。

四

晚饭后，我偷偷跑出了叔叔家。此时，天已经变成了藏蓝色，将暗未暗。

我一口气跑到庙门口，看见马牙亥站在庙院里，藏蓝色的涤卡上衣跟天色融为一体。只有下颌的白胡须，亮得像星星。

"马爷爷。"我喊他。

他转头看了我一眼，便走进了殿，去了小隔间里。我走进庙里，跟着他走进内殿。佛殿里，只有一盏电灯亮着，照着一角，是暖黄色的光。

我隔着帘布，问他："马爷爷，在这里，不姓彭就一定要被骂吗？"

帘布被掀开，马牙亥走了出来。他坐在殿坎上，眼睛向我看来，眉眼弯弯，没了上次的凶狠。他朝我招手。我走过去，坐在他身边。

隔了好久，他才说一句："外姓人，也不一定被欺负。"夹杂着外乡口音，声音虽厚，语调却是轻轻的。

"那你为什么被欺负？"

马牙亥盯着庙门口，转过头来问我："你为什么被欺负？"

"因为我不姓彭。"

"他们说，我没供好庙。"他说。

庙前突然安静了下来。好一会儿，我才问："马爷爷，你见过我爸吗？"我低着头，手指拨弄着衣角。

"我不知道谁是你爸。"马牙亥看了我一眼，嘴里吧了一口烟，"但我见过你妈妈。那时候，她还是个姑娘家。梳着两条麻花辫，就跟你现在一样。她见着我，也像你一样，喊得甜。"

我听着，头撑起来了一些。

他看了我一眼，又继续讲："那年，黄石坝来了一些眼生的青年，听说是下乡锻炼来的。个个都书生气，是该锻炼下。但是他们啊，还是迷倒了不少女娃子。"

"后来呢？"我着急地问，望着他，想让他继续讲下去。

"后来不过就是，青年们都回了城。听说那一批还有一个考上了大学。"

"那被迷倒的那些女娃子呢？"

"庙里人，不管这些俗事。"马牙亥伸手拂了拂掉在衣角上的烟灰。

我撇了撇嘴，话一转说："我就快姓彭了。"马牙亥看着我，他眼珠有些浑浊。

"自己的姓多好，姓彭有啥好的。"马牙亥声音轻轻地说着。

"姓彭就不会被他们欺负了。"

"你现在姓什么？"他问。

"姓鲁。"

"哦，那个大学生。"他声音很轻地飘过来，像清晨庙里那缕烟。

说完，他又沉默了一小会儿。我出声问："马爷爷，为啥这庙子外墙一半是白色啊？"

"那年下雨，这边墙就被冲塌了。"马牙亥道。

"下雨就冲塌了？"

"嗯，这庙子已经很老了，我都守了五十年了。"

"五十年了？那你怎么不改姓啊？"我问。

马牙亥轻声笑了下，然后又轻声地说："在我的家乡，是不可以改名的。改了，死后是找不着家的。"

五

此刻，天已经全暗下来了。庙外，外公寻我的声音传了过来。我跟马牙亥道了再见，快走到庙门口时，又问他："马爷爷，我之后还能来吗？"

他朝着我点头，说："外姓丫头，你来就是。"

我跑出了庙。外公见着我，声音有些急："死女娃子，跑哪儿去了？"

"我看佛去了。"说完，我牵着外公的手，往家走。

路上我问外公："爷爷，彭家庙很老了吗？"

外公想了想，点头说："这庙子，我老汉儿小时候就有了。"

"那为啥现在村里没人去拜它了？"

"要拜它的人，这些年都去见阎王了。"我们走了一会儿，起风了。外公口里直念着："要变天了，要变天了。"

到家时，屋外的风起得越发大了。

一连几天，我都是天不亮就去了庙门口，等着庙里青烟味儿飘出来，这时，马牙亥就该出庙下山了。

"马爷爷。"我喊他。

"你来干吗？"

我小声跟他说："我想跟你去前河滩。"

他不说话，背着竹篓就往前走。我追上去，瞥见竹篓里有衣服，和几块不知熟没有的土豆。

"马爷爷，你每天都去前河滩干吗？"我问他。

"探路。"

"水里能探什么路？"

"回家的路。"他说。

"马爷爷，那你为啥来黄石坝？"我问他。

"逃命。"他答道。

"逃命？那他们说你那时候快死了，是真的？"

"我小时候，我老娘带我去算过命，半仙儿说我是个长寿的。"他难得地嘴角上扬。

天刚亮，还灰白白的。我同马牙亥走回了黄石坝。

村里的人都用奇异的眼神看着我和他。有与外公关系好的，便拉着我说："兰兰，你咋跟这个疯老头走那么近，小心他伤你。"

"他才不是疯子。"我冲着他们吼。

我跟着马牙亥进了庙。他将竹篓放在棺材边，坐在殿坎上，从包里摸出一根叶子烟，抽了起来。烟竟然比四方鼎的青烟还要大。

"马爷爷，你为啥到黄石坝？"我不死心，继续问。

"说了，是逃命。"他将烟拿下来。

"可为什么从家里逃出来？"

马牙亥坐在蒲垫上，抬头看了看佛祖。"罢了，佛祖面前我不撒谎了。"

"因为我杀了人。"他说。

我被吓住，有些结巴地问："杀……杀人啊？"许是因为我的反应，他竟笑了一下。

"是，我将我老爹杀了。"他摸了摸白胡须，又继续说，"我老爹是个酒鬼。喝醉酒，就打人。打我老娘，打我。从小就这么过来的，也习惯了。只是没想到，他竟然还想把我老娘卖到桥底换酒钱。那天晚上我回到家，就看见他跟老娘在拉扯，老娘口头直求他：别卖我……我上去拉老娘，却被他一拳打过来，当场就落了两颗牙齿。

老娘来拉他，却拉不住。他喝疯了，他想打死我，所以我还手了，一拳一拳，打到他脸上、头上。"

"就打死他了？"我看着马牙亥，小声问。

马牙亥摇了摇头："不，我手都打烂了，他还是没死。血从他脑壳里慢慢流出来，我坐在他旁边，一时也晓不得该怎么办了。这时，老娘递给我一把镰刀，她割猪草用的。她眼睛通红，声音沙哑着对我说，儿啊，他不死，就还要卖我。"

马牙亥看向我，眼里有些浑浊："我抓住他头发，用镰刀勾住他脖子。杀了他后，老娘就喊我逃，顺着河逃。"

他看了看我："那年间，世道并不太平。我沿着前河一路走，如果遇到好心人，还能顺一段水路。最后一次顺的水路，船翻了。我撞到石头，便晕了过去，再醒来，就是在黄石坝了。"

"可马爷爷，你为啥来守庙？"

"因为只有他肯收留我。"依旧眉眼弯弯的马牙亥手指向佛祖。

"那过了这么多年，你怎么不想回家呢？"我问。

"怎么不想？可家是回不去的。"马牙亥道。

话音落下，庙子里安静了下来。突然天上闷雷响了，要变天了。

我同马牙亥道别："马爷爷，我先回家了。"

他笑着，冲我摆摆手，然后对我说了一句："兰兰，别怕马爷爷哦。"

"怎么会，你上次帮了我，是好爷爷。"我也朝他摆手。

他起身慢慢走向庙门口，将木门关上。走了一会儿，我再回头，只看见庙里微弱的鹅黄色的灯光，在风声下亮着。

这次的大雨，像是发泄一样，下了好几天好几夜。风也刮得狠烈，家里窗户都被吹得砰砰响。外公不准我再去庙里，也不准我去找马牙亥。

风刮到第二天，还不见小，雨下得也更大了。我坐在屋口门檐下，却听到了铜铃的声音，咚咚的，低沉浑厚。这是我第一次听见庙檐上的铃响。不多久，外面有人喊，彭家庙塌了，彭家庙塌了。

我打着伞朝着庙飞奔，却见庙外早已围满了人，有人还说："我本来早上想来骂骂马老头，过来却看见庙塌了。殿里的四根大柱子，都被过堂风吹断了。"

我走近一瞧，那外面的红白墙全塌了，殿内的大红柱子，也断了。佛祖被盖在了瓦片之下。马牙亥房间那边，也全被碎砖掩埋。左侧的棺材，成了黑色的木块。

我朝着里面喊："马爷爷，马爷爷。"声音发出时，竟有些颤抖。

庙门口围着的人越来越多，却没有一个要帮忙。我转头出去，朝着他们喊："你们帮忙找找他，你们快来啊。"

可他们只在旁边说："马牙亥，只怕是没命了。"

没人帮忙挖碎石堆，没人在乎埋在里面的马牙亥。庙门前的人群里，不知是谁喊了一句："管他死不死，又不姓彭。我还有一大堆活路等着做。"

大家便陆续散去。只剩下我，拿着伞撬石块。可没多久，我也被急匆匆跑来的外公拉走了。

彭家庙成了一片废墟。塌下来的石块就堆在那里，也没人清理。村里的小孩子常来这边玩，把鞭炮放在两块石头的缝隙间，声音会更响。

我也来，来搬石块，来找马牙亥。他们看见我，有时会骂："你这个没爹妈的外姓娃。"我不理，只顾自己撬着石头。

石头下，马牙亥我始终没找见，只捡到了一根烟杆和一块涤卡上衣的边角。黄石坝也无人再提及他，似乎他从不曾来过黄石坝。

一个清晨，我顺着山路下到了前河滩，将上衣边角缠上烟杆，一起丢进了河里。

屈川莉，女，95后，成都人，少时居于四川宣汉黄石坝。现为空中乘务员，就职于南航。

114

家婆的酒窝

了了

一

八月的最后几个秋老虎，仍不饶人。才七点过，太阳已火炭般逼进屋子，树上的叶儿纹丝不动。大人们出早工去了，我掐下一朵栀子花，闻一闻，已没了往日透鼻的浓香，朝外一扔，这时，却看到家婆拉开笆笆门，进院子来了。她找到王大妈，说过完中秋，我就满七岁，该上学了，今天来接我回家。

路上，家婆告诉我，我们一家在她屋头开伙，我下面的三个妹妹，晚上由爸爸妈妈带，我则挨她睡觉。

我的家乡九尺铺在川西坝子西北面，东西长，南北短，西头称上场，东头称下场，是一条二十分钟就能走完的转转街。雨后初晴，西北方能看到一丛丛黛青色的山。再往里，便是四季不化的雪山。它们是龙门山脉的颈脖子。

家婆的房子在川王宫巷子，是从隔壁姜姑婆房子中隔出来的两间。一间铺板上用白漆写着：千万不要忘记阶级斗争！这间做了卧室。另一间做厨房兼厕所，黑色马桶放在厨房角落，用一圈小柴秆围挡。有时想上厕所，而正做饭，只得忍。

夏天的一个午后，进厨房喝水，透过屋顶上的亮瓦，见一束光射在柴灶口吊着的土陶黑水壶上，针尖大的灰尘，在光中跑进跑出。我把手伸进光中当闸门，一放一关，和小灰尘们做着游戏。突然，天花板上一阵杂沓，随后，只听"咚"一声响，一个小东西掉下来，霎眼不见。不用说，是耗子，它们每晚在天花板上跑步的声音，重得像大兔子。

家婆在四川女人中，算是高身量的。她青果脸、短发，左右别两枚钢夹，爱穿立领的竹布斜襟衣服，衣服颜色几乎都是素净的蓝，海昌蓝、宝蓝、水蓝、烟蓝。也有一件诗人说的"雨过天青云破处"的天青色，盘扣钉在左胁下。出门前，她从不忘拿起那柄铜制的菱花水银镜，沾点水，照着镜子，把头发抿一抿。

奇怪的是，人家的酒窝都长在嘴角边，她的酒窝却落在颧骨上。

从前面看，家婆就是一个扎扎实实的家庭妇女，可从身后看她，挺直的腰背，从容的步伐，像学校的女先生。她的娘家在税家坝，是个聚族而居的大户人家。家有九兄妹，她行七，人称她七妹、

116

七姐、七嬢。她大姐夫在杜聿明手下做营长，父亲听从这位大女婿的建议，没给小女儿们缠脚，家婆便有一双方便走路的大脚。九兄妹都有自己的专属老师，家婆的老师刚教到"未嫁从父，既嫁从夫，夫死从子"，就因抑郁，跳河自杀了。父亲一番叹息后，没给她再找老师，只让她跟着母亲学绣花。

二

回到自己家，爸爸妈妈不像疼爱三个妹妹那样待我。爸买回的衣服，只有三套，没我的。我和老二干仗，下场都不好。打赢了，爸看到他的二宝贝嘴唇上翘，嘴巴一扁一扁，装一副委屈快哭的样子，便像孙猴子见到小妖怪那样，鼓起他虎彪彪的一双大眼逼射我，厉声喝道："该大让小，这你都不懂！"我挨他的打，下手还不轻。打输了，他不以为然，笑笑说："大的还打不过小的，该背时。"

妈呢，是个中专肄业生，吃饭都在翻书，平时说话，时不时冒出一两句名人名句来，街上人尊称她"郭老师"。她叫我"憷虫"，当着外人也喊，弄得我好没面子。妹妹们耳濡目染，一生气，左一个"乡巴佬儿"，右一个"乡巴佬儿"，根本不把我这个为长为大的放眼里。

一天，我趴在家婆的膝头，问她："爸为什么不喜欢我？"

"暂时的。"家婆正给衣服上扣子，针从纽扣洞中拉出穿进。

"那妈呢？她咋也不爱我？"

117

"她不懂事。"家婆起身收拾针线簸箕,"大孙女,不要和他们赌气,长大了,就好了,我还等你将来养我呢。"

这样的回答,搞得我云里雾里。

我妈店上的刘三伯儿,有事没事说我们四姊妹:"何家四千金,从头数到尾,一个比一个漂亮。"

听得多了,我略起反感,问他:"那从尾往头数呢?又是啥?"

他愣了一下,说:"一个比一个聪明嘛。"

我知道我不聪明,他说的是假话。一个人没事时,拿出镜子左照右照,确认自己既没爸的聪明相,也没妈的儒雅气,认定我是这家人捡来的。家里家外,我的话少了,走路常常不敢看人。

妈有个好同学蒋阿姨,她的妈妈在新都军屯场卫生院工作,我叫蒋婆婆。小学三年级的一天,蒋婆婆来我家做客,一见我,她一把把我抱上她的大腿,左看右看,亲了又亲,对家婆说:"这娃儿,她妈吃了那么多药,还没受震,真是天赐。"

"啥天赐啊?顺从天意就是了。这女子脑筋反应比她妹妹慢,懵里懵懂的。"

听到"懵"字,我扯扯蒋婆婆的袖口,大声告诉她:"妈给我取名懵虫,爸叫我狗东西。"

蒋婆婆吃惊地望向家婆,家婆把茶杯递到她手中,拉我下来,赶我出去玩。

我觉得两个婆婆要咬耳朵了,与我有关,便躲在屋外的街檐下,从铺板缝隙处,尖起耳朵听壁角。

"你女儿女婿这么恶待亲生子，究竟咋的嘛？"

家婆择着筲箕里的蕹菜，沉默了一会儿，才开口。

"难得说。她爸妈当初耍朋友，我是不赞成的。你想，都是娇生惯养长大的，以后独自生活了，咋处得好？但管不了啊！哪知，耍着耍着朋友，不晓得出了啥事情，闹着分手，但女儿肚子里已怀了娃儿，她非打掉不可。这不，还到过你那儿。我怕出问题，找到对方的父亲，先斩后奏，各请各的客，迫使他们办了喜酒。"

说到这里，家婆叹口气："婚是结了，女儿对我从此像敌人。两个冤家都怪罪到这个不该有的娃儿身上，一直把她丢在乡下不管。六岁多，该上学了，才同意让我接回来。"

"做父母的，这样做还是有些过分啊！你都不说一说？"

"嘴都说起茧了，不听的。"家婆躬下身去收拾地下的老根黄叶。

我拿准了我的确是家婆的亲外孙，一赶子跑到镇尾的天木桥，看河水中我的倒影，欢天喜地的。

三

每天，打更的鞭爷爷五更刚敲，就听得门吱呀一声，家婆端了一大盆全家人换下的衣服，去河边大青石上搓洗。家婆洗的外套，用米汤浆一浆，太阳下晒干，这样的衣服干透后闻起来有一股清香，穿在身上脆豁豁的，她爱穿这样的衣服。

趁煮饭的空当，她把清洗好的衣裳抖上门前竹制的晒衣竿。晒

119

衣竿一头放在竹三角架上，一头穿在刻有动物花卉的撑弓上。

饭在炭锅里大气勃勃，我也起床了。家婆解下围腰，过汉彭马路，去帮妹妹们穿衣服、洗脸梳头，再一起过川王宫巷子来吃饭。

新的一天开始了。

十天半月，家婆回娘家走一趟人户，一手提着礼物，一手牵着我。大的礼性是菟菟菜——一坨两斤重的二刀猪肉；中等的礼性是四把挂面；平常做生拜年，就在妈的店上买一封梯形的糖果子，上面贴一溜两指宽的红纸飞飞。走人户回家时，我包包里有亲戚装的"杂包儿"——糖酥、酥肝之类的干货熟食。家婆规定，"杂包儿"必须全给妹妹们，我已走了人户，不能再吃了。她说人要公平。

家婆的话，我有的听，有的不听。吃饭动筷前，她总要先喝半碗汤，一顿饭，没客也要吃半个小时。我性急，三五分钟，一碗饭落肚，她要我慢嚼细咽；我喝汤饮水咕噜咕噜往喉咙灌，她要我学会抿。学校正在批判小资产阶级思想，她扳不正我，也不骂不打，叹一口气罢了。对调皮的妹妹们，也是这样。

煮一家七口人的饭，洗一家七口人的衣，还要缝补，还要打扫卫生，还要为我们四个不算安分、成日间打得鬼哭狼嚎的娃儿们断公道，还要教我们怎样做斯文人，够她累的。晚上，脱下蓝布围裙，啪啪叭叭在肩上身上一阵乱掸，手在腰上打打，背上捶捶，一天就结束了。

有人从巷子经过，同情地问："七嬢，你一天忙得骡子一样，累不累，苦不苦啊？"

家婆把散到脸边来的几根头发，用已变粗骨的大手往耳后夹夹，愉快地回说："耍一会儿，进来坐坐。你说累？不累。不苦。带大就好了，带大就好了。"

她颧骨上的酒窝里，装满笑。

四

逢星期天，家婆不系围裙，不做家务，我们自己料理自己的吃喝。

这一天，她睡到该买菜做午饭的时间才起床。洗漱完，从联二柜上拿下家公留下的黄铜水烟枪，往枪座里倒上水，点燃纸捻，噗噗地吹，吹得纸捻红了，更红了，引上烟枪里的烟草，去斜躺在那张有年头的、微有坡度的红木贵妃榻上吸水烟。眼睛半闭半睁，不时长长地吐一口烟圈。下午，有文工团来演出，或余爷爷的围鼓队要唱清音，她定是去的。否则，我早跑去她的麻将搭子家，用手比个"八"字，别人便意会了——今天下午麻将，八爷家。去的路上，麻友们各走各的，见了面也不打招呼，像活动的地下党。因为政府不允许搞赌博，被捉的，得去挑水灌水池。

家婆也被罚过，但监管人员总是悄悄地对她说："七孃，你装个样子就回去吧。"

回到家，家婆对我这十来岁的大孙女，像对待老朋友一样，乐呵呵小声讲述她得到的优待，酒窝里又是装满的笑。

这一天，妈一见自己给自己放假的家婆，就板着一副难看的脸子，家婆不理会她，当没看见。

"妈，你一周六天都在忙，今天该休息了。去打麻将，赌红二十，开开心嘛。"爸如此说，并掏出几角钱，硬塞给家婆。

五

爸爸在镇上的印刷厂当头头儿，妈在给三个副食店做账。爸是镇上公认的聪明人。那时做衣服的锁边机很缺货，爸捣鼓出把缝纫机改成锁边机。星期天，总有人抬着蝴蝶牌、牡丹牌、飞跃牌、胜家牌，还有许多记不得牌子的缝纫机，从本乡、外乡，络绎来我们家求爸改修。所以，我们家虽然娃娃多，但生活还不算苦。可爸妈不和气，常吵架。爸人长得标致，顺性而为，对人大方，喜欢帮忙，这些，妈也没啥责备的。但只要看到爸主动给我们买零食，或提回一只卤板鸭，发也理过，脸也放光，从外面回来，妈便猜测他又是去和漂亮女人打堆了。她可不是啃一只卤板鸭就可敷衍的主儿。

她口齿伶俐，也可以写几笔，还在往杂志投稿。这已经够厉害了。关键是，文学上的夸张、虚构这些手法，她应用到爸身上，只要和人讲起爸的"风流"事，家婆说她——"一站能站出一个坑来"。对他们夫妻间的是是非非，家婆从来是不置一词。我和二妹常常为妈安在爸身上的"漂亮嬢嬢"脸红发烧。爸说不过妈，便出手打。人人都说这对冤孽把九尺铺搅酸了。

在我上小学四年级时，爸搬去了家斜对门的印刷厂独住。时不时，他站在两米宽的街沿上，背着手，朝我们家张望，样子可怜巴巴。我们想爸爸回家，妈却命令：不理他。

妈年过三十，便有了白头发。她叫我给她扯，可越扯越多。我说干脆用剪刀剪。她哭了，哭得很伤心，像是心头装有好大的委屈。

爸妈分居后，家婆不要星期天了，妈却变了，一下班便去打麻将，很晚才回。后来上班也去打，店里的经理常来家找她。家婆每每苦口婆心劝诫，她捂着灰灰脸上的嘴，打个长长的呵欠，反驳家婆："责任？凭什么我该有？想想娃儿？他呢？他咋不想想娃儿？"

家婆的四姐，我们称四姑婆，嫁在九尺铺街边上一个地主家庭，生有五个娃儿。一到走人户，她的女儿们便来向我妈借衣服鞋子穿。

逢场天的一个上午，家婆过来我家，对妈说："你四嬢上街来了，对我说今年一个儿子要娶，一个女儿要嫁，一家人很久都没下饭菜了。我们送几坨豆豉给他们哈。"

"我都不够。"话还没说完，妈已去花台边点簸箕里的豆豉数。出门前，望了望一旁练毛笔字的我。

妈一走，家婆把门闩上，来到花台边，从百十坨豆豉身上，每坨剥几颗，团成几小坨，找一张旧报纸包好，一只牡蛎白的蝴蝶也随她飞出了门。

"死女子，你一直在屋头。我问你，我的豆豉咋变小了呢？"
妈一回来，就去对她的豆豉数量。

我犹豫一下，便打定主意，仍坚持以前的选择，小声回答："太阳，嗯，太阳晒的嘛。"我的脸红了，双颊发烫，不敢抬头看妈。

"哟，确实是贴心豆瓣嘞。"

阴阳怪气的声音还没落尽，她已拉开院门，狠狠一关，门哐当一声，吓得我的笔在纸上涂了一个大黑疤。

事过三天，吃过晚饭，妈坐在饭桌上，对家婆床上打枕头仗玩的老三老四大声呵斥："滚出去。"

两个小东西一听，慌忙下床，靸起两片鞋便跑了。妈低下头，盯着被夕阳照亮的茶杯——家婆刚给她沏了一杯三花茶，开口道："妈，老四现在都能搭上板凳，站在灶台边洗碗了，我想，就不再麻烦你，我们分开过吧。"语气冷冰冰、硬邦邦，似乎没有商量的余地。我打个寒噤，心跳得像要从嘴里蹦出来，碗也忘捡了，抬头看家婆。

她正坐在一只小凳上剔牙，听妈这一说，手一抖，像被火钳烫了。微微皱一下眉，稍一定神后，家婆起身去碗柜里端出半碗肉臊子放在饭桌上，对妈说："走时端过去，你们下面好吃。"语气轻轻的。然后和平时一样，取下墙上挂着的扁担，挑起那对黄杨木大水桶，去了尹妈妈家的井坎。

六

家婆的家具摆放在卧室，贴墙而立，就是阴天，也泛红透亮。神仙柜最大，抹上面的灰，得搭上半米高的凳。上面的四个抽屉里，装着家公去世后，家婆靠绣花讨生活的活计。绣的枕套、被面、窗帘、帐檐中，我最喜欢的是一副枕套上面绣的两只熊猫，一大一小对坐，大的慈祥地看着小的，小的低头，貌似在认错。

两边的抽屉下，是小拉柜。其中一个放些香蜡纸钱，家公的生日、祭日，还有七月半要用。

中间的两个抽屉下是神龛，很朗阔。居中靠后，是黑色紫檀木雕刻的关公，尺来高。关公威风八面，手握青龙偃月刀，目视前方，两只眼睛睁得汤圆大，战袍下摆被风吹得微鼓。他的脚下，呈八字形排列一组厢柜，厢柜上雕刻着花叶牙子。家婆平时想家公了，就在关公脚下摆上一块刀头肉，拉一把竹制的丁丁猫椅子坐下，和家公摆起龙门阵。

家公去世时，本给家里留了些钱财，但家被抄过两次，值钱的东西几乎没有了。妈只说分开过，没说一月拿出多少钱来给家婆。

那时的农民，种田的收获上了公粮后便所剩无几，嫁到乡下的大嬢又哪来的钱供养家婆呢？

家婆又像当初家公去世后那样，靠绣花维生了。但她眼花了，手抖了，绣了拆，拆了绣。就这样了，街檐下太平缸里种的南瓜，该摘了，还是叫我先抱一个送给河边街上住偏偏房的困难户张哑巴。

二舅爷二舅婆来了，言谈间，向她传授怎么用一双破胶鞋，烧开一锅水，听得家婆泪眼婆娑。临走时，她给了两位孤苦的老人八斤计划供应粮票，还要他们以后每月来她这儿拿五斤，卖了补贴生活。

后来，我的东西充裕，也喜欢送人。送了后，还很称心，觉得我随家婆。

实在看不见绣花了，家婆便去乡下挨家逐户收鸡蛋卖。当时这叫投机倒把，是资本主义尾巴，要割的。

禽蛋市场设在下场猪市坝外的露天坝子，一逢场，笓笓筐筐挤挤挨挨，弯弯扭扭排几列，说话得敞开喉咙管。守着脚下一大篮鸡蛋，两只眼睛落在来来往往的人身上。突然，有人吼："市管会来了！"

人们一下子作鸟兽散。"割尾巴"的人太胖，又是个老太婆，她跑不赢我们。

钻进油菜花田，坐在田坎上，家婆仰望着头顶的蓝天，半天不说话。打碎的几个鸡蛋，把笓笓涂得又黄又黏。我摸着家婆一五二五、一十二十数过的鸡蛋，感觉上头仿佛还带着家婆的手温。

几天后，家婆去了成都东郊热电厂做保姆。春节回家，买回一件粉红小格子的线呢上衣，她对三个妹妹说："姐姐先穿，以后她穿着小了，你们再穿。"

穿着胸前压了一线白纱花的新衣裳上学，课堂上，老师两次请我回答问题。课间休息，女同学们团团围住我，评论衣服的小圆领是最新式样，胸前袖口嵌的牙子真像一朵朵溅起的浪花。她们叮嘱我洗时只能轻轻手搓。供销社主任的女儿，一把掀开同学，不由分说硬挤进来，手搭在我肩上，昂起头，带着我离开她们，好像我是她最好的朋友。在家，二妹央求我说："姐姐，让我摸一下，摸一下，只摸一下嘛。"

成都买的新衣服让我好洋盘，气骨一下子变高许多。

一年后，风湿病痛得家婆无法做事，只得回家。那时，爸和妈已离婚。

爸离开了九尺铺，承诺给我们的生活费也不支付。妈拖着四个醒来张嘴就要吃的娃儿，也很乏力。她已不再去打麻将，一临春节就摆摊子帮人写对联，帮年轻人写求爱信，赚点小钱贴补家用。别人染红纸丢弃的缸子，她捡回来当米缸用，我们被迫吃了许多年的红米饭。不知是吃多了缸子上残留的染料，还是营养不足，四姊妹中，最高的个子才一米五五。妈那时就为我们实行了分餐制，一根莴笋，也分作四份，各吃各的——当然不是为讲卫生。

家婆从成都回来后，先被外号"黄鸡婆"的黄嬢嬢收留小住，再被李二婶的小女儿接去县城住了半年。回娘家，又在自己幺兄弟家过完冬天，甚至还坐火车，去安徽合肥她九妹家吃了几个月的饭。每一家都对她很好，但她仍主动再三告辞。家婆说："这总归不是长法。"

家里值钱的东西，七拼八凑找出来，让收荒匠周南平一估，再节约，也耐不过一季了。家婆走了守寡女人走的最后一着棋——嫁人吃饭。新家公在埋兵马俑的临潼县城。

动身去临潼的前一天，是个月黑头。吃过夜饭，一家人的衣服鞋袜，床上堆了一大堆。家婆的至交李婆婆和隔壁的姜姑婆来了。我们早用上电灯了，家婆没安，说费钱。三个婆婆围在一盏清油灯前，家婆往棉袄的肩部、肘部加棉花，李婆婆用针合缝，姜姑婆加固纽扣。

我趴在家婆背上，恨自己怎么只有十五岁，眼睁睁看着她一个人，去天寒地冻的北方，和不认识的人同一屋檐下生活，也不知道那家人好不好。老年人的婚姻，真像布袋里买猫。想着想着，便抽抽噎噎，竟至号啕大哭。家婆边给我擦泪，边用最温和的声音说："大孙女，比我苦的人还多着呢。你工作了，来接我嘛。"

姜姑婆接话说："小蓉，不哭了，来，我给你讲个你家婆的故事。"她放下手中的活，把眼泪流流的我拉到她怀中。

"你家婆原来住在湖广会馆对面，房子有一百多米的进深，家带店。铺面做纸烟生意，后花园很大，除了几十棵柑子外，还养有几十盆兰花，宋梅最多。后来因为你家公，房子被没收了。"

姜姑婆停下话，看到家婆点头后，又接着说，"你家婆嫁到九尺铺后，我们要得很好，看到这境况，我叫人用篾条晒垫从我屋子里隔了两间铺面房给他们住，也好让他们继续卖烟。结果，他们非给我租金，我也就成了收租婆。"姜姑婆停了话，头东转西转，朝上望望，审视了一番她的房子。

"你家公去世不久，一天，刚吃过早饭，听到外面响起啪啪声，开门一看，你家婆气得耳根子都红了，正拿着洗衣棒，在门板上死劲地敲，敲得半条巷子的人都走出来了。原来，又要开斗争会了，工作队来抓她去陪斗。"

李婆婆也歇了手里的活，用手把住后颈，往后扬扬，望着姜姑婆。

　　"见我们围拢，你家婆扯起鸡公架子，问到抓人的头头儿脸上：'一人做事一人当。男人的事，跟我一个家庭妇女有啥关系？他家三兄弟，他妈都送去跟着新都县的王铭章出川抗日了。你们去县政府查档案，抗日有错吗？'那声音哟，大得在川王宫里开会的领导都听到了。听她说到啥子档案不档案的新鲜字眼儿，工作队的人刚才一个个还横眉瞪眼的，这时，脸子都松下来，望着头头儿，我们也都七嘴八舌地帮腔。抓人的头头儿打断我们的话：'看啥子看，说啥子说？抓不抓她，还说不定，汇报了再说。'把手一挥，带人走了。那天晚上，你家婆煮了一大锅醪糟粉子，叫挨邻宅近的都去舀来吃。这以后，真没再见有人来抓她了。"姜姑婆歇下话，抹抹她的垮眼角。

　　"'一人做事一人当'这句话，从那天起，街上的人，用得上的都搬出来说。"李婆婆用她那有点漏风的声音补充完，和姜姑婆一起，打了几个大哈哈。

　　微风透过铺板门缝吹进来，家婆赶紧去拨灯花，脸上的酒窝里湿漉漉的。见我们都望着她不说话，她说眼里飞进了一只蚊蚊儿，起身去了洗脸架。

　　这是九月初的一个星期天清晨，我背起大包袱，家婆提上小包裹，锁上门，两婆孙手牵手走入发白的黎明。

　　路灯还没熄。妈的门闩着，门框上的春联——"四海翻腾云水怒"的"怒"字，已不在了。家婆捏了捏我的手："大孙女，我走了，你爸又不在，妹妹们还小，你要多帮你妈，啊！"

"晓得，晓得，您讲了几百遍了。"

走完河边街，穿过牛市巷，进入下场口，一条灰扑扑三尺宽的泥巴路，向东南通往新都的清流场火车站。从彭县县城开往成都的客货"闷罐子"火车，上午九点会在那儿停靠两分钟。

惯常阴暗暗的盆地天气，今天，太阳倒是探头了。田野里，稻叶碧绿森森，稻穗勾下头。农民在稻田里，稀稀拉拉站几路，趁早凉割稗穗。柿子黄了，青光光的核桃上也布上了芝麻大的白点点。秋天，一切都在成熟，而我们也算长大了，却并没有像小时候家婆说的，"带大了，就好了"。

炊烟在一家一家的草房上升起。一棵很老的无患子树探出围墙，枝上的果子，像葫芦藤上仅剩的一颗小葫芦。川西坝子的人，喜欢用无患子的果子洗衣服，我们称它菩提儿。家婆站在树下，看它的眼神像看老熟人。

"不晓得那边有没有这种树啊！"她自言自语。

小路边，一朵一朵的灯盏花，在太阳下发出硬朗的光。我弯下腰，想摘一朵送家婆，她却死攥着我的手不放，像是多拉一会儿算一会儿。

看到白底站牌上"清流"两个大黑字时，太阳已经很高了。刚抹干汗珠子，汽笛声传来了。总感觉是在做梦，掐一掐手——痛。我一分钟比一分钟惶恐。

"大孙女，时代不同了，男女都一样。你将来也坐这趟火车，出去闯一闯嘛。"

我有点迷惘，却豪迈地点了几下头。

绿皮火车上人不算多，找好座位，挣脱她的手，跳下车，想对她再说一句宽心的话，家婆的白发一闪，不在了。

火车的轰隆声慢慢远去，直至听不见，我这才悻悻然转身。路上的小石子，不是被我踢到河底，就是踢飞到田头。

第二天，妈把周南平唤来了，她甚至退掉了那两间租房。好像家婆永远不再回来，好像家婆死了一样。我找到周南平，要回了那个木刻关公。

七

高考，我落榜。从那天起，妈对我便没了好脸色。她总是丧着脸，催我出去找工作。我当然去了，可人家相相我，说："文不能文，武不能武，不要。"一家单位是这样，两家三家也这样。这也怨不得别人，我又矮又瘦，虽然一顿能吃下闷墩墩的四两饭，可抓一只鸡也要半天。何况，我离十七岁还差三个月呢。其实，我也暗暗着急，着急中还另有原因。自家婆再嫁，我写信问她在北方过得好不好，她的回信总含糊其词，让人不踏实。

"饶了我吧！死女子。我咋养得起四个啊，个个跟猪一样，一顿不吃一大钵不放碗。"

妈又发作了，摆出一副呼天抢地的架势，吼叫得酸菜坛子都响了。我忍不住了："郭老师，你去找人贩子来，把我卖了，得一笔钱，好帮你养家。"

话音未完，我已一赶子跑过马路，背后有东西扔来——一把火钳！砸到了路过的人脚上。

这人是刚调来小学的校长，他猫着腰，摸着砸得红肿的脚背。听完我的讲诉，直起身来，浅浅一笑，和蔼地说："白鹿中校正缺外语老师，你行不行？只是学校在大山里，条件艰苦。"

"莫说在大山里，西藏我也去。"我把胸口拍得山响。

挫挫折折的四年奔波生活后，我有了正式的工作，稳定的收入，正思量去临潼探望家婆，却收到家婆的信，说新家公去世了，他的家人赶她走。

借钱先接回家婆，晚上，我又挨着家婆睡了。

"这几年面都不见的妈，今天找到我叫苦，要我从工资中，按十比一的比例，每月抽头供养她。如果不给，要法院见。"发工资的前一天，我擦着额头上的汗，喘吁吁跑回去向家婆告状，"哼！我才不会给呢！她的单位解散后，她开了印刷厂，有好多学校找上门订货，生意好得很。再说，她那时……"

"我倒是听说她后来因为投资大，竞争的人多，亏了。"家婆说完，用哀求的眼神瞅着我。她走过来，挽起我的手，柔和地说："大孙女，对你妈不要这样不依不饶的。五元钱，左不过我们吃差点就节约出来了。"

家婆买菜，不再一早去挑新鲜，而是在太阳落山后，去菜贩子那儿买打堆菜。大嬢送来的虎耳瓜，切丝切片切块，蒸、煮、炒外加凉拌，吃得我几十年后一见虎耳瓜就捂嘴巴。

天上，连日的阴加小雨，有点凉，初秋就加上了薄毛衣。下中班回家，家婆正把阳台上的宋梅搬进屋。

"兰花不是喜湿润吗？"我拿毛巾抹去头发上的水珠珠，问。

"兰花不是喜湿，是喜润。"

家婆现在有闲了，恢复了家公在时的爱好——养兰花，且只养宋梅。

"中秋节，把你妈他们请过来一块过节吧？算一算，一家人七年没吃过团圆饭了。"

爸依旧不见人影，二妹在山里的军工厂，三妹四妹对什么月圆、十五的根本不在意，妈一个人来了。

饭桌上，家婆用左手困难地夹菜。我才出差五天，这是怎么了？问她，她遮遮掩掩，我步步紧逼。她看了妈一眼，眼神有对不起的样子，吞吞吐吐说出临潼那位家公脾气暴躁，一不顺心就出手打人，有时挨了打，还不知道究竟做错了什么。天一阴，这根被他掰过的食指，便无力、酸痛。

"家婆帮你把我们带大，你居然要跟她分家，还不给一分钱！逼得她为一口饭嫁那么远。不晓得你的心，"我提起碗朝桌上死劲一磕，"是啥做的？"

妈菜也不拈，几口把碗里的饭刨完，说声"我饱了"，看也没看

133

我们，开门走了。

"说话好声好气，莫惊动四邻，好不好？讲道理又不是比声音大。"家婆一头说，一头去把门关上，走回来，拍拍沙发，示意我过去挨她坐下。

"大孙女，听家婆的，过去的事不要再去掰扯，对你妈宽让些！她毕竟生了你，养了你。在你三岁时，还拉着你爸去王大妈家，给你带去了红皮鞋、口琴、虾米，还有潮糕。有没有印象？"

"不管怎样，她不赡养你……"

"你不晓得，她点点儿小的时候就遇上大坎坎，难免做一些事会过头。你长大了，来，有些话我也可以跟你讲了。"

沉吟片刻，她开口道："你家公是旧军官……死前头一天，他再三说什么认命吧，认命吧。"

家婆停下，把摆在梳妆台上的那个关公看了看，"我有时给他烧香时，忍不住，扎实骂他两句，只图自己逞一时之快，丢下无依无靠的三娘母，真是又自私又狠心的坏老头儿。这以后，不单你大孃被迫嫁给了农民，你妈也没上成高中，进的是一所农校。'三年自然灾害'的时候，学校停办，只得回九尺铺。当时，她谈的男朋友在读军校，那小子要前途，提出分手，她想不过，去跳九洞泉。万幸被人救了！后来，她和你爸耍起朋友，不到三个月，就在谈婚论嫁。想不到，你爸分手的女朋友却大着肚子回来了，说娃娃是他的。你妈哭了几天，最后下死心，非要和你爸分手不可。唉！不是蒋婆婆，哪里有你啊。"

"我晓得嘛，你和爷爷硬逼他们结的婚。"

家婆不开腔了，泪水却止不住滚出，揩也揩不干——我还从没见她有过这般的伤心。好久了，她才哽咽说出："生下你，你妈差两天才满二十，那么小，就遇上那么多的沟沟坎坎。人没被逼疯，算老天爷怜惜我们了。"

我的心也软了，但仍说："家里多您一个人吃饭，也不是过不去的。"

"别人怎么做怎么想，不去管它。做好你自己就是了。"家婆把手一挥，像要同过去做个了断。

每年清明的凌晨，带上几刀粗糙的黄表纸，盘子里盛上一坨四四方方、肥瘦均匀、赶早煮熟的五寸猪肉，做去丹景山三昧水公墓敬拜家婆的刀头。

路两旁，半围大的泡桐，树身节瘤重重，夹在青葱的水杉中。这时节，一大串一大串喇叭形的花，白中捎蓝，微翘枝头。风起，洒下几颗大露珠。

公墓在青山之上，周围有小溪流动，野花灼放。铲净家婆墓前一年间冒出的野草，放上刀头肉，跪望苍天，想象家婆在天上望着我，开始喃喃细语地诉说。

了了，又名何文俊，59岁，出生于川西坝子九尺铺。2018年7月，因何文俊的名字被熊燕校长误作男士，侥幸挤进樱园何大草写作工坊，成为上限十五位学生之一。从此，同商场较量了三十年的小商人，变作与文字较量的"留"学生，进入到更大的世界。

雅玛里克山

乌图禾

一

"你咋了？"苏日娜的眼睫毛黑黑密密地扫过来。她朝我走了两步。一股油塔子和巴旦木混杂的气味扑来。"勺丫头，咋把辫子剪了？"

我摇摇头。"没咋，就是想剪了。你不是说要上雅玛里克山吗？咱们走吧。"

这是一九九四年乌鲁木齐最热的几天。清晨，厚厚的金色干尘从街道上扬起来。我和苏日娜面对面站在光明路一条小巷里。那儿有个土坡，我家在坡顶。

"昨天，你不是说不去嘛。"苏日娜很慢地说。她睫毛向下抖的时候，是在打量我。

"那是昨天。"我伸手摸了摸自己豁豁牙牙的短发。身上的确良布白裙被风吹鼓起来。

裙子是妈三年前给我做的，那时穿着太大了，被我塞在柜底。早上，妈把裙子甩到我面前，我们僵持了几分钟。最后还是我输了。饭桌上，妈盯了我几眼，说："这孩子怎么瘦成这个样儿，难看死了。"我忍了一下，说，这裙子，我不想穿。她突然神经质地尖叫起来："我干啥你都不满意，是吧？"她知道怎么对付我。

"新疆九月份哪儿这么热过。"爸打了岔。他昨天才从阿克苏出差回来，人晒得黝黑，胡子拉碴的。他端起碗，瞥了妈一眼，埋头吸了一大口奶茶。滚烫的奶，烫嘴，他好像不觉得。他抬头跟妈说："以后不出差了。"语调和妈的脊背一样僵硬。爸下岗了。

我早觉着今年有点不寻常。

八月中旬，我们全家缩在半地下的家里，目睹了一场乌鲁木齐十年未见的沙尘暴，刮了六个钟头，对窗的墙上积起半指厚的灰尘；城里的火炬树红得凶狠，带刺毛的红果子，密密匝匝聚在枝头，迟迟不往下落。

还有，苏日娜的奶奶得了很奇怪的病。她的记性越来越不好了，一个月里走丢了三次。医生说，叫阿尔茨海默病。就是老年痴呆。

苏日娜，十五岁，比我高一个年级，刚升初三。人长得混血，皮肤黑亮，头发也黑，束得很高，扎在头顶。一笑，眼角向上挑，睫毛密密一抖，眼仁便被遮住了，黑茸茸的，说不出看向哪儿。爷

137

爷是蒙古族，奶奶是半个俄罗斯人，我们当地人叫混血为"二转子"，也不知道她算是几转子了。

她从小和爷爷奶奶生活在库尔勒霍拉山草原，上学比我们晚了一年。她十二岁搬来乌鲁木齐那年，爷爷得了肺癌，没撑几个月就走了。她一直和奶奶住，全靠老人炸油果子挣钱养家。苏日娜从来没有和我提起过她爸妈。我也没问。只听她偶尔说起过，爷爷有五个兄弟姐妹，只有一个弟弟在乌鲁木齐，排行老五，她叫尕爷爷。

昨天放学，苏日娜一路没说话，到我家门口，突然问："你说，要是我去问尕爷爷借钱，能借到不？"

"上次我给你拿的五十块钱，都花完了？我存了好长时间的。"我说。

"嗯，给奶奶买药了。她现在这记性，炸油果子都不是从前的味儿，没人来买了。"她叹口气，"勺丫头，你一早陪我去吧，尕爷爷家就在雅玛里克山。快的话，下午就能回来。"

"雅玛里克山？"我吃了一惊，站着没动，"以前杀人犯砍头那地儿？"

"嗯。咋了？"

我犹豫了一会儿，才说："我不去。我妈要知道我逃学，得打死我。"

她无所谓地点点头，好像早料到了会这样。

现在听我说又要去了，苏日娜盯着我，脸上露出一丝微笑，然后，挺直了背。

她穿着一身校服，短袖白衬衫扎在黑色运动长裤里。衬衫右边口袋上绣着一排小小的红字：新疆生产建设兵团第一中学。一年四季，她都穿校服。春秋天是蓝白相间的校服外套，冬天在里面套一件起球的红毛衣，外头罩一件军大衣。

我盯着看她衬衫口袋上那排红字，手指尖有点酥麻，像是有人拿细针轻轻扎了几下。

有一回，一辆小货车踩着鼓点从我们身边驶过。车上挤着十来个人。男人打手鼓吆喝，女人唱着歌。一个女人头披红纱端坐在中间。红纱又大又长，把身边的人都遮掩了。

"看到新娘子了吗？"苏日娜问。

"嗯，好看。"

红纱飘远了，苏日娜突然拽住我的手，按在她的胸上。就隔着这件白衬衫。触到那小团软绵的时候，我被吓了一跳，手过电似的弹了回来，指头微微发颤。

她当时看我的眼神就和现在一模一样。

我的目光越过两排破败的平房屋顶，还有一围红墙挡着的新疆兵团司令部，看见天边立着两座红色的山，山嘴相对，顶上各有一座古塔。朝霞从塔尖一直烧到天上去。那是乌鲁木齐的一对姐妹山，红山和雅玛里克山。我每天从巷子里走出来，都会看到它们。

苏日娜也虚着眼睛往那边看。空气里金红色的光，在她睫毛上抖。

二

我头一次看见雅玛里克山，是十岁，从昌吉米泉县城搬家到乌鲁木齐那天。

外头下着雨。狭小的卡车驾驶室里，挤着司机和我们一家四口人。司机是个大个子的中年男人，衬衫的袖子胡乱卷在肩膀上，露出很黑的腋毛。每次他使劲打方向盘，狐臭味就扑了出来。他不停用一种奇怪的眼神打量我们一家。

上车前，不管妈怎么拽，我都不上车。我冲她喊："要搬你们自己搬吧，我就待在这儿，哪儿也不去！"妈打了我一巴掌。我没站稳，摔在水坑里。爸站在卡车旁边，身上淋湿了，手扶着卡车的门。那扇车门旧得很，吱嘎吱嘎地响，简直要被他拽下来了。我从污水里爬起来，上了车，忍着眼泪坐在靠窗的位置。妈妈坐在弟弟旁边。她紧闭着嘴，怀里抱着一口红边老搪瓷盆，里面是叠白瓷盘。

弟弟小我两岁，在我旁边动来动去，不停冲我耳朵哈气。我叫他别动，他像没听见。他伸手拽了我辫子一把，我"哎"地叫了一声，抓住他的手，甩开了。他斜着眼睛瞥了妈一眼，大哭起来。妈把弟弟抱到腿上，冲我吼道："你有完没完？"爸眼睛看向前面，像什么都没听到。

车上颠簸，我胃里一阵阵翻腾。瓷盘子互相碰撞，咯吱乱叫，像是我咬住牙齿的声音。玻璃上蒙了一层雾气，我伸出手指擦出一个小圈，一只眼睛凑近往外看。土路两边是杂草和戈壁。我昏昏沉沉地靠在车窗上。

外头雨点渐渐没声了。车身猛地一斜，拐进一条双车道。我打开窗户，冷冷的空气扑面而来。道路笔直，两旁种满了新疆杨、大叶白蜡和大叶榆。枝叶齐齐向上，一副集体炸毛的样子。浅绿色的楼房被雨水泡湿了半截。我从来没见过这么多楼房，都是七八层高。

车在一个巷口停了。我跳下去。里面是一片矮房子，老得快要塌了。一条巷子接着一条，都被前面的楼房挡了，阴沉着，四下灌风。弟弟撒着欢在巷子里穿来穿去地跑。

我站在土坡上，弟弟比我矮一个头，脑袋很大，也很圆。他回头叫我，姐，你看。

他用手指着远处。两座赤红色的山，像有把斧头从中间将它们劈开。其中一座看上去更暗。爸在我们身后说，哦，那是雅玛里克山，蒙古语，还有个汉语名，叫妖魔山。

三

"你要是现在不去，还来得及上学。"苏日娜回头看了我一眼，说，"我可不像你，好学生——"那"生"字的尾巴拖得很长，在空气里拽了一截，才跌下来。

"你尕爷爷咋住雅玛里克山？我听说，那附近住的都是些……"

"盲流，是吧？我尕爷爷说了，那儿就叫盲流村。"她满不在乎地笑笑。

"你尕爷爷有钱吗？"

"谁知道。在库尔勒那会子，他可是抠门得很，好吃的都藏在褥子里，从来不给我们这些娃娃吃。"

"那他能给你借啥钱！"

她神秘地冲我一笑："他有个争气儿子，读过大学，在口里工作呢。上回见面，他一直给我唠叨他那个儿子，了不起得很，听得烦死了。"

"我咋没听你说起过你叔。"

"我都不知道他长啥样了。尕爷爷一家搬来乌鲁木齐那年，我才五岁。他们一直都没个信儿。人都说尕爷爷发财了。今年，有个从我们老家出来的，在雅玛里克山碰到他了，这才联系上。春节，我奶让我送炸油果子过去，我可真看不出他发了啥财。不过，兴许是藏在褥子里呢！"苏日娜笑着说，"管他的，去了再说，活人还能给尿憋死嘛。尕爷爷要是没钱，我就回趟库尔勒，把家里的马和羊都给卖了。"

"你家现在还有马和羊？"我睁大了眼睛。

"马还有三匹，羊子二三十头吧。我们从库尔勒出来的时候，让三爷爷帮忙养着，不知道现在还有多少了。"

她看着我说："勺丫头，你陪我去借钱，我陪你上山，顺道捡根死人骨头回来，丢到那些儿娃子跟前，看他们还咋笑你是胆小鬼。"

"你听谁说的？"我停下，盯着她。

"多力库。"

昨天发生的事，我一点也不想再提。

苏日娜舔舔嘴唇，她的嘴唇有点干："哎，你猜，昨天多力库找我干啥？"

"不知道。"

"他问我，能不能交个朋友。"

"啥？"

"你咋啥都不懂，勺丫头！他想让我做他女朋友。"

"那你咋说？"

"我说我考虑一下。"

"你别答应。"我说。

"为啥？"

"他抽烟，很坏，是……盲流！你跟他在一起，就像个……像个坏女孩。"

她诧异地望了我一眼，突然大笑起来："不，是坏女人。"她一甩头，马尾发梢来回扫在她的腰上。

四

昨天下午体育课，只有我没有跳过鞍马。

鞍马，是体育张老师的叫法。我们叫"跳山羊"。全校就他一个体育老师，二十多岁，没课的时候，他就换上一身老干部式的衬衣和裤子，看上去是贾校长的翻版。我试了三次，都没跳过去。张老师还让我再来一次。我站着不动。他不耐烦地挥挥手，说，下课。

我一个人走回教室。一群男生围着贾皮在说话。他唾沫星子乱飞,双手在胸前比画:"哦哟,我光知道她是'飞机场',还不知道她胆子也只有尕尕一点点,哈哈。"

贾皮是我同桌,也是班长,本名贾鲁波,大家叫着费劲,给他改了。他鼻梁上架着一副黑框眼镜,像是偷了他妈妈的,又大又老气。说话一激动,脸白得像刚发起来的面团,嘴角用筷子戳了两个小窝。

两个男生见我回来了,给贾皮使眼色。他抬头看我一眼,不说话了。我低着头,挤进人群,拉开凳子坐下。周围有点静。

有人趿拉着鞋子走过来,一屁股坐在我桌上,从我面前斜过身子,把脸凑到贾皮面前,说:"贾皮,背后说人家丫头子算啥本事,有本事咱们打个赌,看谁敢上雅玛里克山,挖根死人骨头。谁输了……就给学几声狗叫,咋样?"

说话的人是多力库。他个子高挺,眼睛深陷,笑起来有股邪魅气。校门口每天有一帮混混等他。我见过他和那些人一起叼着烟,搂着肩膀,大声说笑。学校里都知道有这么个人物,社会上混的。他学习成绩中等,并不多事,讲话也有礼貌,老师也懒得多管了。

贾皮吭了两声,推了推眼镜,说:"嗨,谁……信这些。我就是跟她开个玩笑。"

多力库看了看我,双手一撑,从桌上跃下,摇摇摆摆回后排了。

他刚一离开,贾皮就把他的圆脸凑过来:"哎,你咋和黑牡丹混在一起?"

"谁?"

"苏日娜!她和多力库一样,都不是啥好货。"

144

"我没混。"

"还说没混？我看见你俩在校门口那条巷子里走。"他推了下眼镜，"她那个成绩，每次都倒数，考不上高中的。"他又嘀咕了一句。

"你咋说个话就跟我妈一样！"我恨恨地瞪了他一眼。

"她就不是个正经丫头。"他望了我一眼，语重心长地丢了一句，"你跟她不一样。"

我讨厌他说话的口气。不过，他说得对。我们不是一类人。

这是打一开始就明摆着的事。

五

前一年冬天，下了很大的雪，三天都没停。

一天下午正上课，贾皮哐地站起身，大叫"快看"，手指窗外。

操场白茫茫的雪地上，落了一大片黑色。上百只乌鸦，窸窸窣窣在动。

教室里很安静，没人说话。大概停了十分钟，或许更长的时间，几个男老师冲到操场上挥动扫帚，教室里一下热闹起来。

我没看清是怎么回事，那群黑鸟就把他们的上半身罩住了。等一切平静下来，雪地里丢了两把扫帚和一只很大的运动鞋。鞋是张老师的。

这让男生更兴奋了。他们踩上暖气包，推开窗户，对外头大声叫嚣——谁去拿那把被教导主任没收的"老工字"气枪，"把鸟给打下来！"叫最大声的是多力库。他探出半个身子，喊了一阵，再缩回来的时候，眉毛和眼睫毛都冻了白。

"砰——"

一声枪响。窗边挂着的冰条子，哗啦啦往下掉。

鸦群惊叫着腾空而起。

雪地里的雾气落了。一个穿军大衣的女孩，单腿跪着，双手握了一把气枪。枪管是黑色的，红枪托特别大，很重的样子，压在她肩膀上。就是那把"老工字"。她缓缓放下枪，把枪托立在雪地里。

她面前十步左右的雪地里，一只乌鸦扑腾了几下，慢慢不动了。

无数双翅膀在空中齐齐扇动起来。它们盘旋着，对雪里的黑点不住地哀鸣，突然，向军大衣俯冲过去。

"快跑！"多力库叫起来。

她仰望着天，又举起枪，保持瞄准的姿势，背挺得很直，像块钢板。

哗的一声，鸦群突然向高空飞去，四散开，成了一个个很小的黑点，直至消失。

我再去看雪地里的那个女孩。她也不见了。

放学，我走出教学楼，远远看见雪里的那个黑点。我慢慢走近了。那只小东西张着翅膀，还是飞翔的姿态，细长的爪子伸向天空，眼睛闭着。它还很小。

我站了一会儿，走回教室，拿了一把铁锹出来，把它连着雪块铲起来。

146

"喂，你干吗？"那个女孩站在我面前。军大衣打到脚踝，敞着，露出里面蓝白相间的校服。她双手插在裤子口袋里。

"埋起来。"我说。

她看着我用铁锹把满是雪碴子的土块拍散，撒在那小团上。铁锹把冻得很滑，握不住，时不时得停一下。等我完事了，她才开口说话。

"我叫苏日娜，你呢？"

"你就叫我冬叶子吧。"

她和我默默走了一路，直到我家巷口。

我回头问："苏日娜，你住哪儿？"

"二道桥子。"巷子里只荡着声音，不见了人影。

第二天大早，我还没出门就听见有人在扯着嗓子喊："冬叶子——"叫声在土坡两边的老房子间撞来撞去。隔壁王阿姨操着上海口音在院子里骂道："小赤佬！"我跑出家门，苏日娜从地上抓起一团雪，双手捏实，扔进院子去。里面一阵尖叫，紧闭的铁门哐一声打开时，我刚从长长的坡上冲下去，辫子在我脑后甩。

"快跑。"我对苏日娜喊。

她捏了一团雪递给我，看我没接，瞥着我笑，说："怎么，不敢？"

她用口型说："胆——小——鬼。"

我不懂她干吗要和我较劲，扭头就走。走了两步，她从后面追上来。

147

我们一路都不说话。

我以为，再不会看见她了。可隔天一早，她还是站在巷口，双手插在裤子口袋，大声叫："勺丫头，你快点。"

六

我后来特意看了公交站牌。坐 104 路公交车从学校走，在北门上车，过了山西巷、南门、人民广场，就能到二道桥。可从光明路到二道桥得转两趟车，坐八站路。

我没去过二道桥。听爸说过，那儿的集市里都是做买卖的，烤包子、麻食子、馓子，还有卖手工刀子的。弟弟一直想要把英吉沙小刀。那儿还找得到乌斯曼草。维吾尔族娃娃刚出生，都要用乌斯曼草挤出的汁，涂在眉毛、睫毛和头发上，长出的毛发又黑又浓。苏日娜肯定也用过。不像我，生下来的时候头发就少，六岁上小学时，还被妈剃过光头。她说我头发太稀了，又黄，得多剃几次。然而还是没用，到现在也只能勉强编条细辫。

乌鲁木齐，我只去过西大桥和红山。

是搬来乌鲁木齐的那个暑假，有一次爸出差回来，带我和弟弟一起去的。爸是搞地质勘探的，南北疆到处跑，看哪里可以修水库、建大坝，两三个月回家一次，住几天就走。

去西大桥和红山那天，晒得很，我一天都皱着眉头。可弟弟高兴得要命。他围着西大桥的"长桥饮马"雕像转了两圈，非要爬上去。爸爸双手一举，把弟弟呼地抱上头顶。

弟弟穿了件军绿色二道背心，灰蓝短裤。他长得像爸，眼睛小，可眼里精神头很足。

"这桥有啥看头？底下水都没有。"弟弟骑在爸脖子上问。

"迪化城没修的时候，它就在了。后来老发大水，西大桥冲垮了好几回，河就引到旁边和平渠里头了嘛。桥底下是河床，早干了。我十几岁从长山子来兵团报到那会儿，正赶上修这条路。那时候全靠铁锨和镐头，硬是平了八公里河滩路出来。你说厉不厉害？要是再发大水，还能引到河滩路上，城里头就不怕淹了。"

爸一说起桥啊路啊就来劲，我听着心烦，一直没吭声。

"啥化？"弟弟问。

"迪化，乌鲁木齐老早的名字。很久以前，这水里有两条大龙，一条青，一条红，动不动就打起来，头尾相缠，上天入地。打鱼的都不敢下水。可有个丫头偏要去，一个人坐了条小渔船。一个浪头打过来，河水飞起几丈高！这丫头，把头上簪子摘了，在水里一划，簪子成了一把剑。她双手握紧，一剑劈下去，河水断流，两条龙缩到水底去了，可龙鳞给削下来了，浮到水面上，一直到现在。"

"有这么大本事的丫头？"弟弟很迷惑地问。

"咋没有！说不定是王母娘娘变的。这会儿，还能看见这两条龙呢。"

"哪儿？哪儿？"弟弟叫着。

"红山和雅玛里克山啊。你看像不像？"爸爸笑起来。

149

我在旁边听着，也跟着望过去。

"这河要流到哪儿去啊？"弟弟问。

"从天格尔山出来，过乌鲁木齐、乌拉泊、柴窝堡，一直流进准噶尔盆地的东道海子去。"

"我也要去东道海子！"弟弟说。

爸双手拽紧了弟弟的腿，眯缝着眼睛往远处望。弟弟也往那边看。"河里有雨花石吗？"他突然问。

我看了弟弟一眼。他在爸背上，脚晃了晃，龇牙冲我笑了一下。

"晃悠啥，小心掉下来！"爸对弟弟说。他没看我。

弟弟问这话，分明是故意挑衅。

前一晚，妈叫我给邻居王阿姨端碗粉汤过去。王阿姨戴了一头的粉色发卷，从门后探出头，愣了下才招呼我进去。房里家具很旧，有一架老式钢琴，上面立着张黑白照片，还有两个玻璃罐。她伸出两根干瘦的手指，从一个罐子里夹出一颗糖，放在我手心。我盯着另一罐看。她犹豫了下才打开，往桌上一倒，石头滚了一桌。湖蓝、琥珀、胭脂红的，在灯光里安静地闪。

我趁她没注意，偷偷握了一颗在手里。

把它放在口袋，还是就这样捏着回家。我有点犹豫。

"这是雨花石。我们去南京蜜月旅行，我先生送我的。"她说话声音很细，普通话不标准。我的目光随着她落在那张黑白照片上。一个年轻女人披着白纱，细长的胳膊穿过一个男人的臂弯。男人一身西装，戴着有檐的花呢帽，很俊美的样子。

我手一松，那颗石头落在桌上，发出"嗒"的一声。声音不大，却把我吓了一跳。我低头说，我得回家了。没等王阿姨说话，就夺门而出。

回家正赶上吃饭，弟弟端着一把木头枪，很长的枪杆，凑到我面前："姐，你看，爸在阿克苏找人做的，咋样？"见我不理他，弟弟把枪口顶在我的额头，嘴里叫："啪，啪，缴枪不杀！举起手来，不然打死你！"我推开他，扭头和妈说："妈，王阿姨家有好多雨花石，可好看了。"妈没吭声。我看了看爸，说："爸，我想要颗雨花石。"

我没注意到爸在饭桌上一直都没和妈说话。

他突然把筷子往桌上一拍，说："你是不是也嫌我没本事？"他从来没对我那么凶过。我不说话了，低头刨饭。米饭有点咸。

他们大概都忘了，我的生日快到了。

那天，弟弟看见桥上好些人都在照相，他也闹着要照。照一次八毛钱，彩色的。爸很爽快就同意了。照相的是个老头，他让我们摆了很久的姿势，我都不耐烦了，弟弟还在叫："把红山嘴子给照上！"拿到照片是半个多月以后。照片过了塑，烫着金字"乌鲁木齐红山留影"。真土。我随手扔进相册里。

都是三年前的事了。

151

七

我和苏日娜走得很快。穿过光明路，前面是西大桥。

桥头街心花园里有座白色雕像"长桥饮马"。一匹马低头饮水，另一匹把头扬得很高。行人道上的花砖很多都破损了，翻翘起来，我们脚下发出嘎吱嘎吱的响声。

我和苏日娜靠着桥栏。桥下是河滩公路。路面宽的地方是四车道，窄的地方只有两条车道。沙砾都裸露着。卡车轰鸣着开过去，桥身抖动了一阵。桥下扬起飞土和沙子。不远处，和平渠顺着河滩公路延伸出去。乌鲁木齐河在沟渠里缓缓流着。朝霞在河面上碾碎了，为河水铺上一层薄薄的金沙。

这不是我和苏日娜第一次来西大桥。

上回我们来和平渠，遇到了一帮子儿娃子，带头的是多力库，他们都住二道桥。多力库是那群人里个子最高挑的，很打眼。他正和旁边人说笑，看见我们，浓黑的眉毛一挑，露出整齐的白牙齿。

"你为啥没给我说他们在？"我问苏日娜。

"可我也没说就我俩啊。"她慢悠悠地说，睫毛抖着。我知道她在看多力库。

她跟他们打赌看谁先游到对岸，说着就把一身校服脱了。里面是一件大红色的泳衣。我第一次看她穿那么少。

她身上的肉很紧，弯下腰，屁股微微翘着，淡红的大腿和小腿，很长。红泳衣贴在她身上，隐约能看到小小的起伏。我有点不敢看。

她扑通跳下水去，我的心也跟着猛跳了一下。

最快一个游上岸的是多力库，然后就是她。多力库把头发甩了甩，在岸边等着，对她伸出手。

我紧紧攥着一把草，露水从手指缝里挤出来。我猜她也会伸出手去。

然而并没有。她湿漉漉地爬上去，把头发往后甩了甩，仰着脸和多力库说了句什么。两个人都笑了。那一刻，我有点想哭。

天空布满红霞，阳光打在红山嘴上，崖尖闪着金光。远处，有个很大的红标语牌，白色的汉字和维吾尔文："各族人民行动起来，为把我市建设成为文明、整洁、美丽、繁荣的现代化城市而努力！"

"我讨厌这儿。"我扭过头，咬着嘴唇说。

"西大桥？"苏日娜问。

我摇摇头，说："乌鲁木齐。"

她看了我一眼，说："我喜欢，吸一口这儿的空气都觉得舒服。我奶奶得了这个病就跟换了个人似的，非闹着要回库尔勒。以前，她老说念书才有好前途，放牛羊没出息。"

"你……爸妈呢？"

"他们生下我就来乌鲁木齐打工了，一年就回去一次。我和奶奶爷爷搬来那会儿，我们还住一起的。爷爷一死，他俩马上就离了。"她看了我一眼，笑了笑，说，"都好早的事了，有三年了。"

"你咋不跟着爸妈呢？"

"谁稀罕啊。我刚来的时候，感觉爸妈和陌生人一样，走大街上碰到都认不出来。"

"你奶为啥又想回库尔勒？"

"鬼知道。"她叹口气，"我奶现在说话颠三倒四的，还嫌二道桥子吵，说巴扎啊，巷子里啊，人太多了，到处有人跳舞唱歌，还有人成天打纳格曼达卜，就是维吾尔族人的手鼓。她说耳朵要吵聋了。哎，我奶咋可能聋？耗子从梁上窜过去，她都听得到动静。"

桥上，红白相间的公交车时不时过去一辆，从车窗里传出维吾尔语站名。

"咱们走吧，往前一站路，就到红山了。"苏日娜说。

八

过了西大桥和西公园，就看得见红山嘴下一排新修的平房，中间竖起一个很大的牌子：红山浴池。到南疆的客运站也在这里。路边立着一栋灰楼，两层高，八扇大铁门都敞开着，一排大红字"乌鲁木齐汽车站"贴在二楼窗户底下。维吾尔族女人围着花头巾，带着孩子，坐在堆成山的行李上，不停往远处瞧。我们从行李中间挤过去。

售票处门口，挂了一张很大的南疆客运示意图，上面用红笔画了长长一道粗线，圈出八个站：乌鲁木齐、吐鲁番、托克逊、库尔勒、库车、阿克苏、喀什、和田。站名和发车时间都用维吾尔文做了标注。

"阿克苏，每日十二点开车。和田，每周二五，九点开车。"我念出了声。

"你看啥？"苏日娜凑过来。

"这些地方，我爸都去过。"我说。

她默不作声，盯着那张图，一根细长的手指顺着"乌鲁木齐"慢慢在墙上滑动，一直滑到"库尔勒"，停下了。

一辆大巴猛刹在门口，喇叭按个不停。窗边坐下一个维吾尔族女孩，头上裹着鲜红色的纱巾，绣着金线，亮晶晶的。她眨着一双很大的眼睛，看着我和苏日娜。

"要不，咱们去个很远很远的地方，再也不回来了。"我说。

身边有人拉着行李过来过去。车子要开了。我看到一个人，人影一晃又没了。

苏日娜扯着我，从人群里钻了出去。

她面朝我站着："是不是你妈又打你了？"

我没说话，眼睛还在到处找那个影子。

"为啥？你没考好？"

我摇摇头。

九

昨天下午放学前，我去办公室交全班语文课堂作业。班主任李玉珍正仰靠在椅子上，叉着腿坐着。她四十多岁，人长得高大，一头旺盛的卷发，穿着一身灰色的套装，肚子那里绷得很圆。办公桌前站着一个瘦削的中年妇女，短发，头埋得很低。

是我妈。旁边站着贾皮。

我走过去，把一摞作业放在桌上。他们都看着我。

李老师咳嗽了一声，冲我说："这书，谁的？"她扬了扬手里的书。

是一本翻烂了的《七龙珠》漫画。

我看了贾皮一眼。

贾皮有全套的《七龙珠》和《城市猎人》。他给我说，是偷他爸的钱买的。上课时，他把书从抽屉里拉出一半，埋着头，胳膊一挡，看上去像在打瞌睡。他还租给其他男生，一本一天一毛钱。每天放学前，他把一堆毛毛钱摆在长凳中间，数一张，吐一点唾沫在手指上，样子很专注，眼镜片反着光。我想他挣了不少。前几天，他的笔盒和书包都换了新的。

我没说话。我还不太明白，妈怎么会在这儿。

李老师哗哗地翻动着书，冲我说："你看别人干啥？你把心思用哪儿了？都看这些破玩意去了是吧，还给别人借。这些，这些，是你个女孩子该看的吗？"话还没说完，那本书迎面飞过来，砸到我身上，又摔了下去。

我扭过头看贾皮。他低着头，眼镜都掉在鼻头上了。他伸手，似乎想推一下，停在半空，又缩了回去。

妈在回家路上什么都没说，也不看我一眼。

晚上吃拉条子，妈用一把铁勺往自己盘子里舀菜。我家都是白色的瓷盘，被铁勺子刮了，发出尖锐的声音。妈自言自语地说："这盘子可都是苏联货。"我被这声音吵得心烦，头也没抬就说："啥苏联，都解体了，现在叫俄罗斯。"

妈突然站起身，把瓷盘往地上一摔，叫道："啥俄罗斯，苏联就是苏联，解体了也是苏联！"

瓷盘裂成了三块。"你咋这么能耐。你以为自己是儿娃子，是吧？"妈盯着我。

我心里某个地方，似乎早就这样裂开了。

"我知道。我又不是弟弟。"我说。

妈盯着我，嘴唇有点发抖。她从案板上抄起剪羊肠子的黑剪刀，一把拽住我的辫子。"妈，不……"我还没叫出"要"字，剪刀就发出很钝的声音。我脑后一轻。

"你想当儿娃子，你还有脸了，有脸了是吧？把头发剪了当给我看看！"我能感觉到那把冰凉的剪刀在脖子上抖得厉害。我听到一阵钥匙插入锁孔的声音，铁门打开了，谁家的电视机里传出女人的尖叫，窗外车子在鸣笛。周围的声音都突然变得很大。妈在喊什么，她的声音像变了形，每个字都拉得很长。

刺啦一声，我的裙子从后脖领子那儿被扯开了。我看着一副身体露出来。瘦小，苍白。小小的胸，藏在白色棉布内衣里。我就那么站着。

爸拎着个很大的旅行包，站在门口愣愣地看着我们。

妈也看见了爸，喊叫声停住了。她忽然蹲在地上，哭得很大声。

爸快走了几步。我紧紧咬着嘴唇，不让眼泪流出来。他在我面前停下，弯腰，扶住妈的肩膀。

晚上，我在厕所里对着镜子，握把手工小剪刀修剪头发。镜子里的自己，头发一撮长，一撮短，乱蓬蓬的，很好笑。

我在镜子里看见爸走过来。我低下头，假装没看见，拽住耳朵根后面长出来的一撮，剪了。余光里，爸在我身后站了一会儿，慢慢走开了。

走进厨房，那条辫子还在地上蜷缩着。我捡起来，丢进垃圾筒。又翻出一件旧棉背心，把瓷盘碎片包起来，藏在床下。

十

苏日娜伸手来摸我头发。我躲开了。

"你为啥不说书不是你的？"她问。

"没用。"

"你是语文课代表，老师都不信你？"

"贾皮爸是校长。"

她顿了顿，看着我说："你要说，管他们信不信。你妈和老师不信你，那是她们的事儿，可你得说。啥事都憋着，你要把自己憋死吗？别一有事就跑得远远的，你那是逃跑！勹丫头，不，要，逃，跑！"

158

是，我总想跑。现在也想。

苏日娜就是这样。是她拽着我，等她叫我"哎，树上冒芽子了""下雪了"，我才会"哦"一声，茫然地看过去。我像一直飘浮在半空中。在那儿，我可以看见每个人，有时候听得到他们说话，有时候听不到。认识苏日娜以后，我时不时被她拽下来，拖在地上走一截。我常在心里冲她叫，要不，你放手算了。可我从来没有叫出声。

她突然把我的手握住。很紧。

"勺丫头，我爸又结婚了，有个新家。我每次去跟我爸要钱，站他家门口，也跟自己那么说，我说，苏日娜，你不许逃跑。"她一字一顿地说。

"你爸不给你钱？"

"我要十块钱，他就给我六块。在他那儿什么都得打折。上回买校服，我去问他要钱，他还打我。我说你打我，我也得要，你把钱给了，我马上就走。"

"那你妈呢？"

"她一个人过，也没钱。她叫我去找爸。"

"你爸最后给了没有？"

"嗯。我多报了，他给我的钱就刚好。"她冲我眨眨眼。

"这回你奶奶生病，你咋不再去找找他？"

"你以为我没有找过？他连门都不开，说我和奶奶合伙骗他的钱。可笑不？咋会有这种儿子。有时候我都怀疑，他就不是我奶亲生的，垃圾堆里捡的还差不多！"她笑着说。

我没笑出来。

我看见一个男人站在大巴车门边。他单手扶着门，皮肤很黑，胡子精心刮了，白衬衣扣得整齐，最上面一颗纽扣都扣得好好的。胸前挂着一个小黑包，包上的拉链没拉，鼓鼓的，很多零钱，红红绿绿叠着。他一只手握着个木头板，板上夹着两叠细长的红色车票。

"咋了？"苏日娜扯了扯我。

男人有点茫然地望着周围，张了张口，像是要喊什么。可他没喊出来。

"他娘的！哪儿找这么个呆子。上车，叫上车会不会啊？你没嘴巴子吗？"司机从驾驶室里探出头，大声骂道。

男人很小声地叫了一声。司机又骂起来。

我转身往外走。

苏日娜追上来："你咋了？"

我说不出话。

十一

红山离客运站两站路。

上次来，从红山底下望上去，石梯修得整齐，连绵不绝，一直延伸到山顶的红塔。爬红山的人很多，大多是慕名来拜山上的几间庙子，叫红庙子。爬石梯时，爸拉着弟弟的手，讲了一路红山和雅玛里克山的故事。我也听着。他说，雅玛里克山上没有庙，可它脚下的蜘蛛山，很早以前也是有庙的，叫八蜡庙。庙里供着地神、田神、水神，一共八个神仙，他也记不全。庙子从来没人敢去，一直是荒的，后来在战乱里被烧了。庙门上有块匾额，写着"解愠天山"，就是解除天山愤怒的意思。

弟弟问，天山为啥生气？

爸说，迪化河不是老发大水嘛，都说是妖魔把天山给惹怒了，就修了那个庙子。

"蜘蛛山上住着蜘蛛精吗？"弟弟瞪着眼睛问。

"是吧，雅玛里克山上还住着牛魔王咧，妖魔山嘛。"爸大笑起来。

每到暑假，电视里就一直循环播放《西游记》。我一边假装写作业，一边斜着眼睛看那些女人。她们穿着钉了闪片的胸衣，妖媚地盯着我，从肚脐眼里吐出长长的丝，嘴巴都很红，一张一合，说的是维吾尔语。弟弟看了几十遍《西游记》，也学了几句维吾尔语。他还披着家里的床单在客厅里走来走去，学蜘蛛精吐丝的样子。爸妈都笑得很厉害。我小声呸他说："你也太恶心了，儿娃子得有个儿娃子的样子。"他假装没听见。

红山上面还有电动转马和套圈、打气球的。弟弟看见枪就走不动，打了两枪还跟爸爸耍泼。我们很晚才回家。我还记得妈妈一副要发火的样子，被弟弟一把抱住大腿，怎么也不放开。妈没忍住，笑了。

爸也跟着笑了。我还记得他笑的样子，人都要仰过去了，眼睛眯着。

十二

我们沉默地走了两三公里。

从红山商场、邮政局过去，前面是一栋二层苏式小楼，楼顶竖着大字：乌鲁木齐站。我们叫火车南站。一楼是候车室和售票处，二楼是办公室和军人候车室。后面的站台更高些，用一座弧形盘道和候车室连接在一起，远看像个硕大的盘子斜立着。站台背后就是雅玛里克山。盘道围起来的山坡上，种着沙枣树、榆树和杨树。广场上有小孩在学骑老二八自行车，欢快地按着铃铛。路边停着一溜人力车，男人们光着膀子蹲着等客，看见有人远远走过来，立刻站起身。

"勺丫头！咋了啊？"苏日娜拉住了我。

"没咋。"我想把手抽出来。

"没咋？那你还哭。"

"别问了行不行。"

她看着我。

我嗓子里发出呜呜的声音。那声音很好笑，像是有节火车断在喉咙里，还轰鸣着。她这回没笑。

"刚那个卖票的，是我爸。"我哭出了声。

十三

空气干燥得很，一点风都没有。

到处是光秃秃的。绕过几家货物仓库、冷库和肉联厂，我们从一个堆满废铁、废弃零件的拖拉机厂区里穿出来。

我跟在苏日娜后面，沿着一条铁路轨道走。四条铁轨平行延伸出去，像是在很远的地方汇聚在一起，又分了岔。我简直觉得我们永远都走不到头了。

一座红色的荒山出现在眼前。四周低丘起伏。深浅不一的石层裸露着，沿着南面陡壁，形成无数平行排列的深沟和丘壑，有韵律地呈现出赤红、紫红、褐红、黑红色。在阳光的照耀下，像烈焰掠过。峭壁上，有白点在慢慢移动。是一群山羊。

"是雅玛里克山吧。"这次是我先开的口。

"嗯。"

绿皮火车鸣着汽笛从我们身旁呼啸着，向远处隧道口开去，铁轨上的石子嗒嗒地蹦。

"这火车往哪儿开？"我问。

苏日娜没答话，反倒问我："你上次给我讲的那个安娜的故事，她为啥要卧轨自杀？"

"她被爱人抛弃了。"

"抛弃了就要自杀吗？"她冷笑了一下，"她那么漂亮，可以再找一个。"

163

"可能，她有点绝望。"我说，"没人真的在乎她。"

她停了一会儿，问："勺丫头，你以后要考出去吗？"

"嗯。"

"去哪儿？"

"反正不在这儿待。"我说。

"我知道，都说不考'新西兰'嘛。"

"嗯，新疆，西藏，兰州。"我们互相看了一眼，笑起来。

我问她："那你呢？"

"我得留下。"她踢开一粒小石子。

"为啥？"

"我只吃得惯拉条子、羊肉，去哪儿嘛，哪儿都不去，就在这儿待着。再说，我出去了，我奶咋办。"她望着远处，叫我，"勺丫头。"

"嗯？"

"今天早上起床，看见我奶睡的那个硬板床，湿了一片。她尿床了。人也不见了。我冲出去一看，她坐在门口的一个小凳子上，穿戴很整齐。我说，奶奶，我上学去啦。她答应了一句，然后把眼睛捂住了……我奶，以前可利索了，我爷拿拐棍打她的时候，她跑得飞快。现在胳膊和腿都肿得不行，蹲也蹲不下去。昨晚，我听见她起夜还被桌子磕到了。"

"你咋不帮她？"

"我不知道。"她转过脸看着我，眼里闪闪的，"勺丫头，你以后会回来看我不？"

"会。"

她望着前面说："还是别回来了。走远远的，哪儿不下雪就去哪儿。"

我看向她。

我们回家路上要经过一个地下通道。一到冬天，台阶上冻起很厚的冰。她回回都是跳上推自行车的斜坡，双腿一前一后，飞快地滑下去，最后一跃，就落地了，一点声响都没有。她转过身，仰脸看我。我不敢，只能慢慢扶着墙移下去。一次，我脚下打滑，从最顶上一级台阶滚了下去，重重摔在她面前，半天也动不了。她在我头顶叫："ㄅㄚ头！ㄅㄚ头！"等我爬起来，她突然大笑起来。我很生气，疼得要哭了，可不知道怎么回事，一咧嘴，跟着她笑得停不了。

"我当时以为你摔死了。"她说。

"那你还笑？"

她又大笑起来。

不知从哪里突然窜出一头山羊，立在铁轨上。

我和苏日娜都不动。它盯了我们一眼，才慢慢走开。苏日娜转过头，冲我做了个鬼脸，头低着，眼睛瞪得大大的，是那头山羊的表情。

她边笑边跑，绿色的单肩书包在她屁股上打得啪啪响。我笑着追了上去。

十四

穿过铁路是一条很宽的土路。

路的另一侧是用木板、碎砖头和毡布搭建的窝棚。有些是独立的一间，也有些是几间组成的小院，外面用矮土墙围起来。有座红砖老平房，屋顶塌了，墙上的牌子还没有完全掉下来，看得到"合作社"三个字。有一个灰砖砌的旱厕，黄水从里面溢出来，还没靠近就闻见一股恶臭。漫天的苍蝇。污水在土路上乱淌。

"尕爷爷就住这儿。东坡上去十公里盖了很多房子，住了几万人呢。盲流村根本没人来管。从南疆、口里来打工的，都在这儿找地方住，靠着火车站和汽车站，方便，还便宜。"苏日娜带着我往一条小巷子里走。房屋另一侧是山崖。

"上回我春节来，这山上都停电了，黑灯瞎火的，遇到察子来抓盲流，路窄得车子都开不上去！等他们跟头绊子爬上去，人都跑没了。"

巷子越走越窄，到处横着晾衣服的杆子。两边的房子很矮，我俩像是蹿高了一截。两个小男孩穿着破烂的衣服，从我们身边欢叫着跑过去。

苏日娜在一个院子前站住。院子没门，只有灰蓝色的门框，靠墙扔着架旧自行车。院墙塌了一大块，露出里面的几间土房子。院子里堆放着杂物，一辆三轮板车停在墙边，车子很破，车板上堆了一座山似的纸箱板子，还有绑成一串的啤酒瓶，瓶身上印着外国字。应该是俄文。

我跟着她走进去。院子中间，从地里伸出一个铜水龙头，管子上挂着一块木牌，写着几行汉字："住户注意，因用水困难，现定时间打水，每天下午 7 到 8 点。"里面的"限"字写错了。

"尕爷爷！"苏日娜叫了几声。

"他一个人住？"

"嗯。尕奶奶去世有几年了。"她又看了看说，"咱们找个人问问。"

我们从院子里出来。几个头上包着彩色纱巾的女人，坐在墙角的阴凉里说话。

"不知道哪里来的贼娃子，太可恨了嘛，我们有啥好偷的。""是嘛，要偷就去偷有钱人啊。"

我们走过去的时候，她们一个个都不说话了，看着我们。

"看啥看，有啥好看的？"苏日娜冲她们嚷，被我一把拉住。

"好好问话嘛。"我转过头问那几个女人，"请问这儿住的苏大爷去哪儿了？"

一个年纪大点的女人说："你们找他啊，这会子，他上山了。"

"上山？他去干啥？"苏日娜问。

"我咋知道呢。反正每天他都要上一趟子山。怪得很。"那女人别过脸，不搭理人了。

苏日娜哼了一声，扭头往山坡上走。

我追上去，问："咱们真上去？"

"你没听那人说嘛，我尕爷爷每天都上去。他快七十了，你还怕啥啊。"她有点不耐烦，回头看看我，缓了缓，说，"勺丫头，咱们不是说好了，顺道上山挖根骨头回去。"

我没再说话，跟在她身后。低矮的房屋一直排到半山腰。电线杆竖在巷子、院子里，电线在房顶上交错。火车的轰鸣声擦着我的头皮过去。

十五

在这条山路上走了一个多钟头，身上烤得热烘烘的。

快到山顶，路越发陡峭起来。周围布满红色岩石，大的小的都有。石头烫手。一丛丛开着黄花的骆驼刺，从石头缝里冒出来。花上落着几只黑蜜蜂，比我平时常见的蜜蜂大出一倍。

苏日娜的身影轻盈又敏捷，她像一只丛林里的猿猴，胳膊和腿都显得特别长。她脚下一双旧解放鞋，几乎没有声音。我得手脚并用才能跟上她。沙子和碎石子灌进我的凉鞋里，又烫又硌。

苏日娜大叫一声："小心！"几块碎石从我头顶滚下来，蹭着我的裙子落下去了。她在头顶叫我："快点啊。"

"爬不动了。"我脚踩在石缝里，双手紧紧扒住一块凸起的岩石，喘着气。

"勺丫头，你看！"

远处的峭壁上立着几头山羊，羊毛有点发红，像是从岩石上蹭下来的。有头山羊正在舔石壁。它面前有一条山沟，看上去有三四米宽，对面山崖上长着大簇骆驼刺。它盯了一会儿，突然一纵，跃了过去。后面几头山羊也跟着跳了过去。只剩下一头小羊。它看上去有点害怕。

"你说，它能过去不？"我问。

"过得去。"苏日娜话音还没落，小羊身子歪了一下，没站稳似的，突然挺身向前猛冲过去。下一刻，它已经落在了崖对面。

"我说吧。"苏日娜笑起来，"勺丫头，你快点啊。"

"快点"那两个字，她说得很有力气。平时上学快迟到时，她也要拽着我在学校门口那条长长的巷子里往前跑。我说："跑不动了，苏日娜，别跑了。要不，你自己跑。"她不理我，拉住我的胳膊，一个劲儿向前冲。

苏日娜的长跑和短跑，都是全校第一。体育张老师见了苏日娜很远就叫起来，可他完全不记得我的名字，就算我是班里体育成绩最差的，他也搞不清我叫什么。

这学期的学校运动会，我和苏日娜去迟了，还没跑到学校的巷口，老远就看见张老师穿着件白衬衫，背着手立在那儿。他看见我们，急急迎上来，叫着："苏日娜，你怎么才来？"然后拽住她的衣服往学校走。

我跟在他俩的后面，慢慢走进校门。

苏日娜跑八百米，把第二名落下整整一圈，男生们都围在跑道旁欢呼，打口哨。最后一圈，多力库冲到跑道外，和她并肩跑了一截。他的两条腿很长，跑起来，额头前的头发一甩一甩的，衬出一张明亮朝气的脸。张老师硬把他从跑道边拽了下来。苏日娜回头冲多力库笑了笑，突然加速，飞一般地冲过终点。我听见身边有两个女生小声在说话。

"就是她喜欢多力库。"

"不要脸。"

十六

苏日娜先爬上了山顶。我喘着气喊："拉我一把啊。"

她没说话。我爬上去的时候，她还站在崖边。

我们都没动。

山顶上没有一棵树。脚下全是密密麻麻的红石。我们像置身于一片堆满石头的河床里。

一个巨大的石堆，山一样矗立在面前，足有十米宽，和崖边的古塔差不多高。塔有九级。我们站在它底下仰头看着。石堆成了一面凝固的大海浪墙，以不可阻挡的姿态，向我们缓缓平移过来，不知道哪一秒就会突然倾泻而下，把我们两个吞没。这儿看不见一滴水，我却清晰地听见水声，像是海浪呼啸而来的声音。

"你听见水声了吗？"苏日娜问。

"嗯。"我的声音听起来很小，像从很远的地方传来，"这是人堆的吗？"

石堆高处插着几根很长的红柳枝，系着哈达。

苏日娜迟疑了一下，点点头。"应该是。可咋会有这个？"她绕着石堆走，手在石头上划过去，"草原上有这种石堆。可这么大的，我还没见过。"

她走回来时，手里握着一块石头，在裤腿上蹭蹭，搁在石堆里。

"这是干啥？"

"请神灵保佑家人平安，也保佑天国的亲人。我们那儿有个传说。"她望着我问，"哎，你是不是很烦听这些老掉牙的东西？"

"不，你讲嘛。"

"老早以前，人死了不马上埋，要把尸体搁在勒勒车上。亲人还要带一只骆驼羔子上路。车子晃着晃着，尸体会自个儿掉下来，亲人就地埋了，再放点骆驼羔子的血。第二年带着母骆驼去找，它走到什么地方不走了，还要哀叫、流眼泪，那就是埋亲人的地儿。牧民会堆上几块石头祭祀亲人，下一年再来。"

"这得堆多少年啊。你说，会不会是你尕爷爷堆的？"

"我觉得不是，可不是他又是谁啊？"苏日娜的表情很疑惑，"勹丫头，你不知道，尕爷爷他们一家三口是被我爷赶走的。就我五岁那年，他俩在家打了一架，爷爷拎着一把烧红的钳子，往尕爷爷脸上戳，要不是尕奶奶哭着拦，就要出人命。我叔那会子才十来岁。"

"为啥赶走啊？"我问。

"我也不知道。没人敢提这个事，谁一说起尕爷爷，爷爷就发很大的脾气，说要是尕爷爷敢回来，就把他狗腿打断。我奶平时对尕爷爷可好了，都没吭声。你说，尕爷爷能记着我爷的好？"

"你们家的事儿真够复杂的。"我问,"哎,我能不能也放一块?"

"咋不能?山神又不挑人。"

我在地上找了块红紫色的石头,小小的,圆圆的。放在嘴边哈了口气,用裙角擦干净,在石堆里找了一处缝隙,小心塞进去。

一阵风过来,石堆顶上的白哈达哗哗响。

我俩爬上一块大岩石,挨着坐下。

"你们的山神,灵吗?"我问她。

她没说话,手伸进裤子口袋,掏出一把巴旦木,塞到我手里。

我犹豫了一下,剥开一颗丢进嘴里。脆的,很香。

家里已经很多年没买过这些东西了,因为弟弟对花生、瓜子、巴旦木都过敏。有一次,妈妈刚吃了巴旦木,去亲弟弟的脸,他半边小脸立刻红了。弟弟痒得不行,抠着脸去照镜子,手越抓,脸越肿。他哼哼唧唧地哭起来,说,这么丑,别人都认不出来了。我把他拉近,看到他一只眼睛肿成了条细缝。我忍了一下,没忍住,笑了起来。他哭得更厉害了。妈冲过来,把弟弟扯走了。我听见她给弟弟说,别理识你姐,她就这样子,白眼狼。

突然听苏日娜叫唤起来:"不是让你吃的,勺丫头!扔到石堆下,就算你祭山神了。"

"你不早说。"我埋怨道。

一只黄嘴山鸦飞落在我们面前。羽毛黑亮,眼眶一圈金黄,它

172

很专注地盯着我们。苏日娜从口袋又摸出几颗巴旦木，剥了，撒下去，冲它叫："喏，你也吃点。"

"你这个人可够怪的。之前打鸟，这会儿又来喂。"我瞥了她一眼，又向四周望去，"这儿哪有人骨头嘛。"

"啥骨头，还不都是谝传子的！"她笑了一下，隔了一会儿，说，"勺丫头，我不想一个人来……你知道吗，我这心里头，总觉得对不住尕爷爷。"

"和你有啥关系啊，当初又不是你把他赶走的。"

"反正就是别扭。现在也顾不上这些，要到钱再说。"

我"嗯"了一声，问她："你刚咋知道那头小羊能跳过去？"

"我见过一群山羊爬到一棵胡杨树上，看起来像长在上面一样，有十几只呢。"她看见我惊讶的表情，笑了起来，又说，"这有啥奇怪的，羊子我见多了啊，我家以前养的是罗布羊，尾巴像坎土曼，它们吃的是罗布麻、甘草、肉苁蓉，还有千年胡杨树的叶子。母羊一年只生一胎，那羊肉吃起来没一点膻味。草原上啥没有，旱獭、狐狸、雪豹，还有狼。我奶都用猎枪打过狼。"

她说着，像想起了什么，望着眼前这座石堆，嘴里小声哼了起来。

那调子，我听出来了，是多力库唱过的一首歌。

今年的全校春节联欢会在阶梯教室，坐满了人。表演都有点无聊，我快打瞌睡了。直到多力库抱着一把热瓦普跨上了台，有女生尖叫起来。他坐在独凳上，拨了几下弦，眼睛转动着，落在一个地方，唱了起来。唱的是维吾尔语，听不懂，可我差点掉泪了。一曲

173

唱完，他向台下看了一眼，跳下台，在一片安静里走了出去。大家还没反应过来，有个女生突然哐一声从后排站起来，在很多双眼睛的注视下，飞快跳下台阶，跟在他身后，走出教室。

那女生就是苏日娜。

"联欢会那次，你干吗去追多力库？"我问。

"那次啊。"她笑了一下，"多力库唱的是首俄罗斯老歌。我奶奶老自个儿唱。我就问问他咋会这个。除了我奶，我从来没听别人唱过。"

"他咋说？"

"说是从一个卖茶的老头那儿学的。多力库说他觉得好听，就改成维吾尔语了。"

"那个歌叫啥？"

"黑眼睛。"她自顾自地唱了起来：

那双黑眼睛，炙热勾人魂，

那双黑眼睛，明媚又动人，

我多迷恋你，却又怕见你，

莫非见到你，不是好时辰。

可怜一颗心，灼伤有谁问，

为你黑眼睛，一死也甘心。

她唱歌的声音很低，还有点哑。唱完，我们都没说话。

"这歌词太烈了，啥爱情，动不动就要死。至于吗？"她说。

我不知道她是在问我还是在问自己，没说话。

"勺丫头，你妈喜欢你爸吗？"她又问。

"我不知道。"

"爸妈离婚前，我问过妈，你喜欢爸吗？她把眼睛瞪得那么大，给我爸说，听听，这死丫头都跟老婆子学了些啥，乱七八糟的！"她说着，笑了。

"他们根本不知道你在说啥。"我说。

"嗯，我感觉我爸妈好像没有小时候，生下来就是大人。"

"真的！"

"反正我不懂他们。还有我奶，我也想不明白。她和我爷爷吵了一辈子，可为啥她不离开？我爷爷得病那阵，老挥拐杖，见她就打，我奶奶就跑，边跑边骂。等他没力气，挥不动了，我奶又回来给他做饭。唉。"她扭头看着我，从背包里掏出一个军用水壶，递给我。

我没想到她还带了这个。一股刺人的辣呛在喉咙里，我猛咳几下，全吐出来了。"咋，咋是酒？"

她在旁边笑得前仰后合的。"马奶酒，我奶去年做的。我想着带给尕爷爷，才好开口借钱嘛。咋样，好喝不？"她用手擦擦壶嘴，咕嘟嘟灌了一大口，抹了把嘴，又往地上倒了点酒，隔了好久，才轻声说，"爷爷，你保佑奶奶吧。"

十七

酒水洒在脚下的岩石上，像撒了一层盐巴，闪着光。

她愣了一下，推推我，指着石头，说："夕丫头，这是啥？"

阳光粼粼，石头上显出细微的花纹，一片一片的鱼鳞。

我俩赶紧从石头上跳下去，趴近了看。一条鱼形渐渐从石头上显出来，鳞片很清晰，尾巴断开了一截。它张大嘴，身体扭曲着，呼吸很困难的样子。

"鱼……化石？"我吃惊地说。

苏日娜的脸也涨得通红，看起来很兴奋。

"可石头这么大，我们又带不走。"我说。

"再找找！"苏日娜弯腰翻石头的动作很笃定。我能想象现在她睫毛抖着的样子。我敢肯定，她回去把石头扔到多力库的面前，就是这个样子。

我把书包扔到石头上，故意走远了些。

阳光在石头间跳来跳去，晃得人眼花。看到那块红石头的时候，我以为是自己没看清楚。那块石头比我手掌大，上面有一只鸟。是鸟的头颈、前爪，鱼的背鳍和尾鳍。

"哎！"我叫了一声。她离我有点远，没听见，还弯着腰。

我正要再喊，又顿住了。心狂跳了两下，我拉过地上的书包，拉开拉链，飞快地把石头塞进去。起身的时候，我看见苏日娜拖着单肩书包朝我走过来，地上的石子被书包拖得咔咔响。她表情很严肃。

她一定是看见了。

"我……"我一下慌乱起来。

"勺丫头，你看。"她深吸了一口气，弯腰打开她的背包，书上压着一块石头。

上面印着半个鞋印。鞋跟处有一条鱼形，头、身子、尾巴都很完整。鱼鳍都看得清。

苏日娜把右脚的鞋子脱了，轻轻踩上去。鞋印比她的脚宽出一截。

"这儿以前应该是湖，要不就是海。"我说。可那个鞋印，我也不明白是咋回事。

"管它呢！"苏日娜笑起来，"咱们带回去，你扔到那些儿娃子面前，就说是你在雅玛里克山找到的！看他们咋说。"

"为啥不说是你……找到的？"我望着她。

她奇怪地看了我一眼，说："这有啥。"说着，甩甩头发。

她第一次看见我的时候，就是这个眼神。

有怜悯，还有别的什么。

我腾一下站起身，说："我想回家了。"

十八

苏日娜没听见。她站起身。

天边翻滚着的黑云，卷着沙尘飞快地移动。几团云的间隙射出一束光，打在我们身上，又迅速被遮挡了。瞬间，整个乌鲁木齐城被沙尘罩住了，空气中弥漫着浓重的尘土味。很大的雨点打下来，砸在石头上，发出很大的声响。我们只能躲在一块岩石底下。

"这咋说变天就变了。咱们下山吧。"我喊道。雨水冲进嘴里，一股泥土的腥味。

"这么大的雨，看不清路，找死啊？"

"雨要是一直下，我们也得死在山上。"

"我还以为，你就是为这个才来的。"苏日娜说。

雨点很大。我却觉得周围安静极了。

她直视着我的脸。她什么都知道。我能清楚地看见她的胸在起起伏伏。雨水不停顺着她的睫毛、脸颊淌下来。

"勺丫头，我记得小时候，有一年六月份突然下了场暴雪。就一晚上，我家的羊子死了一百多只。都给冻死了。院子里满是羊子的尸体，一个个龇着牙，脚蹬得直直的。它们的羊毛都是我和奶奶才剪的。我坐在它们中间哭得上不来气，我奶一滴眼泪都没流。她把我抱得紧紧的，说，丫头，有二三十来只还活着，多亏你剪得慢！没事，没事，有啥不能过去的？我奶当时就这么说。"雨水冲进她眼睛里，把那对乌黑的眸子打湿了。

"没事的，都能过去。"她看着我说。

雨点冰冷，打在我头顶和身上。我感觉自己的嘴唇冻得直抖。

她突然站起身，冲进雨里，虚着眼睛到处看。"勺丫头，你快看！"她叫起来，指着脚下大大小小的岩石。它们被雨水一冲刷，洗得颜色更深了，一个个显出了纹路，像鱼、珊瑚、小小的水蜗牛。

"老天！"我也冲了出去。

苏日娜双手举起两块石头，开怀大笑。她在雨里扭着屁股乱跳起来，看起来很滑稽。

"去他妈的钱！"她大声喊。

"去他妈的！"我跟着喊。

十九

雨是突然停的。通红的阳光从云层里射出来。我俩互相看着对方。

我的裙子湿答答贴在身上。她的白衬衣都透了，显出内衣的轮廓。她扯了扯衬衫，伸手把皮筋松了，让头发披在肩上，晾开，对我笑了一下。红光把她脸的轮廓打亮了。

我们把石头一块块捡起来，装进书包里。两个包撑得鼓鼓的。

山间暗红色的光闪动着。雨后的山里充满了清新的空气。

"走吧，我们下山，尕爷爷该回来了。我快饿死了。"苏日娜说。

下山的路很滑。我踩空了一次，崴了右脚，人差点滚下去，苏日娜一把扯住我。她牢牢抓着我的手，拖着我下山。我俩又累又饿，谁也没多说话。

走回村子的时候，天还没有黑。一根根烟囱冒着白烟，孜然香漫在巷子里。

179

跨进门槛，院子里到处是泥浆。苏日娜把书包甩在地上，扭开水龙头。水流得细，她双手捧了，洗了把脸，又把嘴巴挨过去，咕咚咚连喝了几口，叫："勺丫头，你也喝两口。"

我卸下书包，瘸着走过去。

"你们，干啥呢？"一个穿灰衬衫、戴墨镜的男人跨进门槛。人很高，又壮。他摘了墨镜，瞅着我和苏日娜。一张酱红色的脸，眼睛大得有点吓人，眼袋没力气地耷拉着。整张脸像在酒里泡发了。

"贼娃子？"他看着我们，从牙缝里挤出这几个字。

"你才是！"苏日娜说。

"不是贼娃子，跑到这儿来干啥？说，偷的啥？"他走路不太稳当，晃了几下。

"我们没偷东西。"我说。

"没偷？是吧？丫头子，那你给我看看。"他突然伸出一只手，在我的脸上重重摸了一下。很粗的手掌，一股刺鼻的酒精味从我鼻子下面滑过。

"把裙子脱了，给我看下里面是啥。"他又说。

我浑身抖了一下，想喊什么，可只是在喉咙里含糊地发了一声。

"你要干啥？"苏日娜把我往后一拽。

男人笑了起来："哎，这个贼娃子还长这么歹。"

"呸！"她从牙齿缝里吐了口唾沫出来，偏过脸，低声叫，"快跑。"

苏日娜一头撞了上去，那人双手横着一拦，一推，她被摔在地上。那男人压在她的身上，像一只巨大的黑蜘蛛，手脚蠕动着。苏日娜在男人身下挣扎，拼命拽着校服。

我想冲过去，可腿一点儿也动不了。脑子里有个声音在叫："快跑，快跑！"苏日娜的脸对着我，嘴巴一张一合的。很多个画面，像是梦里的碎片，突然被潮水一样的东西冲到我眼前。潮水里冲出一张变形的脸，大声叫着什么。

我耳朵里嗡嗡响，扑了过去，男人用胳膊肘一架，反手挡了一拳，正砸在我胸口。我摔出去，撞在三轮车上，又跌进泥坑里。眼睛上都是泥，我睁不开眼，手碰到一个硬邦邦的东西，是书包。我一把拽过来，高举起，砸向男人头顶。

石头落了一地。男人没动了。我使劲推了几次，才把他掀过去。

苏日娜动也不动，眼睛睁得很大，看着我。她像不认识我了，嘴角抽了两下。她脸上、胳膊上都是泥巴，衬衣被扯开了，白色内衣也歪着，一半胸敞在外面，小小的一团。她坐起身，拽住一颗扣子，努力往扣眼里塞。我也帮她一起。她的手指和我的一样在抖，对不准。

男人身子抽搐了一下，很低地叫了一声。

"娜子。"一个老头立在门口。人晒得很黑，穿件二道背心，看得到胸前一排排凸起的骨头。秃着头，下巴留了一小撮灰胡子，眼睛不住地眨着。肩上挑个担子，挂两个木桶。他往前走了两步，有点瘸。

他看看我们，又看看地上的男人。

"娜子。"他又喊了一声。

苏日娜嘴唇抖了两下，叫出了声："孕爷爷。"

181

二十

我忘了当时我们是怎么进屋的。我俩坐在铁皮火炉前。我的裙子上都是泥巴，苏日娜看上去也很糟，衬衫最底下一颗扣子不见了，她努力把衬衣塞进裤子里。

房门关着。门口传来一个四川女人的声音："啥子事情哦！有没有人？"有人啪啪拍门。尕爷爷一动不动，眼睛盯着炉子。我们也没说话。院子里闹了一阵，才安静了。

外面又下起小雨，碎碎地拍在窗户上。房里很黑，尕爷爷站起身去开灯。一条电线从房梁上垂下来，连着灯泡。灯泡闪了一下，又昏暗下去。房间很小，只挤得下一张炕。灶台就在炕头。炕上堆着一床破旧的花毛毯。墙上挂着把冬不拉。

"那人怎么办？"苏日娜问。

尕爷爷从炕上把那床花毛毯扯下来，裹在我俩身上。

"那个人呢？"苏日娜又问。

"活该他。"尕爷爷说。

尕爷爷把两个木桶上的白纱布都掀开，奶香飘了出来。他舀了一锅奶，搁在火上烧。很快，奶滚起来，堆了一层薄薄的皮。他手伸进另一个木桶，抓了把麻花，丢到锅里。

"他是不是我叔？"苏日娜裹着毯子，抬起头问。

尕爷爷望了她一眼。

只这一眼，我们都明白了。

苏日娜猛地站起身，走了两步，哐地拽开门。

外面已经半黑了。院子里没人。雨水打在泥土上，发出吧嗒吧嗒的声音。一只癞蛤蟆突然跳到门槛上趴着，一身疙疙瘩瘩地看着我们。

"他咋能是我叔……"苏日娜回头盯着尕爷爷。

"娜子，你叔，他没去口里上大学。"尕爷爷望着她，小声说，"我们一直在这儿待着的。你别怪你叔。是我没本事，儿子也没本事。"

苏日娜在门口站着，一动不动。

"娜子，你要怪就怪我。我年轻时候也这个样子，不学好。爹妈都不管，他们只顾生，顾不上管娃娃咋活，能把娃娃肚子填饱都不错了。以前在库尔勒，我们一大家子住一块儿那会儿，你奶奶坐月子，我去隔壁偷了只鸡，给你奶奶发现了。她拿了那么长一根棍子，追着我在院子里跑。你奶奶比我大九岁，她才像我妈。"

他倒了两碗奶，两只手端着，不知道该放哪里的样子。他递过来，我没伸手，回头看看苏日娜。

她很慢地走回来，端过一碗，一仰脖喝了，伸手在碗底一撮麻花，赶进嘴里。

我也端起来喝了。奶很鲜，和我平时在家里喝的味道不一样，有一股膻味。

"爷爷为啥要赶你们走？"苏日娜把空碗递过去。

"他给我说，儿娃子以后要上学，留在库尔勒没啥出息。我那时候啥也不懂，就和他怄气。"他小声说。

"那你们咋养活自己的？"苏日娜看了看四周。

183

“我刚来的时候干拆房子的活路，当时拆房子都用大榔头嘛，人家都叫榔头队。一次干活的时候，我困得很，不小心把脚给砸伤了，这行就没法干了。我就只有卖烤馕。当时你尕奶奶还在。每天天不亮就起来打馕，和面、擀面，停不下来。这边住着好多二道贩子，他们用大塑料口袋装走几十个馕，拿到火车站、汽车站卖。我们一天能打三四百个呢，一个馕挣三毛钱。”

“这么多钱啊。”我嘟囔了一句。

“那也经不住儿娃子糟蹋啊。唉。娜子，你尕奶奶被气着了，走得早，剩我一个人，也打不了馕，只有卖卖奶茶，还能咋办？谁叫我自己养出个不争气的东西。你说，我咋给你爷爷奶奶交代……”

苏日娜走到炕头，把冬不拉从墙上取下来，抱在怀里。

“你奶奶以前就爱，爱听这个。”他有点结巴，眼睛忽闪着，露出不安的神色，“她那嗓子是方圆几公里数一数二的，唱歌好听得很。”

“我奶，年轻时候是啥样子？”苏日娜轻轻拨了两声。

“你长得像她。她刚嫁过来那会子，头发长到腰了，又黑。我们那儿，女人就她骑马最歹，再烈的马都敢上。她还会套马，驯的都是生马，我们叫生个子。”

“我都没见过。”苏日娜喃喃地说，“她只教过我打枪。”

尕爷爷说：“我见过。谁见了都忘不了。有一次我们那儿有匹生个子，见人连踢带咬，我根本不敢过去。你奶呸了我，说我不像个儿娃子，她提着一根套马杆就去了。”

“套马杆子，是白桦木做的？现在还在她床头挂着，我扔了几次，她都捡回来了。"苏日娜说。

"嗯，就是那个，我给你奶做的，木条用湿牛粪捂过。当时去看她的人可多了。她握着套马杆，直直冲进马群。长长的套马杆，在马儿头上摇晃。我看那根套马杆向前一摆，绳子就牢牢套到马脖子上。它死命挣，看逃不掉，就四蹄蹬地，往后坐。你奶一拽套马杆，用手揪住马耳朵，把笼头给套上了。生个子拼命往前跑，她跟着跑，一拽，马就摔了，马也厉害，站起来又跑，她再拽，来回折腾几次，一直到马再也跑不动了。"

"这么厉害。"我小声说。

"嗯。你奶骑着生个子回来的时候，头发披散开，在马背上冲着我们笑。"他停了好一会儿，又说，"你爷爷骂了一句，不要命了啊，才把她拽下来。我们都说，她身体里只有一半人血，另一半是马血。"

"我从来没听奶说起过。"苏日娜说。

"娜子，上次你来，乱哄哄的，也来不及问你啥……你奶奶，说没说过我啥？"

"她就问你吃油果子没有。"

"吃了吃了，都吃了，还是老味道。"他的眼睛红了一下，急急地说，"她还问啥了？"

"没了。"苏日娜把冬不拉挂了回去。

他"哦"了一声。一对浑浊的眼睛望向炉火。红光陷进他脸上一道道皱纹里。

"娜子，你奶知道你来吗？有啥要给我交代的吗？"

185

她看着孥爷爷，摇了摇头，说："没啥，我就是顺道，过来看一下。"

我叫道："哎，苏日娜，你不是……"

她一下扭过脸，瞪了我一眼。我不说话了。

孥爷爷站起身，从炕头拿了一个铁盒子，塞到苏日娜怀里。"酸奶疙瘩，我给你奶……和你做的，你带回去，带回去吃。"他往窗外看了看，又说，"还有，还有这个。"他从口袋里摸出一叠皱巴巴的钱，卷起来的，都是十块二十块的钱，塞在苏日娜手里，说："你拿着，买点东西吃。天晚了，赶紧回去。你奶该急了。"他哀求地望着她，"娜子，能不能，不把这个事儿给你奶说？"

苏日娜没说话，站起身。

"太晚了，我，我送你们回去。"孥爷爷看着我问，"丫头，你住哪儿？"

"光明路。"我说。

"你把我们都弄到光明路，我自个儿回，还有公车。"苏日娜说。语气很平静。

"我把你们都送回去。"孥爷爷忙不迭地说。

"不怕奶奶看见？不是不让我说吗？"苏日娜说得很慢。

"嗯，嗯。"孥爷爷低下头，小声说，"光明路，我知道。以前那儿到处是乱坟岗子。"边说边走出去，推出靠墙的三轮平板车，跳上跳下地把纸箱子搬下来，"当时人都不敢打那儿过，除了埋死人的时候，还有七月十五。都说一到夜里，那条街上人和车都没了，只剩鬼在走。那条街，以前叫行宫路。"

行宫路。我还是头一次听说。

要是弟弟知道了，可能要在巷子里跑着大喊："太老到了了嘛！"

我俩都没有开口问他要不要帮忙。等他收拾停当了，苏日娜先跳上去，再拉我爬上去坐好。车板上不知道流了什么水，很臭。我的裙子还没干透，身上一阵阵发凉。歼爷爷从地上扯过一张很大的硬纸壳，盖在我们身上。

"挡一下风。"他蹬起车。车板摇晃得厉害。

二十一

车子晃了很久，我小声说："我看你把钱放到炕头了。"

苏日娜"嗯"了一声，突然叫起来："勺丫头，忘了书包和水壶。"

我"哎"了一声，说："算了，下次来拿。"

"可惜了那些石头。"苏日娜说。

"啥石头？"

她在黑暗里扭过头看向我，隔了一会儿，她笑起来："是哦，啥鬼石头，没见过。"

歼爷爷听到我们笑，用力踩着车，嘴里哼着曲子。

"哎，这调子听着怎么像是……"我望了望苏日娜。

她不说话，一直看着歼爷爷的背。

187

车子颠过了西大桥。

两边人行道上各亮着一排灯杆，我们数过去，一共十六杆。每个灯杆上挂着十个很大的圆球灯。一百六十个白色球灯，把桥面照得跟白天一样。远处，雅玛里克山的方向，黑得寂静。

苏日娜离我很近。她脸上的毛孔透出细小的汗滴，睫毛尾巴翘着。

我轻轻叫她："苏日娜。"

"嗯？"

"我有个弟弟。"

她看向我。

"大前年暑假，我妈上班，让我看着他。院子里一帮儿娃子要去和平渠游泳，他也要去。我不许他去。他就说，他要当儿子娃娃，不当胆小鬼。我气得很，跟他说，那你就去，咋不淹死呢？然后，他真就没回来。"

苏日娜没说话。

隔了一会儿，我说："我一直想，是不是，因为我……是我讨厌弟弟，我想他出啥事，才会这样。"

"我见过你弟。"苏日娜突然说。

"你咋见过？我来兵一中的时候，他，他都不在了。"

"你和你爸、你弟去西大桥那次，我在你们旁边。你爸当时一只手牵着你，一只手拽着你弟弟。你进学校第一天，我就认出你了。"

"不对，你记错了！"我叫起来，"我爸两只手都拽着我弟，他没牵我。"

"真的。你们还找人拍了一张照片嘛。我一直看着你们的。"她声音很温柔。我从来没有听过她这样说话。

"你知道吗？勺丫头，当时，我真羡慕你。"

夜晚的风，凉得像河水一样。

苏日娜把身子挨过来，暖烘烘的。我慢慢靠了上去。

二十二

我一瘸一拐地走进家那条巷子。夜色很浓。

这条巷子像是变了，说不出变了什么，像是更窄了，房子也矮了。回过头，苏日娜还站在巷口昏黄的路灯底下看我。她的表情，我看不清楚。尕爷爷的车子也还在。

推门进家，爸妈在饭桌前呆坐着，听见动静，都站了起来，像是吓了一跳。他们盯着我。

"回，回来了？"妈说着把围裙往身上套，半天套不进去。她边走边说，"我给你热饭。"爸爸看了我一眼，也跟了进去。我听见菜下锅的声音，油刺啦一声，在锅里炸开了。

我站在厨房门口，听见妈低声说："我以为，我还以为，冬叶子，也……"

爸拍了拍她的背，没说话。妈捂住了脸。

我慢慢走回卧室，打开书架上的一面柜子。里面有弟弟那把很长的木头枪、小人书，还有家里的相册，都胡乱堆着。那个柜子已经有三年没有打开过了。我一本一本地翻相册，翻到第二本的时候，看到了那张照片。

弟弟骑在爸爸的肩膀上，爸爸一手拽着他的脚，一手拉着我。我的眉头皱得很紧。后面是红山嘴，雅玛里克山和青龙塔隐藏在阴影里。我们旁边站着个瘦瘦的女孩，靠着桥栏，侧脸往我们这边看。她的皮肤黝黑，睫毛把眼睛都遮了。

相册底下，还压了一个盒子。是弟弟的。我猜里面都是些他的破烂玩具。犹豫了一下，还是打开了。

是几块大大小小的鹅卵石。底下压着一张撕得很烂的小纸条，歪歪扭扭地写着："祝，我姐生日快乐。"

我那晚发高烧，在家昏睡了三天才去上学。在学校，我没有见到苏日娜。

在学校走廊，和多力库擦身过去时，我小声说："山上根本就没死人骨头。"他猛地站住，回过头看着我，问："你，和她去了？"

我没说话，刚走了两步，就听见他在身后叫："汪——汪！"他叫得很大声。旁边几个女生望着他，捂起嘴笑。

我坐车去二道桥子找过苏日娜几次，都没有找到。

巴扎在一个很长的绿色大棚子里，两边是一间间土房子。货都摊在走廊里卖。卖羊肉的一边吆喝，一边剁羊肉。血水从案板上流下来，混在洗菜的脏水里，黑乎乎的，从堆着杏干、核桃的红毯底下一路流过去。彩条的花裙子挂得高低都是，也溅了血。我在一个维吾尔族大妈的摊位上称了小半袋巴旦木。我走出好远，她又追上来，往我裤子口袋里塞了一把。

后来，我听苏日娜班里的人说，她跟奶奶回库尔勒了。

我每天早上出门，还是会往巷子口看。有时，我捡起一团雪，扔进隔壁王阿姨家的院子，在上海骂里一路跑下坡。

我在光明路上发现了一家铜碗的铺子。老板姓马，是个回族师傅。有几天，我一放学就往他铺子里跑。和马师傅道谢离开的时候，听见他在身后念叨："这么点儿大丫头，还知道钉铜子。"我趁妈不注意，把补好的白瓷盘悄悄放回碗柜里。

我又去了一趟西大桥。

在和平渠边光着脚走了很长的路。走不动了，躺在大坝上，仰面看一人高的野草在头顶晃。

一只麻雀落在离我不远的地方。很小一只。眼睛黑豆似的，盯着我，突然大声拍打着翅膀，飞走了。

那一年冬天，多力库在学校门口的巷子里被人捅了，用一把水果刀。

贾皮看到的。他哈着眼镜上的雾气，搜出掖在秋裤里的白衬衫，擦了擦，嘴角露出两盏酒窝。他说，多力库捂着肚子，歪歪斜斜走出巷口。身后的雪地上，血淌了一路。

二十三

二〇〇四年冬天，我从成都回乌鲁木齐，几个朋友跟来旅游。

带他们逛红山公园的化石展时，我在一块化石前停住。标注里写道："一九九七年，第十一中学地理老师海涛，在红山采集到一块人类鞋印化石。化石出土于晚古生代二叠纪内陆湖盆，距今约两亿年。"

是一只左脚的鞋印。跟部有一条小小的古鳕鱼。

红山对面的雅玛里克山，已经成了一座森林公园。

山上下着雪，雾深。路修得宽。一辆扫雪车慢慢开上来。司机把头探出窗，冲我喊："喂，口里来的吗？上头雪可厚着呢。"我一时不知道该说什么，车子已经远了。一路顺着人行的窄石阶走，直到听见一阵鸣笛声，我才抬起头。

一辆火车正从雾气里缓缓驶出来。

乌图禾，生于乌鲁木齐，少时入蜀，至今二十余载，尚未学会叉麻将、成都话。仍爱拉面、羊肉和大雪天。能喝一点 46 度以下的小酒。

九棵樱桃树

彭小刀

一

我爸死的时候，正是我现在这个年纪。三十九岁。

他是廖林盘的上门女婿，因为喜欢吃樱桃，给我取名叫陈樱。但廖林盘一棵樱桃树都没有，只有王林盘，我的同学白露家有九棵樱桃树。

林盘是川西地区以前常见的农居。家家户户房前屋后遍植毛竹，毛竹又生毛竹，三五户人家就能连片成林。周围田地、河沟围绕，农民下地干活就在家附近，十分方便。

当然，林盘里不只有毛竹。廖林盘的沟边上就栽着梧桐、桑树、桉树和水杉。林盘边缘的人家，没有竹林当屏障，就在篱笆上缠一点蔷薇当围墙，院里再种上些柿子、柑橘、柚子、气柑等果树。

我家就有一棵气柑树。先穿过廖林盘，路过几块水稻田，再跨过青石板做桥的一条沟，沟渠围绕的那座孤零零的小林盘，就是我家。院子没有门，气柑树就是门神。院墙不是墙，栽了一圈半人高的万年青。五间青瓦房的背后，有几丛密密的竹林。

这五间青瓦房，是我爸来当上门女婿后，由三间房扩建的。中间是堂屋，堂屋中央放外公牌位的黑色方桌，比一般桌子高，周围雕着一圈花纹，灰尘快把凹进去的地方抹平了。到年终祭祖前，我妈会用牙刷仔细刷干净这些缝隙。平时，桌面抹得又黑又亮。

堂屋没有窗户，双开木门，太阳光直射水泥地上。就算掉块小渣渣，我妈都要让我捡起来。而院子里是夯实的土面，平整、紧扎。每天早上，我妈都要喊我先撒一点水在地上，拿长扫帚将院子扫一遍，才能去上学。如果有落叶，就扫到气柑树下堆着。

气柑树春天开白花，树下能闻到一股清新的花香。中秋时果子熟了，剖开皮吃肉，运气不好，吃到的果肉就是麻麻的。再放几个到外公牌位前，三个月后都还有点气味。我妈说，让外公也闻闻新鲜。

外公在我妈很小的时候就去世了，外婆只有我妈一个独女。我妈和我爸经媒人介绍，相亲结的婚。第二年有了我，我爸已经二十九岁。他去世的那一年是一九九○年，我快满十岁了。

白露比我大一岁。她是升二年级时，留级下来跟我成了同班同学。我经常去等她一起上学。她家门前那条路，就是我们上学的必经之路，据说是西河原来的堤岸。

新津的河多，以前的人土地不够种了就爱填河。廖林盘就是西河的河滩填起来的，地势自然比王林盘矮一截，连辈分也矮一辈。比如我和白露，我就该喊她孃孃。当然，我是不这么喊她的。两个林盘大人们之间的交往，也是君子之交淡如水，井水不犯河水。

二

白露长得白，鼻梁高，眼睛比饱满的杏仁还要大，黑漆漆的眉毛与睫毛，头发自然卷，扎一双辫子，眼珠子看人的时候像梅花鹿在盯着你。她身高比班上最高的男孩子还要高，我走她旁边要矮一个头。她妈爱买各种好看的衣服来打扮她，最喜欢给她穿酒红色背带裤，而且一定会配白色大荷叶领衬衫，脚上一双白袜子配黑色丁字鞋，辫子上绑酒红色的蝴蝶结。

打扮得像个城里人，个子又比男生都高，所以大家都觉得白露很成熟。而她好像就是什么都懂。是她跟我说的，女生有了月经，就可以生娃娃了。班里有女生开始发育，我没有一点动静。那些来了月经的女生们，也不说月经，说身上脏了。

学校的厕所，是蹲坑，前面没有门，侧面齐腰高垒了砖块。下课跑厕所的人一窝蜂，几乎每个人面前都站着人，被对方看着上厕所。要是哪个人身上脏了，她会装作很烦躁地说："好烦哦。"然后有点害羞又有点高傲地，从衣兜里掏出一片卫生巾。班上的女同学，哪个脏了，哪个没脏，有些人清楚得很。她们凑在一起叽叽咕咕。白露和我，都不和她们凑。

我们班里开始拉帮结派了。有男生说白露交了学校外面的朋友，看不起他们了。几乎全部女同学都不和她说话，只有我和个别女生还在跟她耍。

一天放学后，有个叫红英的，找了几个女同学围住我。红英说，白露比以前更爱打扮了，还和男生打打闹闹。说完，直接指着我："陈樱，你说嘛，白露是不是衬衫里面穿了两件背心？"

虽然平时我很羡慕白露穿得好看，但她里面穿了啥，我的确不晓得，所以就没说话。不料，红英不依不饶："她都不跟你一起耍了？你晓得不，她交男朋友了，跟人家去旱冰场两趟了。"那段时间，白露放学后就不见人影，我的确没法跟她一起耍。

去旱冰场，一般极易与街娃儿结交。所谓街娃儿，通常都是些天天在街上游荡的人。有高年级成绩不好的男生，或者那些已经没有继续读书的人，也有一些父母不管又爱出风头的女生。当然女生还是少之又少。和他们混是一件非常大胆的事情。就在这个时候，白露和六年级的一个男生经过了我们这堆女生面前。

这个男生经常和白露一起，在周一早上，为大家升国旗。我知道，他是她的老表，两人搭配默契。同时，他也是全校女生都青睐的风云人物。很多女生甚至不好意思在他面前抬头，包括我。

白露瞟了我一眼，却没有说什么。等他们走过，红英才说："你们看她走路的样子，胸脯挺那么高，还跟男生挨那么近！又要去滑

196

旱冰了。"然后，红英就质问我，说大家都讨厌白露，到底我站哪一派？

我很反感这种强迫表态的方式，而且在我心里，白露根本不是她们说的那样。也许是因为我的成绩向来数一数二，让我有几分底气，就明确告诉她们，我哪一派都不是。结果，她们叫我两面派。

两面派就两面派，不管了，我还要跟上白露，看看她去了哪里。

旱冰场是原来玻璃厂的厂房改建的，约有两层楼高，窗户都在靠近房顶的位置。里头暗暗的，只有圈起来的地面周围有一圈射灯。音乐放得震耳欲聋，必须要凑到耳边话才听得清。

周围男生居多，女生只有两三个而已。白露本来和老表一起滑着。一堆人中有个帅气的男生，瞟了她很久。终于，那个男生去邀请白露了。老表好像也不介意，她就很自然地把手交到那个男生的手里，两人牵着手滑。随后，男生的手不时搭她肩膀，或是放在她腰上，无论怎样变着花样滑，白露都接得住。

他俩像蝴蝶在冰场上飞，周围的人自动留出中间位置。白露额上毛茸茸的卷发因为汗湿而耷拉下来，脸很红。

她发现了我，想让我去跟她滑。我不会，就守在栏杆旁，等她滑完一起回家。她也确实累了，转头跟那个男生告别，但那个男生抓着她的手臂不放，周围的人开始起哄。我看到白露想要狠狠甩开那个男生的手，但甩了几次都没有甩脱。

透过人群的缝隙，我发现白露两只眼睛又瞪起来了，像梅花鹿的眼睛，但没有丝毫惊慌，她还大声地喊"放开"。空气中的温度在升高，我全身都在发热。

老表也看见了，双手一拨，钻进他们围起来的圈圈，人群安静下来。听不清他们说了些什么，似乎有争执的声音，不过并不吵，然后就看到面无表情的白露，从让出一条路的人群中轻快地滑了出来。周围的人这时候又开始"哦哦哦"地叫着。

她拉着我，很快出了大门，走另外一条路回去。

那一片也是由西河滩填起来的土地，一般种水稻和蔬菜。如果我不走白露家门前那条路去上学，而是在水稻田与蔬菜地之间绕来绕去，这条路也能到学校，但绝不是首选。路上要经过好几条溪沟，白露说可以蹚水。

沟里滑溜的水草顺水摆动，像一条条并头冲刺的青绿小蛇。我们顺着水走，来到一条两沟交汇的浅浅溪沟。水很清，土木桥缝里长满了青草。岸两边是一些竹节草，还有开黄花的不知道名字的小草。沟底是一些小石头、白沙和泥。

我们脱了鞋袜就跳进了沟里，泥沙刚好把脚板陷进去一半，水沁凉沁凉的。白露的脸刚才还红扑扑的，这会儿已经安宁了。脚一走动，泥沙浑色，水变浊了。

一屁股坐下来，草浸浸的。她突然说了一句："胆小鬼！"我以为她是怪我刚才在旱冰场没有帮她的忙，脸一热，不敢吭声。紧接着她又说："你以后不准跟红英她们那批人说话了哈！"我才明白，她耿耿于怀的是她们。

"她们把我围起来的啊。"

"你不晓得跑啊？"

"我……我又没做亏心事。"

"哪个喊你说这个？"白露又急又气，"我都要转学了。"

我一点都不知道她要转学的事情，有点发愣。她摇摇头："我走了，你以后咋办哦……"

我与白露通常都是这样，她说得多，我听着，有好奇的地方我才会问。一般我也没啥好奇的，只对书本上的感兴趣。有些我从没想到过的事情，她都会主动噼里啪啦地倒出来，我也就乖乖听着。

我们经常在一起，好像别人都没有办法插进来一样。实际上，在同学们排挤她以前，她不只我这一个朋友。而我一直只有她，如今她也要转学了。想到这些，我就觉得心里有点堵。结果还是没说出个啥名堂。在岔路口分手后，各自回家了。

三

那一年春天的时候，白露家九棵樱桃树的花开得最为繁盛，一大片一大片，如云堆雪。从我们分手的那个岔路口望过去，白花花可以把她家四间青瓦房全都遮完。

院子没有围墙，除了樱桃树，还有一丛芭蕉。眼看着芭蕉的新叶子从透着阳光的嫩黄，变成了青绿，又肥厚起来。芭蕉丛一年比一年壮硕，每一年白露妈都要砍倒一些。每一年樱桃红了，我爸必定要回来探亲。他在龙池带人挖煤矿，一年才回来两三次。

等樱桃熟了，白露妈就会爬到树上摘几筐。筐子装得满嘟嘟，还要撕几片芭蕉叶盖在上面，然后两只手各挎一个青竹条编的提篮，到街上叫卖。每天都摘，还是卖都卖不赢。我知道，她开始卖樱桃的时候，我爸就骑着那辆红色的嘉陵70回来了。

他在家，起床第一件事，一定是先把那头黑亮头发往后面梳成大背头，蓬起来像戴了顶高帽子。周围没有人像他这样。他也从不下地干活，穿件白衬衫，只管一早就骑着摩托车去街上，通常是去下象棋，一待就是一整天。

那时候，整个新津县城都没几个骑嘉陵70的，王林盘、廖林盘就我爸在骑摩托车。我们家也是廖林盘第一个买电视机的，经常有邻居要到我家来看电视。我爸见人就笑着打招呼，不像我妈历来没有啥表情。

好像我妈跟整个林盘里的人关系都不怎么好，但是她对二大爷倒还仗义。

二大爷家算是离我们最近的。听我妈说，二大爷年轻时因为端着土枪到处打鸟、猎野味，误伤了人，在牢里待了三年，未过门的媳妇也退婚了，再也没娶上媳妇。他就成了一个闲事多的老光棍。

二大爷他哥死后，嫂子跟他分了家，留给他两间泥墙草房，现在成了廖林盘唯一的泥墙草房。平时他除了自己的那份田地，还会去帮他嫂子，但工钱是没有的。其他人喊他帮忙，只要力所能及，他就闷头干，给顿饭吃就可以了。林盘里辈分比他低的，也经常开他玩笑，他从来都是笑呵呵的。甚至有些男娃儿，还会故意拿小石块去逗他，只要大人没看见，啥子脏话都敢朝他吐。二大爷实在气不过，找到他们的家人，总是被人家一句"大人不计小人过"给打发了。二大爷辈分高，他还能说啥子呢？

我妈总是让我离那些男娃儿远一点，不能说脏话，要尊重长辈，特别是二大爷。要是我家遇到吃肉，比如炒一盘青椒回锅肉，尽管青椒多肉少，我妈也要分一小碗让我给二大爷端过去。她说邻里之间一定要相互帮忙。

林盘里，要是哪个女人想去逛县城，总是来找我爸搭顺风车。本来走路进城要半个小时，我爸一轰油门，十多分钟就到了。

白露妈和我妈是小学、初中同学。她倒是不常来搭摩托车，毕竟樱桃娇嫩，路上颠簸，碰坏了就不好卖了。一般她都是自己走路去。白露爸平时守在我们小学对面铺子里卖水泥，很早就骑辆自行车出门了。

有时，白露妈也会来，我妈就微微笑笑算是打了招呼。每次给我爸洗白衬衫上蹭的机油，我妈都洗得冒火。后来这件差事又全都交给了我，我妈说我要对我爸孝顺点，毕竟整个月子里是我爸带着我睡的。他嫌我妈动作粗枝大叶，怕她睡着以后压着我。

这些都是听我妈说的，我当然已经没有什么印象了。而且，我爸有浓重的仁寿口音，夹着龙池矿山的乡音，我听不明白他在说什么。

本来我妈就不爱说话，所以我开口说话也比较迟。其实她不是不爱说话，只是懒得说话，跟我爸吵起架来，我爸不是她的对手。

再加上我爸的口音不好辨别，我更喜欢去"听"话，猜他的意思。

　　他回来的时候少，我爱跟着他。有一次他正把脚踩在板凳上，压住一根木条在锯，忽然开口让我给他找个工具。说了几遍我都没听懂，他就发火了，顺手在我屁股上打了几下。那年我才四岁吧。其实那根本不叫打，就是拍了几下，可我被吓到了，接连几天，我都故意不跟着他。但我老是要去看他。他知道我在看他，猛然间瞪起眼睛吓我。我知道他是故意的，就咯咯笑起来。

　　人家都说女儿长得像爸，但我并不像。他有高高的鼻梁，侧面看很像一座小山峰，鼻头的肉略微下垂。我妈说这是鹰钩鼻，难看得很。而镜子里的我，鼻梁像是拿手指头戳进去了，鼻头略翘。他皮肤白，眉毛黑，虽是单眼皮，眼睛却像杏仁，眼睫毛又密又长。而我虽然皮肤也白，眼皮也单，却眉毛淡，眼细长，眼皮压在短茬茬几根睫毛上。外婆说我长得像我妈。

　　我在想，要是我的眼睛长得像我爸，班上是不是就没人议论我眼睛像是没睁开？或者像白露一样是双眼皮，我的眼睛会不会就大一点？她经常对我说，你整天愁眉苦脸的，嘴角向下一撇，和你妈一模一样。

　　长得不像我爸就算了吧，反正我倒是和他一样，喜欢吃樱桃。他第一次把樱桃掰开，塞进我嘴巴里的时候，我直流口水，还挤眉弄眼的，逗得周围人哈哈哈大笑。这种丑事都发生在我几个月大的时候，反正我也记不得了。等我长大了，才知道樱桃真正的味道，酸酸甜甜，女娃娃和鸟儿都喜欢。

每次白露妈摘樱桃，总会打点枝丫下来，我就爱跑去捡樱桃。我妈特别不喜欢我这点，总说女孩子嘴馋没有好下场。

我晓得，平时我爸不在家，就算回来探亲，也一早就出门了，从不下地帮她干活。我就是我妈手里的风筝，可以放出去跑一会儿，需要的时候，随时要把线扯回来。我也很不喜欢我妈这一点，因为她常常在我耍得快活的时候，扯起嗓子喊我回去。一起玩游戏的小伙伴常常觉得我扫兴，都不太跟我一起耍。我只有常常去找白露。

一个星期天下午，我让外婆给我打掩护，又偷跑去白露家了。她妈还没回来，她爸应该是在水泥铺子守着呢。她爸个子很高，在小孩面前就像是一座山，不在正好。

白露倒是把樱桃都吃够了，一个人在堂屋看电视。我在树下转悠，高枝上的樱桃都给了鸟儿，地上常有很多啄了洞的樱桃，还有一些半黄不青的，或是完全没成熟的小青疙瘩，落了满地。有时候也会发现几颗熟透的，红澄澄的，皮子有点儿蔫了。

今天我就捡到一根枝条，上面还挂着几串樱桃，红的多。真是捡到宝了。我一颗一颗摘下来，揣进衣兜里，想找个地方慢慢吃完，再回家。我靠在白露家房子背后的檐下，一丛毛竹正好挡住了我。

忽然，我听到一个熟悉的声音："愁眉苦脸的不好看啊……我都把你送回来了，不办个招待请我哦？"是我爸。我赶紧蹲下藏起来。"走嘛，我屋头还有一篮，你拿回去嘛。"是白露妈，"你们爷俩简直够了，陈樱一天都在树下转，你就晓得围着我转。"

"我女儿当然跟我一样哦。要是早点围着你转，白露还不晓得是哪个的女儿哦。"

"你娃啊，吃啥都堵不上你的嘴。"白露妈好像笑了。

"哈哈哈，我要是有你这几棵树，就不愁没樱桃吃了。"

我爸给我讲过，可能因为王林盘的土质要肥厚疏松一些，保水也强，所以白露家的樱桃酸甜均匀，的确要比外面卖的好吃些。

他们越走越近，但声音却变小了，我听不太清楚。从竹缝里依稀看到，我爸一只手帮白露妈提了篮子，一只手扶住白露妈的肩膀，引着她往前走。白露妈长得圆润、匀称，又白，白露说每次抱她妈的时候，感觉就像抱着一团新弹的棉花。此刻，白露妈袖子挽起，露出棉花一样白软的手臂，正挽着另外一只篮子。

他们右拐进了白露家院子，就看不到我了。我立马窜出来，往家跑。一边跑，一边想他们说的话。

四

我知道我爸是怎么来当这个上门女婿的。

他还在老家时，读到小学二年级就辍学了，后来跟人学石匠手艺养活自己。家里他是大哥，底下还有两个弟弟、一个妹妹。二十出头，偶然因为和人合伙，修了一截仁寿县第一条由私人承包的公路，发了一笔小财，买了人生中第一块手表和第一辆自行车。山沟沟里骑什么自行车呢？手表也晃得刺眼。全生产队的人把他围起来，喊他交代，咋个就挣了那么多钱。

爷爷奶奶怕事，也不敢帮他多说一句好话。他气得很，把自行车扔给生产队长，怀里藏着手表，丢下全家人就偷跑出去了。还是跟着那个和他承包修公路的人，一起去了龙池山里开采煤矿。

他和白露爸是仁寿县老乡。从家乡出来后，刚认识不久，就遇到白露爸要去相亲。媒人给找了一个新津县顺江乡古家村的对象，就是王林盘的白露妈。当然，那个时候她还不是白露妈。

和女方见面，在新津当地，叫作"看人"。一般正式看人，除了媒人，要有双方父母出面的。白露爸那是要做上门女婿，父母出面不出面都没有影响，但是呢，也想有人给自己扎场子。我爸就跟着他来了。

白露爸虽没有我爸好看，个子却要高我爸一个头。白露妈也挺高挑的，两人站在一起还般配。白露妈家里也比较满意。媒人算做成了这一桩，很是高兴。我爸临走时就请媒人给他也找一个古家村的姑娘。结果找的就是我妈。

我妈说，他是瞧上了她们生产队离县城近，以后不挖煤矿了，做点啥事都方便。后来我问过我爸，你到底看上了我妈啥啊？他告诉我，第一是我妈家干净，第二就是，我妈读书多。

我妈是读到初中毕业才没有继续上学的。她房间里有个斗柜，左门右抽屉，右边从下面数上来第三个抽屉，里面放着一些没有封面的"书"。A4 纸大小，泛黄，脆弱，我妈不准我碰。后来我才知道，那些小小的排列出来密密麻麻的字，就是小说。我爸说，相亲当天，都是外婆给打洗脸水，擦了一把汗。等我爸把毛巾挂回老木头洗脸架上，我妈手里还拿着一本这样的小说在看。

外婆说，我妈为了有时间看小说，把农活做得是又快又好。现在啊，她已经很久没有读过小说了。至少在我有记忆以来，就没见她翻过。她不翻，也不准我碰。家里的禁区，一个是她的床，另一个就是这个抽屉。

新津不是有五条河吗？西河、南河、金马河、羊马河、杨柳河。小时候我老是记不住，她就教我记成"西南金马杨"。只有一句，让人好想给它接下一句，然而下一句却是没有的。我问她为啥不是"西南金羊杨"呢？她就嘴角一撇说，羊杨，一听就叽叽歪歪的，跟你爸一样没正经样子。

除了西河，就属南河算大河了，上游自邛崃而来，擦新津城边，在城东南的通济堰汇入岷江。挨着城边这一段流速平缓，水清河宽，每年龙舟赛在南河举办，很合乎民意。

我快满六岁那年，逢端午节，我爸带我们去新津县城看划龙舟。我爸骑着摩托车，我坐他前面，他身后是我妈。我妈背上用一块深蓝色的布，我们叫单被子的，裹着满三个月的弟弟，单被子的两个角在我妈胸口结实地打了一个结。

我妈说整个县城就像一个乌龟壳，进城后从屁股走到颈子，抵拢就是南河，对面是修觉山、宝资山、老君山，山里深处都还住着人家。老君山，传说太上老君曾在那里修炼传道过。新津县河多，常年气候湿润，老君山有座孤峰经常被云雾笼罩，登上最高处的亭子，就可以俯瞰整个新津县城。

那时候，南河挨县城这边的河岸还有几截老城墙。泥巴糊满砖缝，砖面满是青苔，已经辨不清楚哪是砖哪是土，有些地方很干爽，有些总是湿腻腻的。人们沿着缺口，扯着草就能爬上大概有两层楼高的城墙顶。那会儿河岸边的房子很少有两层楼那么高的，县城里最高的楼房也就六层吧。

我爸找了一个河边茶铺将摩托车停好，我妈把弟弟放下来，说让爸先带着我去开开眼界，她先喂饱弟弟。我爸原本是牵着我手的，后来人越来越多，就背着我爬上了厚墩墩的老城墙顶上。周围站满了人，他探头就能看到赛况，而我只看到人头和他的背，耳朵边轰隆隆，一阵一阵叫好声。我好担心城墙被踩垮，屁股已经被我爸的手表硌痛了，还不敢吭声。

我是五月初八出生的，生日还有三天才到。我们回到茶铺时刚好碰到了爸爸的几位朋友，他们很是高兴。还是我爸提议，午饭大家找一个饭馆吃，顺带给我过六岁生日。那个时候并不兴给孩子在饭馆过生日的。

听我妈说，我爸这个人很爱热闹。每次回来探亲，总是要连轴跟朋友们一一聚过，他喝醉以前一定先把账结了。为此，我妈没少跟他吵架。

我记得大家端起了酒杯。我的是红酒杯，被我爸倒了白开水，阳光从透明的玻璃杯壁折射过来，晃得我眼睛有点花，但我仍然端起杯子，和大家碰了碰。有人笑着说："陈大哥，你女可以哟，还晓得咋个端酒杯，恐怕以后是女中豪杰呢！"我听到，耳根是有点发烫的。

207

我爸哈哈笑："我倒是巴不得她当个豪杰哦，偏偏不爱说话，柔顺得很。大家吃酒，不用管她。"桌上来了一盘金沙玉米，我伸出筷子就要去夹。我爸却轻按我的手，用白瓷勺舀了一勺，放嘴巴边吹。一边吹，一边说："烫得很，你是瓜娃子啊。"然后再放到我碗里。

那天，我妈一直抱着弟弟。天热，弟弟的帽子顶还开了洞，露出密密的胎毛。他睡得很熟，胳膊白白胖胖，跟我妈小臂一样粗细。我妈本来就长得瘦小，生了我们两姐弟，也没能让她圆润起来。

弟弟是超生的，交了笔五千元的罚款，也没有办满月酒。大家正吃着，知道我们没办满月酒，我爸的朋友们起哄说必须要补上哦。我妈脸上立刻就有点挂不住了。我爸仍然带着笑脸，说今天这顿就算请吃酒了，大家吃好喝好。那顿午饭吃得有点久。

五

已经接近做晚饭的时间了，要是我妈在地里看到我家还没有冒烟，肯定猜到我又偷跑出来耍了。我要赶紧跑回去，而且不能让我爸知道我来过白露家。

但很快，我爸就骑着摩托车追上了我："你又跑去白露家耍了啊？"

"我……我今天没有。"

"没有？那你跑哪儿去了？"

"爸爸你先回去，我是偷跑出来的。你不要跟妈说看到过我哈。"

我爸觉得我有点怪，竟然连摩托车都不搭了。但是他也没再说啥，车屁股超过了我，留下一溜蓝烟，轰鸣声渐渐远了。

穿过廖林盘，刚走到水稻田的时候，就听见爸妈吵架的声音。

我妈已经发现我又偷跑出去耍了。她朝我爸吼，说他回来探亲，地里的活路不晓得帮忙就算了，还不晓得管教一下女儿，都快成大姑娘了，还馋嘴，跑去捡人家不要的樱桃。

我爸还是很维护我的。他就顶了一句："我小时候，上哪家树上摘点果子，人家倒还主动给我。都是邻里邻居，几个果子算啥，人家都不计较，随便送我一篮，还需要捡吗？"

我妈这时候已经看到他手里提的那一小篮樱桃了。"他们王林盘离我这儿八丈远，又不是巴掌大，还邻里邻居呢？按我这儿的辈分，你还要喊你那个邻里邻居一声孃孃，你老乡始终高你一辈。你咋个不喊？个乡巴佬，啥子礼数都不懂！"

我爸生平最讨厌人家说他没有见过世面，所以他赚到钱之后，街上出现什么新玩意，他都要去见识一下。据说，县城里第一家咖啡馆，他进去过，还尝了。他去的时候，特意穿了白衬衫配西装外套。后来那套西装被我妈借给一个亲戚结婚用，人家不还了，我爸也就送给人家了。唯一留了根领带，还挂在他们床边蚊帐钩上。

虽然他们要吵架，但是没见过动手动脚。也许打架的时候没有让我发现吧。我爸一听我妈那样说他，手里那篮樱桃重重朝我妈身上一推，转头，骑着摩托车又要走。

就在那个当口，我妈发现了躲在万年青脚下的我，顺手抄起外婆为了做刷把而划成长条的竹签，噼里啪啦打在了我的背上、屁股上。我边叫边跑，跨过青石板桥，想要追上我爸的摩托车。眼看车就要进廖林盘了，我爸刹了一脚。我赶紧跑过去，爬上了车。

摩托车启动的时候，有一股向后的拉力，我从后座上弹了起来，扯着我爸衬衫的手松开了一只。我爸大声说："抱紧哦，别摔下去了。"我马上伸长手臂，把我爸的腰杆死死捆住。

我爸先把我带到了他经常下象棋的茶铺。一落座，就有一个也穿着白衬衫的男人走到我们面前："陈大哥，是你哇？幸好你劝住了我，不然我亏惨！"

原来这人在离县城比较近的乡镇小学平岗镇小学教书，与我爸以前是棋友。一九八七年的时候，也就是三年前，刮起了一股养鹌鹑的风潮。农村地方大就不说了，县城里饲养鹌鹑的人，连自己家阳台都用上了，几乎夜夜左邻右舍都能听见鹌鹑吵嚷的声音。这位姓顾的老师，那时候还是单身，也想要在宿舍阳台上养点鹌鹑。

我爸当时是这样告诉他的，养鹌鹑：第一，要二十四小时保温，很费电；第二，要耐得脏，每天清理粪便；第三，夜里也要起来添饲料和水。这些顾老师不可能全部做到的，但他就是想要试一试，与人合伙。那时候，他一个月工资是三十元。小鹌鹑养四十五天就能产蛋了，市场上的鹌鹑蛋是一元一对，只养六十只，一个月卖蛋就能卖三十元。要是把笼子搭成多层，阳台上何止养六十只呢？

我爸见劝不住他，就提醒他，那么多人养，就是冲着这个高价，数量多了，价格会跌的，一定要及时卖，否则到时候想卖都卖不脱，杀了鹌鹑下酒，都没二两肉。顾老师半信半疑，一直没好下手。再后来，鹌鹑蛋从八角渐渐跌到四分一对，就看到古家村育新良种厂，也就是县里最大的鹌鹑养殖基地，将手下十万只鹌鹑全部杀掉，转而开始做猪饲料，他才算彻底明白过来。

很久没碰到过我爸了，顾老师执意要请我爸吃晚饭。他被调到城里的小学，还住在县城教师公寓，是六楼。他们俩就在阳台上支了一张桌子，摆上三两盘菜，还有油酥花生米，就着昏黄的灯光与月光，吃饭、喝酒。

我饭吃得差不多了，他们还在喝酒。楼道里传来声响，灯也依次亮了起来，有人在往楼上不断走。顾老师这层的楼道是没有灯的，只要听到声响，他都会打开阳台门，借给外面一点光。今天也不例外。

上来一男一女，在顾老师的对门。男的比较高，佝偻着背，一直没有面向我们。女的应该也是一名老师吧，不然咋个住教师公寓呢？她穿一条白色的连衣裙，大翻领，腰部以下裙摆荡得比较开。

她面向我们，笑吟吟地向顾老师道谢，就掏钥匙开了门，屋里灯也亮了。那个男的却没有进去，在她耳边悄声说了几句话，就匆匆下楼去了。顾老师关门的那一刻，我看到了那张脸，是白露爸。我想我爸也看到了，但他没有说话，继续和顾老师喝酒。

回去的路上，我爸除了叮嘱我抱紧他的腰杆，就没有再说过话。他的白衬衫上有一股淡淡的汗味，跟我平时洗他衬衫时闻到的味道一样。不过，今天他身上还多了一股酒味，不是很浓，但我妈肯定又要说他。

穿过漆黑的林盘，竹叶与夜雾的潮气一起袭来，沿途只有摩托车前面的一束光。我紧紧抱着我爸，生怕他骑得不够稳，好在直到最后熄火他都是稳当的。堂屋檐下亮了一盏灯，屁亮屁亮的，应该是我妈留的。

我洗漱好就上了外婆的床。早在两三岁的时候，我就跟外婆一起睡了。在我记忆里，根本没有和爸妈一起睡的时候。

我妈那间房，与我们房间隔了一间堂屋。那张床就是我家的禁区，我不能坐，更不能上去耍。其实我悄悄爬上去过，把被子叠成单人大小，用枕头当床头柜，整张床既是我一个人的房间，又是我的戏台子。耍完，我又赶紧把被子叠成方块，床单扯直。我妈房间里，其他地方可以乱，这张床必须整齐。

我也不太明白，为啥只有我爸能睡那张床，为啥他们一吵起架来不依不饶，又能同睡一张床。虽然他们经常吵架，但我爸从来都不会在外面过夜。

虽然隔了一间堂屋，但我还是竖起耳朵，想听听他们在说些啥。也许我太过于专注想听见点动静，反而越来越累，迷迷糊糊就睡着了。

六

第二天是星期一，白露妈一早来找我爸，想搭顺风车进城办点事。那个时候我正准备去找白露一起上学。

只听我妈说："陈樱爸昨天晚上喝醉了，今天不上街了。"刚才隔壁二大爷的嫂子来，她也是这样说的。不过，她又多嘴问了一句："你们家最近不是也买了摩托吗？"

白露妈只好笑着说："哎呀，白露爸一早就出去了，简直不得等我。"

我爸应该已经醒了，但是没听到有啥动静。白露妈没有想到会是这样。我妈又说："没得事嘛，你走路去，回来的时候顺道喊他就载你回来了。"

"哎哟，等他回来才没个准信哦。遇到上下货，他是走不脱的。"白露妈挥挥手，转身走了。我赶紧跟上她，去找白露。

上学路上，我问白露，她爸昨晚什么时候回来的。她说他没有回来。这就奇怪了，为啥白露妈要说他一早就出去了呢？白露她爸，我是一直都有点怕他的。

我记得白露跟我说她来月经了，是有一次她带我去她爸的铺子上耍。经常有大货车半夜拉水泥来，她爸就在铺子后面弄了一间卧室和小厨房。她拉我进卧室，说有一样东西要给我看。

房间里没有开灯，只有窗户透点光，大半间屋子都是黑洞洞的。她不知道从什么地方摸出了一沓照片给我看。我一看，那些照片上全都是没穿衣服的女人，晃得眼前白生生的。不知道是同一个人，还是不同的人。也没看清楚面容，反正不是她妈，是更年轻的

213

女孩子。

印象最深的是面上第一张。一个站着的女人，低着头，有点害羞地用双手挡住了下体，只露出小巧的胸。白露说自己的胸已经长成这样了。我问她，那你身上脏啦？她点头。

正在这时，她爸喊了一声，让她出去帮忙扫卸车掉落的水泥灰。她一边答应，一边赶紧把照片藏回原来的地方。她爸好像没有听清她的回答，脚步声从前面铺子传过来，吓得我赶紧从后门溜走。

更小的时候，应该是上一年级时吧，白露留级后与我同班了，那时我也到她爸这个铺子来耍过。

她那会儿就已经有零用钱了。校门口的彩色糖精水，映得每个玻璃杯子都是不同颜色，上面再盖一片方方正正的玻璃片，挡灰尘。刚开始几分钱一杯，后来涨到一角钱一杯。她是很慷慨的，想喝的时候总会请我也来一杯。有一次，她说她爸买了西瓜，让我跟她去吃。

我们到后，发现地上有一堆水泥灰，就蹲下来用手指画课堂上刚学会的字。后来，我就一屁股坐了下来，地面是灰绿色的水磨石，有点滑，很凉快。白露一直蹲着。

我穿的是条裙子，白露穿的是短裤。她爸爸看见我们，一把把她扯了起来，说女孩子家家的坐要有坐相，站要有站相。然后，他就推她进后面小厨房洗手吃西瓜。一边推，一边对着我说："陈老大的女娃子，咋个那么不爱干净？"

说到我爸，我就感觉自己好像给他丢脸了，头埋了下去。"穿个裙子都不好生穿。"说着说着，他就伸手来拉我的裙子。但他的手却落在了我大腿上，捏了捏，又说，"你怎么不多吃点哦，肉都没有。"紧接着，他的手又摩挲了一下，"瘦是瘦，皮子倒是挺细的。"我好像就被定住了，动也不敢动。

我穿的裙子是我爸给我买的。本来是白色，裙摆左下角有一朵大大的向日葵，肥厚的绿色根茎，配一大片绿叶子，黄色的花瓣都一瓣一瓣向外，密密地飘起来。但跟一件脱色的衣服一起泡过之后，裙子就变得灰灰的，实在是洗不出纯白。

后面是怎么起来的，我已经忘记了。白露爸说，以后白露是要到城里上学的，让她不要再跟我一起玩。但我们还是一起玩，只是不去她爸的铺子上了。

七

终于放学了。与白露分开后，我就直接回家了。

又是走到水稻田，就听到我爸妈在吵架，我已经麻木了。还是趁着天还没黑，赶紧写作业吧。依稀有几句话传出来，是我爸在说，他今天载白露妈上了趟街又把她给载回来，就是帮了白露妈一个忙而已。我妈想知道帮的是啥忙，而我爸就是不说。

他们在卧室吵着吵着，我爸突然气冲冲地跑出来，看到我就问："你跟你妈乱说了些啥？"我有点摸不着头脑。"就是昨天，就你跟着我的！"

昨天晚上回来我就睡下了，今天一早就去上学了，哪里来得及跟我妈说啥子呢？况且昨天我还挨了几条子，心里憋着一股气呢。真的是什么都来不及说，也不知道什么该问，什么不该问。我一时激动，气涌心头，嘴巴里却支支吾吾说不出话来，眼泪花儿都要包起了。

我爸以为我真说了啥，一扬手，我赶紧抱住头，他的手却并没有落下来。我抬起眼睛看他，他的手还停在半空，我的眼泪一下就流出来了。

"你们所有人都欺负我！那我走嘛！"说着，我就要往外跑。

我爸一手拉住我："你又要离家出走了嚓？"一听这句话，我就想起了上一次离家出走。是我爸出来找我的，但他说是妈喊他出来的。最后，我还不是灰溜溜和他一起回去了啊。

后来跟白露讲起过这件事，她说她也离家出走过，去了她外婆的坟堆上睡了一觉，所有人都没有找到她，急疯了。第二天她跟没事人一样自己回去了。她父母也没有再责难她。敢睡坟堆，她胆子就是大啊。

而且，每年地里油菜开花的时候，我们都不敢往里面钻，就她敢。大人们说菜籽花笼笼里，有花疯子，专门藏在暗处，伺机抓走小孩。我很听话，每次经过，脚步迈得飞快。白露却专门牵着我往深处走。越往深处，油菜花越密。我们跨过拦在田埂上的油菜花，坐下来玩过家家。以天为盖，地为床，她扮演皇上，我扮演皇后，并排躺在地上，周围是盛大的油菜花田。

我肯定没有白露的胆子。但在那个当下，被冤枉了的我，心里有一股逆反的力量。"谁让你长年不在家的？我妈，还有廖林盘的那些男娃儿，还有王林盘的，他们都欺负我！"

我妈这时候已经来到我们面前，听我这么一说，就笑起来："你娃娃现在翅膀硬了呢。我不就是喊你帮我干点活吗？"

"对嘛，就是因为我长年不在家，你更要帮妈妈的忙嘞。"我爸也在旁边帮腔。

"你看一下廖林盘、王林盘的女娃娃，哪个像我一样，白天上学，早晚还都有家务，周末都不得空。每次偷一下懒都提心吊胆的，生怕我妈发现了。"

"你还晓得偷懒呢？你跟别人家的女娃娃不一样，我希望你学习上多抓紧，以后能考出去上大学。喊你做家务，那是锻炼你的自理能力。你也不要觉得自己是女娃娃，就灭自己的志气。男娃儿欺负你，你要敢欺负回去！"

"你给我转学嘛。白露都要转到五津镇小学去了。"

"乖，那个需要很多钱的啊。"

"白露她爸咋个就挣了那么多钱呢？还说要给白露她妈买城里面的房子。"

"你爸爸我，就只能挣这么多！"我爸突然加重了声音。

"我肯定不是你们生的！连白露她爸也可以随便摸我！"我的哭腔也加重了。

"你说啥子呢？"我妈抓住了我的肩膀。但我已经哭得停不下来了。她摇了我几下："他咋个欺负你了？"我爸把她拉开，蹲下来，望着我："你说的，是真的？"

"你是不是又去人家那儿守嘴了？我早就跟你说过，不要去捡人家不要的东西，馋嘴的女娃娃没有好下场……"我妈还在旁边念叨。后来还是我爸拉了她一把，她才没有继续说话了。我爸也暂时没开腔，等我的哭声慢慢缓下来。

他站起来，想抱抱我，但突然间发现我好像已经长大了。他伸手摸了摸我的头，把我的头发拨到耳后，又叉开手指头梳了梳我的齐刘海儿，说："乖，如果他真的对你做了啥要不得的，我一定提刀去给你讨个公道。"

"不要提刀嘛。"

"不怕，你说。"

于是，我就讲了白露爸那一次说我，陈老大的女咋不爱干净，捏我肉说我咋不多吃点，还摸我，说皮子细。我妈听完，看了我爸一眼，然后笑着说："哎呀，我以为是啥事呢。白露她爸就是爱开玩笑。你当时还那么小，看把你吓得。等你爸去找他算账哈。"

我爸没说话，只是把拳头砸在手掌心，双手捏紧，叹了一口气说："女娃娃生在农村，的确是不容易。像你三嬢（我爸的亲妹），嫁给山里人就焊在那儿了。要不是我跑出来，恐怕一辈子也要被山围起来。你好好读书，不要觉得自己比男娃娃差到哪里去。以后哪个还敢欺负你，你爸爸我一定让他吃拳头。"我第一次感觉到，我爸在为我撑腰。

八

我以为我爸真的要为我撑一回腰，第二天肯定会去找白露她爸。然而，第二天他就回龙池了。听说矿上死了一个人，他必须回去处理。

那天晚饭，就是我爸在家吃的最后一顿。天擦黑的时候，有点飘雨滴。等我爸把摩托车推到屋檐下，雨就淅淅沥沥地下起来了。"老天爷对我好得很哦，没淋一点。"

"给你打点高粱酒哇？"我妈似乎也很放松。"你弄嘛，我来给你们整一个我在龙池吃过的漂汤。"我爸好像兴致很高的样子。

啥子漂汤嘛，就是用蔬菜叶子、肉片、姜片做的汤，连锅端上来。他说在龙池的时候，这样一锅汤，有菜有肉，蘸点豆瓣酱，整两大碗饭，肚皮就老实了。要是没有肉片，就用炼猪油剩下的油渣子。没有豆瓣酱，就捞点泡萝卜。那天，我们吃的是老腊肉和莴笋叶，蘸红油海椒。

好像我们从来没有问过，他一个人在龙池时，到底吃些啥？那些帮他挖矿的当地山民，是不是也请他去吃过家常菜？他最喜欢吃哪一道菜呢？他和他的伙伴，两人轮着守那座矿，晚上睡在哪儿呢？他也从来没有主动跟我们提过在龙池的生活。

他渐渐喝红了脸，不断拍我的肩膀说："娃娃，你要是一个男娃娃就好了。"

"你们是因为重男轻女才生的弟弟吧？"我一直对此耿耿于怀。

"哪个跟你说的？你妈妈是独生女，有一个政策是男方到独生女家庭，如果头胎是女孩，可以多生一个孩子，只不过两个孩子的年龄需要间隔六岁以上。"我爸缓缓说道，"你不到六岁，弟弟就来了，也是一条生命啊，咋个不要呢？你还记得噻，那一年我们去南河看龙舟赛，在馆子里狠狠吃了顿好的。"

这时，我妈插了一句："要不是有这个儿子，你怕是早就跑了。"我弟弟这年快四岁了，只管闷头吃东西。外婆在旁边拉了一下我妈的手臂，意思是喊她不要说了。

我爸干了一杯酒，啪一声把酒杯放在桌子上："你又来了。在子女面前不要说这些了。我今天不想跟你再吵了。"

第二天早上，我都还没有起床，我爸就骑着摩托车走了。听到摩托车的轰鸣声，我翻了个身，但是没起来。

等我起来的时候，发现我妈竟然一脸笑意。她说，我爸决定，这次把矿上的事情处理完就回来，再也不走了。我听了更高兴，扫院子的时候很起劲，扫把都快挥到半空中了，我妈竟然没有说我。

没承想，接下来我妈算是哭尽了她人生中所有的眼泪。矿上死了的那个人，他家里人说无论如何必须要见到尸首。没人敢下去，我爸下去了。结果，也被埋了。

我爸的合伙人还算是妥善地处理了这件事，赔了一笔钱给那家人，矿也算是完了。我妈去了现场办理后事，在垮了的那个地方，隆起来两个坟包。一边列一个碑，我爸的在右手边。我妈拿着那个合伙人给的一点钱，又回来了。她说她再也不去龙池了，然后在外

220

公牌位旁边，放上了我爸的牌位。

那一年发生了太多事情。

听说白露爸没在城里买成房子，但是他把白露的户口迁到了某个教师家，这样，九月份的时候，白露就转学去了五津镇小学。白露家也搬到了白露爸的水泥铺子上。

白露转学前的那段日子，我们就开始有点生疏了。一个是因为我爸去世了，我家里的氛围很沉重，二是听说她妈有意跟她爸离婚，但那个节骨眼又要优先考虑白露学校的问题，白露要操心的事很多。我不再去她家等她，放学后能碰到就一起，但是一路上我们都很沉默。

他们搬走前，白露妈专门找到我，喊我不时帮她照看一下院子。特别是樱桃红的时候，提防点那些男娃儿来捣乱，他们不仅偷吃樱桃，还爱折断树枝。我经过的时候，偶尔一望，没有围墙的四间青瓦房，落了两把锈红铁锁，芭蕉丛在疯长，院子里的青苔越浸越宽。

等九棵樱桃树再开花的时候，花却有点稀疏。白露妈回来一看，说，今年樱桃怕是结得不好哦。果然，只摘了两篮回去尝鲜。我妈放了一小篮子樱桃在那张黑方桌上。我好像也不馋樱桃了。

白露回来找过我，让我有空去水泥铺子上找她耍。我不想去，况且我哪里有空哦，除了一些家务，我开始下地帮我妈干活，比以前更忙了。我想，等以后上中学，说不定我们会分到同一所中学吧。

来年的春天，白露家院子里来了几个人，要把还开着花的樱桃树给挖了。树梢飒飒地摇晃了几下，樱桃树就一棵一棵倒在了地上。虽然花不多，但撒在泥上，还是有那么软软、薄薄的一层。

我站在旁边，问忙碌的大人们，要挖去哪里？他们说，种果树的山里人喜欢樱桃树，要运去梨花沟。

"梨花沟在哪里啊？"

"远得很哦，老君山还要往里面去了。"

彭小刀，1983年出生，成都新津人。2003年毕业于雅安职业技术学院护理专业，一直从事卫生保健、学前教育相关工作。2018年7月至今在樱园何大草写作工坊学习写作，2019年3月转行，专职做文案，业余时间写作。

青妹儿

戴爱梅

一

　　荣昌县昌元镇二十八号，是一家理发店，门口立了一棵洋槐树。妈妈回镇上看外婆，来理发店洗头，第一次看见青妹儿，就在这棵树下。

　　老街的房子顺着濑溪河的堡坎一溜排开，都是铺板青瓦，洋槐树起根河岸，曼延过屋檐。五月，槐花开了，一串一串的白花从葱绿枝叶间流泻而下。风一吹，树冠摇荡，扑簌簌的，一地嫩白的月牙。猛吸一口，有淡淡的甜香。

　　一个十八九岁的姑娘，从远处走过来。走到洋槐树前，起身一跳，揪下两串，又一跳，三串。她轻抚着，提起一串吹吹，放到嘴里。

"嗯，甜的。"嘴角荡起笑意，眼睛闪闪，晶晶亮。

她穿着红色灯芯绒上衣，有些宽大的黑色裤子，脑后梳着一条长长的麻花辫，别着一枚粉发夹。团脸，杏眼圆鼻，皮肤黝亮，中等个头，走起路来三步两跳。"屁股敦敦大，拽实得很。"这是妈妈的评价。

她把一串递到妈妈手心，声音清脆："姐，丢到米里头，蒸出来的饭香得很。"

她给每个理发师的桌上放了一串，还有一串放进挂在墙上的小花布包里。

"青妹儿，揪块热帕子过来。"

"好哩，魏哥。"

"高高山上哟，一树槐哟喂，手把栏杆噻，望郎来哟喂！"主任哼着小调，拿起搪瓷缸，喝了一口浓黏的老树茶。

"青妹儿在望哪个？"锅烟煤笑嘻嘻地问。

"望你噻。"青妹儿拎起一桶水，倒入锅中。

"对的，望你这头狼。"主任说。一屋子人笑起来。

理发店名叫"南街理发店"，员工四个。

一个姓袁的老主任，瘦削，背微驼，戴个眼镜。中山装洗得发白，灰帽遮住微凸的头顶。脾气很好，爱喝烧酒、嚼几块豆干。他爱坐茶馆，听川剧坐唱。晚上店门一关，他就到隔壁茶馆继续上班，《宝莲灯》《枫树湾》的唱段都能来上一段。

一个是魏和生，三十岁，是店里乃至县里技术最好的理发师，人称"魏一刀"。原住李市镇，三年前结婚搬到了昌元镇，老丈人在东门有个很大的灵房子铺。他母亲也跟着来了，和他一起住在南街。有一个姐姐在外地教书，偶尔回来。魏和生身高一米八，皮肤白，面庞棱角分明，眼睛里总是带着一点忧郁。他鼻梁挺直，镇上有人说像《瓦尔特保卫萨拉热窝》里那个瓦尔特的鼻子。

　　一个绰号"锅烟煤"。姓何，二十出头，家住西街，当过知青。他又矮又瘦，三角脸，头发乱，被袁主任骂了"你是想砸我们的招牌吗？"才理了头发，脑后常有几根朝天翘。他家祖辈都是制墨的，康熙年间，他家制的何氏川墨还是贡品。他家里人衣服上永远都是煤烟渍，绰号由此而来。这年头也没多少人写毛笔字了，加上他还有三个哥哥，吃家传老本吃不上，就被迫来学了个理发。他总心不在焉，迟到早退是常有的事。

　　再就是青妹儿。青妹儿在民办学校读到初中，学校停办，父亲在公私合营时进了北街理发店当理发师，眼下让青妹儿来南街理发店当学徒。女理发师少，但除了这个还算有点家传外，聋哑父亲想不出其他门路。家里五张嘴吃饭。

　　店里有三张白铁架的黑皮面躺椅，对着三块长方形镜面。镜面下的抽屉里摆着推子、大剪刀、小剪刀、剃刀、掏耳勺。赶场天，来理发的多是乡下人，平时大多是镇上的人。都认识，所以边理发边聊些家长里短，哪家女儿结婚了，哪家老人满寿，又新搬来了哪户人家……师傅手不停，嘴也不闲着。

袁主任懂点医术，谁下巴、肩膀脱臼，或脚崴了，他给揉巴揉巴就好了。顾客都说："主任儿，厉害哦，从头包到脚。"

遇到调皮的动个不停的小男娃子，只有和生和青妹儿配合才弄得住。青妹儿负责逗耍，给个炒豌豆或是李子，细声细语边讲故事边系围裙，轻轻按住头。和生三下五除二迅速上手，小心翼翼地尽量不让推子夹了头发。孩子一扭，和生的额头碰到青妹儿的脸，青妹儿的脸一下子红了。

和生、青妹儿、锅烟煤都住在这条街上，中午十二点，各回各家吃饭。主任住在东门，带来的饭盒放在热水里烫热吃。杂豆和粳米煮成的米饭上，盖着一点白菜炒豆干，几筷子泡菜，他吃得香。这时遇到有人打着饱嗝进店，他会说："饿不洗澡，饱不剃头，过会儿再来哈。"

店里空闲一点，青妹儿最喜欢看魏和生理发。白大褂穿在他身上，干净有型。头发黑亮，脖颈整洁。他胸前的大口袋插着剃刀、梳子，右下口袋还有一支钢笔、一盒经济牌纸烟和火柴。他对顾客温和地笑笑，白布一甩，围住脖颈，热水洗净、擦干。左手小梳，右手剪刀，咔嚓、咔嚓，像舞台打节奏。要剃光头的，他轻轻用推子从脖颈处滑至头顶，手到之处，清清爽爽。然后刮脸、修面，刀刀过后，再灰头土脸的人，都瞬间容光焕发。

遇到顾客脸上有油，刀不快了，他就把刀在镜旁吊着的帆布条上"嚓——嚓——"翻擦几下，马上锋利如初。

"这把剪刀好！"和生轻声对青妹儿说，"三年的剪子，五年的刀，滑刷得很。"

"一剪金，二剪银，三剪聚宝盆。"青妹儿接话。

"这个是给奶娃儿剃胎毛哈。"顾客接话道，大家笑起来。

青妹儿觉得和生最后解下白围裙，挥洒抖动的样子，很像川剧舞台上的武生在挥旗。

客人走出去，在街上碰到人，聊两句：

"你这个脑壳好多钱？"

"一角钱。"

"嗯，确实比我这个八分钱的脑壳要贵点。"

不知是谁的裤子里传出一缕尖利的响声，带着长长的尾音，还拐弯。

"你看嘛，屁都不信。"笑声在老街回响。

二

理发店往河边走过六间铺子，就是青妹儿的家。

稍微宽敞规整一点的是外屋，她家白天用来摆小人书摊。一个看不清颜色的木柜子摆满了小人书，墙上拴着几根线，也挂满了小人书。母亲不识字，别人指哪本，她就拿哪本。几块铺板垫上砖头，就是座位。晚上，铺板一插上，地上铺一层棉絮，就是青妹儿和两个弟弟的床。再往里，是一个黑黢黢的狭长空间，有一个柴火灶，一个猪圈，中间用竹篾隔着。猪圈粪坑上垫两块木板就是厕所。灶台上的饭做好了，每个人拿个碗，舀上饭和菜，就在街沿的小板凳上坐着吃。

"麻子婆，今天吃得好哦，肥锅肉嘛？"对面的街坊端着碗问。

"是，肥锅肉，我看你碗里像烧白。"

说得热闹，不过吃的都是萝卜和酸菜。

一段细长楼梯上去，是一个小阁楼，是父亲母亲的卧室。

青妹儿姓张，名荣青，大家都叫青妹儿。她不是这家人亲生的，是在街上捡来的。捡她的是已经去世的阿公。阿公也是剃头的，要儿子学剃头，不好好练功就一个耳光扇过去，把儿子扇成了聋子。儿子成年找对象，县城里不好找，就在乡下找了一个出天花后满脸麻子的女人。聋子对麻子，也算平起了。

阿公去茶馆喝茶，看到茶馆门外放着一个棉布包裹，里面是刚出生不久的青妹儿。青妹儿开始一直哭，后来哭不出声了。就有人对阿公说："抱回去嘛！你儿媳妇一直没怀，抱回去就引得来。"

阿公抱回去了，养了一个月，娃娃一直咳嗽呕吐，觉得不好养，又放回茶馆门口。一连几天，没人来抱，没办法，阿公还是抱回去了。

青妹儿在老街的穿堂风、屋檐雨里长着，像角落里一株不为人知的蕨基草，大开大展，日益茂盛劲韧。她十岁时，麻子婆连生两个儿子。她长到十五岁，阿公去世。

街道办来家里，说一个工作人员在隆昌渔箭滩乡下一家特贫户对口帮扶，那家说十多年前丢过一个女娃在昌元镇。生辰八字丢弃地点，正好和青妹儿一样。

见面，母女长得太像，没错。街道办把两家人聚到一起，拍了一张合照，上写："党为我找到亲生父母"。

亲生父母来理发店，坐着手脚没处放，怯怯地让青妹儿有空回乡下家去看看弟弟妹妹们。青妹儿扯了几尺布，又拿一包糖一包饼给他们。看着他们补丁叠补丁的衣服，还有白发母亲一步一回头的佝偻样子，青妹儿忍不住擦擦眼睛。

刚过半晌，青妹儿正在烧水洗毛巾，突然被扯住辫子往外拉，差点摔倒。仔细一看，是父亲。父亲对着青妹儿咿咿呀呀地乱吼乱叫，对着青妹儿的手臂和后背使劲揪打，眼珠子都要瞪出来。

魏和生赶紧把青妹儿的辫子从父亲手上拽过来，把青妹儿护在身后，眼睛直直盯着他。袁主任"张师傅，张师傅"地叫着拉架。青妹儿父亲没有再打，但手指着外面，嘴里不依不饶地嘟囔着。这时麻子婆追来了，拉住丈夫，解释说，别人给他比画，说青妹儿在给亲生父母买东西，以为她要回亲生父母那里，不认他们了。

"唉，青妹儿不是在这里好好的吗？"袁主任说。

"青妹儿天天累得不歇，还要咋个嘛？你们这家人啰。"和生愤愤不平。

麻子婆把青妹儿父亲拉回家去，青妹儿抚着被揪红的手臂，哭了好久。

天黑了，街上灯亮起来，理发店客人都走完了，三个人默默地陪着青妹儿。

袁主任说："青妹儿，恨不恨亲生父母丢你？"

"不恨。"

"恨不恨养父母打你？"

"不恨，没得他们，就没得我的命。"

"对的，青妹儿，人就是要这样想得开。"

三

舅舅说，他对青妹儿印象最深的是，有段时间他老失眠，就去河边转，看见她在河边挑水。

六点不到，整条街还在沉睡，青妹儿挑着担子去河边了。早晨的濑溪河静幽幽的，青妹儿的空桶一落到水里，就漾起一圈一圈的涟漪。她圆实的臂膀一使劲，一桶清亮亮的水就打上来了。青竹扁担压在紧实的肩上，她辫子一甩，起身，抬腿，两桶水便随着她的腰肢一晃一晃。走到街上，只有她细碎的脚步和水轻盈摇荡的声音，偶尔有水从桶里摇出，青石板泛起光泽。

每天，青妹儿把家里的水缸挑满，再把理发店的水缸挑满的时候，整条街都苏醒过来了。

理发店本来有一个小工负责挑水，一天五毛。青妹儿给袁主任说，她来挑。一个月十五元加上她打杂的工资，合计三十四块八毛，可以贴补些家用，另外还可以帮补乡下父母一点。

挑了三个月，青妹儿瘦了一圈，街上大妈都说青妹儿，"有腰翘，出人才了"。

下班，青妹儿赶到郊外去打猪草，回家切猪草煮熟喂猪。吃完饭，抱着全家人的衣服去河边洗，然后回家帮着麻子婆给两个弟弟洗澡、铺床。

一天，锅烟煤来得最早，刚把一封米花糖放在青妹儿常坐的凳子上，袁主任来了。他把茶泡好，看到米花糖，就剥开吃，边吃边说："这个米花糖好吃呢，是不是哪个顾客忘拿走了？隔了一天，就归我们了，哈哈，好吃。"还掰了两块给锅烟煤和刚进店的青妹儿。

理发店没事的时候，青妹儿就在小桌子上练习写毛笔字。锅烟煤看了看，说："我下次给你拿块我家的老墨来。"

第二天，锅烟煤拿来了。手掌长，条状，外皮浅灰，刻着一棵树，树下一间屋，屋里一个人，望向窗外。右上角"映雪"两个字，闪着粉橙色的光。

"好漂亮！"青妹儿说道。

袁主任和和生过来围着看。袁主任凑近仔细端详，"哟，这是你们家祖传的吧，应该是清代的墨，舍得嘛。"

"家里多，送给青妹儿了。"

"哎呀，不敢，我的字写得这么丑，怕折损了这块好墨。"

"拿着嘛，现在不写，以后可以写噻。"

"好嘛，暂时放我这里。"

青妹儿手脚勤快，每天泡茶、烧水、扫地、洗毛巾、把毛巾放到蒸锅里消毒，再给师傅们打下手。理发店被她拾掇得干干净净的。栀子花开的时候，青妹儿插一小把在茶缸上。还把黄桷兰、茉莉花放在水碗里，端到理发台，香气弥漫，看着也清幽。她把花扎在长辫子的发尾，香气就一直跟着她，在店里飘来飘去。

要下班的时候，如果还有热水没用完，青妹儿会解下辫子，黑发如瀑，垂过腰间。她清洗干净，用毛巾围住，圆圆的脸庞显得红润娇俏。

"青妹儿这下赶得上演白毛女的田华了。"袁主任说。

"北风那个吹，雪花那个飘……"锅烟煤尖着嗓子唱，大家笑起来。

"青妹儿，你眼光高哦，人家给你介绍街道办的、军工厂的，还有学校当老师的，说你都看不上？"袁主任说。

"还没得对上眼的。"青妹儿解下毛巾，瞄了和生一眼。

"找个好的，你也莫得这么累了。"和生轻轻说，眼神一直在青妹儿脸上。

有几天，和生没来上班。

"还没找到嫂子吗？"青妹儿问主任。

"啥子嫂子哦？都要跟别人跑了。不晓得和生咋找的这种婆娘。"袁主任顿了顿茶杯。

"还不是看上和生人才好嘛。"锅烟煤说。

"人才好有啥子用？这种好吃懒做的女人，眼里只有钱。先是望到老汉儿的灵房子铺面。妈死得早，老汉儿啥子都将就她。就一个女娃子，铺面和生意肯定是传给她的。嘿，哪想得到，两年前，她老汉儿去乡下收竹子，别个介绍，找了个嫩妈，比她岁数还小，给她生了个小弟娃儿。老爷子稀奇那个小儿子稀奇得不得了。房子铺嘛，肯定就没得她的眼火了噻。她就天天闹、天天吵，和生劝一下，她反而骂和生没得出息，剃头的没得几个钱。前段时间，认识了成都一个药厂过来收中药材的人，就要跟人走了，在跟和生闹离婚。"

"这种女的，走就走。"青妹儿把一块毛巾搭在绳子上，使劲一拍。

"说得轻巧哦，华华还小，没得妈造孽哟。"主任叹口气。

我六岁那年，头一回见到青妹儿。我们回昌元镇外婆家，爸爸去理发店理发，我跟去了。主任边给爸爸理发边摆龙门阵。青妹儿带我和华华玩水。华华在找他爸爸和生，但和生上午出去后就没回来。

青妹儿给主任说："我乡下老汉儿拿了点新米，今天回去推灰水粑粑。好多年都没吃过了。"我和华华也闹着要吃，都住一条街，青妹儿说："好，吃完了就送你们回家。"

亲生父亲一早送来了米和一捆稻草，麻子婆把青妹儿准备好的几双下田的胶鞋给了他。

麻子婆提前把稻草烧成灰，加水滤出灰水，泡上新米，再把手推磨洗干净。青妹儿抓一把新米,推一下磨,磨檐流出青绿的浆。我要推磨,但劲儿不够,青妹儿就把着我的手推。华华学着抓起新米放进磨孔里,笑得咯咯咯的。青妹儿的手臂藕节一样,结实光滑,手心温暖轻柔,有薄薄的一层茧。我闻到她身上有淡淡的香气,是理发店的肥皂和茉莉花的混合香。

青妹儿和麻子婆把熬好的米浆揉成面团,放在铺着芭蕉叶的蒸笼里蒸。时间到,掀开锅盖,热气扑面,青黄色的粑粑油亮亮的。青妹儿快手拿起一个,左右手翻弹,嘴巴不停吹气扇凉,揪下一块,喂到华华和我的嘴里,味道清香。

"过年才吃得到一回,清热解毒的。"麻子婆舍不得吃。

"是不是好吃得很?灰水粑,自家夸!"青妹儿边喂我们边说。

和生很晚才来接走孩子。青妹儿包了几个热粑,塞到他手里。

四

袁主任开会回来,宣布要参加比赛。镇上召集所有服务行业开会,为了更好地落实"全心全意为人民服务"的精神,要求各行各业举办服务技能劳动竞赛。昌元镇是城关镇,有东南西北四个理发店,会后,理发店主任们商量比赛事宜。

比啥呢?理发的话,每个脑壳的情况不同,难度有差异。比速度还担心伤到顾客。商量来商量去,决定比基本功,那就是端碗。把一碗水放在手肘上,谁时间长谁赢。这是理发师必备的稳定持久的手腕力量。

"我老汉儿天天喊我在家里练习端碗,不到时间不准吃饭。"青妹儿兴奋地说。

"我们南街理发店,肯定是和生参加,没得说的,技术一流,基本功扎实。"袁主任说。"不过,你们两个也要借此机会把基本功练起来,特别是你。"主任指着锅烟煤。

"魏哥去,他们就不要想拿冠军了。"青妹儿说。

"哪里哟,我最近都没得心思练功了。"和生喃喃道。

"有奖品哈,荣州烧两瓶。这个酒不得了,以前是贡酒哈,我在邻居朱大爷家抿过一小口,喝了这酒,要成仙。"袁主任说得眉飞色舞。

"那我们得了冠军,就把它喝了。"锅烟煤说。

"好,有了酒,我管菜!东门上的黄二娃卤鹅,随便吃。"袁主任喝口茶,拍拍大腿,站起身。

之后的每一天,得空的时候,袁主任就让三人一起练端碗。每人或蹲或站,手肘上放一个搪瓷碗,装满水。每次锅烟煤撑不了多久,碗就掉地上了。青妹儿天天做力气活,手有劲,撑的时间还挺长。和生最久最稳,不过心不在焉,常常垂头丧气。老婆不听他的反复劝说,执意离婚去成都。

"魏哥,坐下,让我练下手。"青妹儿把和生按到椅子上,给他围上围裙。

"对的,和生,这段时间你头上的草啊,鸟都可以趴窝了。"袁

235

主任说。

　　青妹儿给和生剪发、刮脸，热敷、按摩，轻柔的手指在和生的面庞上点按着，疲倦的和生闭上眼睛，很快睡着了。

　　一天，一个蓬头垢面的老人在门口晃了几次，慢慢走进来。

　　袁主任一见他，赶紧把报纸举得老高，锅烟煤也低头在水槽里洗起毛巾来。和生出去还没回来。青妹儿仔细一看，是从前县中的老校长。

　　"苏校长，来，快坐，理发哇？"青妹儿把老校长让到座位上。

　　"嗯，还想修个面。谢谢你啰！"老校长声音颤巍巍的，有些卑微地鞠躬，背更驼了。

　　"说啥子哦，校长，马上哈。"青妹儿看了袁主任和锅烟煤一眼，嘴里轻轻"哼"了一下，给老校长围上围布，拿起剪刀和梳子，开始理发。

　　地上掉了不少花白的头发，剪了好久，老校长的前额才露出来。他眼睛布满血丝，脸上还有摔伤的印记。青妹儿帮老校长洗干净，轻轻地按揉头上、肩上的穴位。这时，和生回来了，他站到青妹儿身后，轻声说了句：

　　"我来。"

　　和生把椅子放倒，用毛刷在老校长脸上涂满肥皂，打出泡沫。接过青妹儿递过来的热毛巾，在空中甩几下，试下温度合适了，轻轻地盖在老校长脸上。闷个几分钟，掀开毛巾一角，用剃刀刮脸，所到之处，纤毫不剩。他手法娴熟，刀刀相接，刮到耳朵眼处，刀尖轻轻一转，嚓的一声，耳毛已不见踪影。此时，只听得到剃刀在老校长脸上走动的嚓嚓声。他一边刮，一边用手指轻摸是否平整。刮完脸，再修眉，用小剪刀剪鼻毛、耳毛，掏耳朵，最后拉拉耳朵，揉揉肩膀，拔拔脖子，从头到脚敲打一遍。解下围布，老校长起身，千恩万谢，走出理发店时像换了一个人，背都似乎挺得直一些了。

青妹儿转身，从她的花布包里拿出那块何氏墨，啪地放在锅烟煤手上，头也不回地走出理发店。

五

一个月后，镇上服务行业劳动竞赛在县革委会举办。那儿原是一个地主大院，很宽敞。镇领导也来观摩，院子里挤满了街坊邻居。

领导在台上做动员讲话，有人挤进来在和生耳边说了啥，和生心急火燎地给袁主任说了几句，就匆匆地走了。袁主任神色焦急，找到青妹儿，让她代替参赛。

最后的结果大家都没猜到，理发技术端碗比赛环节，匆忙上阵的青妹儿，居然战胜了另外三个店的选手，拿到了第一名。袁主任拎着两瓶荣州烧，带着青妹儿和锅烟煤，头抬得老高，走进了黄二娃卤鹅店。

喝了小半瓶，和生来了，神色倦怠，手上还有淤青的伤。他啥也不说，一杯一杯大口喝闷酒。两瓶喝完的时候，他伏在桌上号啕大哭。袁主任和锅烟煤也都晕乎乎的，东倒西歪。

"魏哥，有啥子嘛，还有更好的！"青妹儿又要了一瓶，和和生一杯接一杯地喝。

"我这辈子，就这样了！"

"这话不该你说，魏哥！"

"我以后，就当个孤人！"

"如果有人愿意呢？"

"那是把别个害了！我不得！"

"喝！"

第二天，和生被公安局带走了。

才离完婚，老婆和那个男人就回来找老汉儿要分家产。老汉儿气得对两个人破口大骂。男人恼羞成怒，动起手来。和生赶到，护住老人，和男人扭打起来，男人骂和生骂得更难听，和生几拳下去，男人摔破了头，血流不止，被送到医院。鉴定结果出来，和生犯故意伤害罪，被判刑一年。

"完了！婚离了就算了嘛，还要去管闲事。这下好了，搭上坐牢，工作也出脱了，唉。"袁主任说着，又喝了一口茶。

"但是，那种情况也不能不管。"青妹儿的声音有些颤抖。

"以后出来咋办嘛，娃儿只有在街沿边支个摊摊儿剃脑壳了。本来，我还想把我婆娘的远房亲戚，一个寡妇介绍给他，现在，人家肯定不得愿意了。"

青妹儿没有答话，久久望向和生理发的座位。她起身拿起和生搭在椅背上的白大褂，轻轻拂去落在上面的灰。

那个座位，很快就成了青妹儿的座位了。店里新招了一个小伙子打杂。后来主任常生病，青妹儿就是店里顶杆杆的理发师了。

只是她的话少多了。

最开始，袁主任带着店里的人去和生家，看望和生的老母亲，送点米面。老婆婆行动不便，还要带个孙子，外地的女儿让她过去，她也不去。后来，就只有青妹儿经常去帮着做点家务，带下华华。

夏天，娃娃们都在濑溪河踩水玩。河面不宽，水流和缓，一块块长条石墩连到对岸。

青妹儿蹲下洗衣服，两个弟弟带着华华，走过石墩，到对岸去采河边的水葫芦，搬螃蟹。

突然，青妹儿父亲急匆匆冲过来，对着青妹儿咿咿呀呀地吼，然后拉起两个儿子往回拖，儿子不从，便边拖边打。华华被吓哭了，站在对岸一动不敢动。青妹儿抹了抹额头上的水珠，走上石墩，蹲下，两手伸开，看着华华。

华华一步一步地跑过来，扑到青妹儿怀里哭泣。青妹儿一手牵华华，一手端洗衣盆，走在街上。脚步顿地，步步作响。

街坊邻居在她身后指指点点，风言风语传到介绍人那里，从此不再有人给她介绍对象了。聋哑父亲气得暴跳如雷，经常在家对她咿咿呀呀地吼，青妹儿始终不应。

和生出狱的日子，在五月。他走出白塔坡监狱大门，门口站着他姐姐和姐夫，还有，青妹儿。她抱着华华，水汪汪的眼睛望着他，泪水涌出，落下。

　　他们走到理发店门口的时候，一阵风吹过，好多嫩白的月牙飘到青妹儿头上。青妹儿望望满树的洋槐花，嘴角泛起笑意。

六

　　青妹儿的故事，是外婆、爸爸妈妈，还有舅舅舅妈给我讲的，我就这么串起来了。

　　舅舅七十大寿，我们一家回镇上给舅舅祝寿。吃到中间，我和舅妈闲聊，她拉着我女儿，摸着她粗黑的辫子，说："我以前的辫子，比这个还长呢。"

　　"舅妈，外婆和妈妈常说舅舅憨人有憨福，你咋就看上我舅了？"

　　"许愿许的。"舅妈的眼睛清亮，声音笃定。

　　"哈哈，咋个许的？"我笑着问。

　　"我当姑娘的时候，每天都要挑很多很多的水。有一次摔倒了，又累又痛，还流了好多血。我边哭边在心里说：这个时候，哪个来帮我挑水，我就嫁给他！"

　　"然后，我舅就站在你面前了？"

　　"嗯。"

　　"那万一不是我舅呢？"

　　"啪！"舅妈拍了拍我的头，"哪有那么多的万一？"我们哈哈大笑。

"青婆婆，你们青青发廊新店好久开业？"有祝寿的客人从我们身边走过。

"快了，下个月，嗯，二月二，龙剃头，一年都有精神头！"舅妈笑着说。

戴爱梅，出生于重庆市荣昌区，在国营 383 厂度过少年时代。大学时学习经济专业，毕业后在银行工作至今。2018 年参加樱园何大草写作工坊，与数字打交道的同时，通过文字触摸内心的温度与深度。

九树王

汪仁

　　九眼桥头有一棵老黄葛树，生长在成都府河边，人称"九树王"。

　　这棵树上百年了，站在桥头，伸腰展枝，迎风而立。高五六丈，胸径两三丈，七八个小伙子手拉手方能环抱。树根露出地面，黑褐色的，蜿蜒交错，牢牢咬死泥巴地，最长的根横爬出去十几米。仲春，老叶慢慢凋零，树冠一片金黄，像一把撑开的巨大伞盖。春天落叶，过路人看见了，很是惊奇，九眼桥的人却都晓得，九树王年年如此。随后新叶长出来，肥厚、圆实，绿得油亮。入了三伏天，枝丫伸展开来，荫翳蔽日。

　　九树王被雷劈过，树身留下一条斜长的豁口。这一带民间传说它的豁口是要吞人的，九眼桥的人便用来吓唬小孩。小孩哭闹，父母喊不住，便骂："再哭，把你塞九树王豁嘴头，连骨头带肉嚼碎吞了。"小孩子想到那黑乎乎的豁口，像怪物龇牙咧嘴，立刻噤声，憋住不哭了。九树王也是野孩子们的跳水台。九眼桥七八岁的孩子就敢从树梢往府河里跳。

弟弟却不敢，他自小便与别的孩子不同。年年都有孩子淹死在河里，大人们骂也骂了，打也打了，但就是管不住。

我生长在九眼桥，虽是个女娃子，但从小喜欢在男孩堆里混，游泳是一把好手。

弟弟是我十岁那年从府河里捞上来的。

那天傍晚，我在府河里游泳后，爬上九树王，坐在树杈上晃着腿乘凉。忽然看见一只木盆远远地漂过来，随着波浪起伏，隐约听见忽大忽小的哭声。我很好奇，便跳下树，泅过去。河水带着木盆，转着圈，朝河中央的漩涡滑过去了。我急忙划动手臂，猛扑上前，一把抓住了木盆。探头一看，原来盆里有个红底白碎花布包袱，裹了一个婴儿。一个浪头打过来，我呛了口水，木盆差点翻倒。婴儿小嘴一瘪，哇哇地哭。我推了木盆，避开漩涡，往岸边划。上了岸，倚着九树王，大口喘气。

一阵风刮过，九树王落下几粒葛树果子，掉落在婴儿脸庞。

扛着木盆，回到家，邻居围拢来看。爸把手伸进包袱，摸了摸，说："是个带把的。"有人说："你家女娃子能干，给你捡个儿娃子回来。"婴儿躺在襁褓里，小脸白嫩，眼珠子像皂角树籽，又黑又亮，滴溜溜转动。

"唉，乖是乖，可惜不是亲生的。"妈用手轻弹婴儿嘴角。婴儿咧开小嘴一笑，淌下一溜清口水。

"养着嘛，我当他是亲弟娃。"

"老话说，生恩不如养恩大。养大了，女娃子有个帮手，我们将来养老也有个靠手。"爸两只大手摩挲木盆。

我家只有我一个女儿。妈身子骨不好，自生我之后，再未生养。

爸妈留下了弟弟。谁料到他长到四岁以后，脊柱慢慢弯曲了，后背拱出驼峰，前面耸出鸡胸，一双腿瘦成麻秆儿，走路尽走斜线，像小秧鸡蹦跶。小脸白里发青，眼珠子清亮，薄唇小嘴，嘴角上扬，带点憨气。周围邻居都喊他"小驼背"。

妈嫌弃他了，常唠叨："命苦啊！我命里无子，老天爷还送个驼背来。小门小户哪里养得起！"

有一天，我放学回家，进门就听见妈说："还是送福利院吧。越大越恼火，将来哪个管他，未必我们老了还倒养他。"爸埋头抽烟，一言不发。

弟弟倚在墙角，见我进门，蹭到我身边，眼巴巴盯着我，黑眼珠子起了一层水汽，细瘦的手指紧紧扭住我的衣角。

我搂住他，说："留着弟娃嘛。我捡的，我来照顾。"妈骂道："你照顾？你好大的人，好大的本事！"我赌气把弟弟的铺盖一卷，往床上一扔，说："以后他跟我睡。"爸看我一眼，扔掉烟头，用脚使劲踩了踩，说："就让女娃子带，看下再说。"

我家住在九眼桥南头。这是一片修建于 50 年代的老平房，几十户人家，合围成一个院子，青瓦白墙，经过日晒雨淋，白墙早已发黄，墙壁上印着东一搭西一搭的水渍。从我家门口出去两三百米远，拐过一条小街，就能看见九眼桥。

桥有九孔，横跨府河。桥北头是卖三合泥、担担面、军屯锅盔的小店，还有兼卖陈醋老酱油的粮店，卖竹编蒸笼、粗陶碗盏的杂货店。附近有个小菜市，有人摆摊子卖蛋烘糕，一放学，摊子前就挤满小学生。

九眼桥头往北，头一家就是卖三合泥的铺子。黑瓦房，檐头插店招，蓝布旗子、白色的字：古月胡。门口砌个水泥灶台，架一口大铁锅，杠炭烧得旺旺的。灶台上摆一排蓝花瓷碗，小碗直径不过三寸，下面压着纸条，纸条上写着排队的号码。客人从灶台边一直排到大街上。

三合泥是九眼桥的孩子最馋的小吃。弟弟有一回过年挨打就是因为馋这口吃食。大年初一，妈带着我们，从外婆家拜年回来。走过街口，只见古月胡的胡师傅站在铁锅边，他四十来岁，烤着炭火，黄肥的圆脸上满是油汗。腰上系条蓝布围裙，脖子上搭条白毛巾，勾着腰，手里挥舞一把大铁铲，沙沙地炒。弟弟伸着脑袋张望。胡师傅撩起毛巾擦把脸，把锅铲敲得叮当响，冲弟弟吆喝一声："好吃哦，小驼背，来一碗嘛。"

弟弟咽着口水，眼巴巴瞧着，挪不动腿。妈不耐烦地说："走了，馋嘴狗。"胡师傅笑道："想吃哇，小驼背把压岁钱拿出来买嘛。"弟弟老老实实回道："我莫得压岁钱。"胡师傅伸出肥厚的大手，在弟弟的驼背上拍了一巴掌，笑道："哎，小驼背，你莫得，你姐有吧？"弟弟趔趄了一下，差点摔倒。外婆偷偷给了我压岁钱，他是没有的。我慌张起来，捏了捏兜里的钱，说："钱不够。"排队的人都笑起来。妈脸涨红了，伸手揪住弟弟的耳朵，半拎起他，骂道："快走，要挨打。"弟弟用手护住耳朵，哭起来。我赶紧过去，牵起他，走到背人处，悄悄说："弟娃，不要理他们。等我以后挣钱了，带你吃三合泥。"他跟着我，眼里包着泪花儿，问："那还要好久？"我轻轻捏他的手，说："快了。"

　　弟弟跟我最亲近，心里有啥话都跟我说。但到了妈跟前，他走路都蹑手蹑脚。邻居有时候打趣，问："小驼背，你妈和你姐，你最爱哪个？""都爱！"他回答得飞快。跑过来两手圈住我的腰，双脚离地，吊在我的腰杆上，然后侧过头，偷偷张望妈的脸色。

　　妈虽然不再说送他走的话了，但也难得正眼看他。偶尔瞥他一眼，便忍不住叹声气。转眼这一年，弟弟上了小学。我也快高中毕业了，要到云南景洪下乡插队。还有几个月就要离开成都了，心里总放不下他，便偷偷去学校看一看。

　　我来到学校操场，弟弟正在上体育课。我躲在一棵泡桐树后，悄悄盯着。体育老师是个年轻小伙子，一张娃娃脸，头发堆在头顶，状若一朵菊花散开，蓬松松的。他带着同学们在垫子上一个接一个地翻跟斗。

　　轮到弟弟了。他蹲下，抱住脚踝，蜷起身子，正要做个前滚翻，体育老师忽然大声叫道："不要做，你做不了。"弟弟小声说："我得行。"便一头扎了过去。背上的驼包顶在垫子上，让他一下子失去了方向，像一只皮球歪歪斜斜地滚出垫子。

同学们哄堂大笑。有人笑得岔了气："哈哈，驼背栽跟斗，好像地转转儿哦。"有人笑出了鼻涕，手一抹，用力一甩，鼻涕粘到另一个同学身上，两人便扭打起来。操场上乱作一团。体育老师气得直抠头皮，胡乱一揪，头发变得像鸡毛掸子，伸着脖子吼："小驼背，你装怪哇，站到一边去，以后不准你上体育课了。"

弟弟脸涨得通红，嘴巴紧闭，低头蹲在那里。

我冲出去，一把拉起他，说："我弟弟不稀罕翻跟斗，他会游泳。"同学们一下安静了。顿了一会儿，有人说："游泳好难哦，小驼背会不会哦？"我谁也不理睬，拽起弟弟就走。

走在回家的路上，我们都不说话。忽然，他扯我的衣角，小声嘟囔道："姐，我不会游泳。"

"我教你。"

"要得。"

我和弟弟站在府河边。六七个船工光着膀子，脊背晒得油黄，肩头搭块老蓝布垫子，纤绳勒在后背，口里喊着"哟嘿、哟嘀嘿"的号子，拉着一艘木船缓缓上行。船上堆满了粗麻布米包。远处，河水一波接一波撞上桥墩，吐出黄白色的泡沫，翻滚着穿过桥洞，水声轰隆隆地响。

弟弟害怕了，朝我身后躲。我拉他到身前，问："害怕哇？"

"不怕。"他声音在发抖。

"那就像我一样。"说完,我选了一处水浅的地方,抓住树枝,扑通一声跳进河里。

他用手撑着石壁,弓起驼背,蹲下身,顺着河堤往下溜,来回几次,就是不敢下水。

我冒火了,吼他:"你到底学不学? 不学,就回去!"

"要学。"他声音带着哭腔,腿肚子抖战,朝我伸出手。

我一把抓住他的手,用力一扯。他掉进了河里,没站稳,呛了几口水。

"怨姐不? "我拍打他的驼背。

"不怨。"他咳水,喘气。

过了十来天,弟弟学会了狗刨,但不会换气。他昂着头,两条细胳膊在水里划拉,吃力地打转,游两米就停下来歇口气。河边经过的人看到他,摇摇头,说:"驼背咋个学得会游泳哦,可怜!"

"我就这样游嘛。"他不敢把头埋进水里。

"不行,要会换气。"我心里着急,脸上不显露。

"姐,我学得会不? "他偷偷看我。

"只要胆子大,就学得会。"

"闭气。"我把他的头按下水。

这以后,每天一放学,弟弟回家扔了书包就往河边跑,直到天麻麻黑才回家。

傍晚,我摆好碗筷,他刚好抱着衣服进门。

"衣服又打湿了。"妈没好气地说。

"游泳嘛，是要打湿。"我接过衣服。

"游啥子泳嘛，一个驼背，学会了又有啥子用。"妈不耐烦地说。

"哪个说莫得用，你没看他身体长好了，让他练！驼背又怎么样，一样成人！"爸说道。

渐渐地，弟弟的胳膊长粗了，腿有劲了，走起路来抬头挺胸，直直一条线。走过街口，胡师傅看到他，敲一敲锅铲，说："小驼背吃了千年人参嗦，越长越精神了哦。"

傍晚，太阳落在半空，九树王被涂上了一层金光，树叶在微风中细细簌簌。一尾银色的鲢鱼跃起，又落入水中，鱼尾拍打水面，溅起一片水花。我和弟弟躺在府河水面上，轻轻划动手脚，随着波浪起伏。

弟弟划了两下水，挨近我，突然问："姐，我为啥是驼背？"

水花溅在我脸上。我抹了把脸，心里有点慌，指着九树王，说："兴许和九树王遭雷劈有关。"

"有啥子关系？"

"九树王遭雷劈那夜，一道闪电，一声霹雳，黄葛树果子被震得满天飞。你刚好从妈妈肚里蹦出来，果子打到你背上，越长越大，就成了驼背。"我胡乱说道。

他不言语了。想了一会儿，说："九树王遭了雷劈，咋还长得那么拽实？"

"你跟九树王一样，越长越拽实。"

他猛一翻身，头向水里一扎，凫出去老远，冒出头，喊道："姐，将来我比九树王还拽实。"

这天午后，我一人来到府河边游泳。太阳炙烤河水，蒸发出湿热的水汽。鱼儿沉入水底，青蛙躲在石头后呱呱地吵，夏蝉藏在树叶间，鼓噪个不停。我躲入一处灌木丛，瞅瞅四周没人，便脱去外衣，里面穿了一件大红色泳衣。这个夏天我发育得很快，泳衣裹得胸口紧绷绷的。

正要溜下河，过来一个男子。我抬眼一看，是毛脚。

那时院子里有两拨孩子，各有一个头儿，其中一个就是毛脚。他大名叫李志勇，年龄不到二十岁，混成了九眼桥的街娃。他脸肥唇厚，粗眉大眼，手大脚大，隔三岔五领着一帮孩子翻墙爬树，粘知了、掏鸟窝、打弹弓。有一回捅了马蜂窝，被蜂子追着咬，蜇了满脸的包，得了"毛脚"的绰号。

对头是丁国庆，白皮细肉，单眼皮，薄嘴唇，能说会道。他妈是九眼桥街道的居委会主任。他喜欢学他妈说话，常来一句口头禅"讲理嘛"。他跟我是高中同学，弟弟爱跟着他跑。

毛脚走过来，弯腰捡起我的衣服，凑到鼻子边，闻了闻，嬉皮笑脸道："好香哦，妹儿送给我算了。"我慌忙一把抢过衣服。他又说："今晚星桥电影院放电影，走嘛，哥请客。"把一张电影票往我手里塞。我急忙躲避，挥开他的手，说："不要。"他一把抱住我，笑嘻嘻地说："打是亲，骂是爱。来，亲一个，哥喜欢。"我用力撞开他，抓起衣服笼在身上，扭头跑回了家。

自那天起，我遇到毛脚就绕道走。毛脚搭讪几次不成，便开始提劲打靶，说："欸，那个女娃子是我摸过的哦，谁也莫跟我抢。"街上有了风言风语。有人说："苍蝇不叮无缝的蛋。你看她衣服穿那么紧，胸前一坨肉，晃来晃去，咋个不惹事嘛。"

妈听了闲话怄气，骂道："死女子，你少在外面晃，不要招是非。"

"咋个怪得到我。"我委屈得掉下眼泪，摔门跑了。

我漫无目的地沿着府河走。河岸长了一丛丛芦苇，叶子颓败，乱蓬蓬地立着，在风中摇摆。我一脚踢开乱草，抓起一块石头，朝河中央奋力扔去。苍鹭惊起，飞走了，河面剩下一片白茫茫。

"姐，我们回家吧。"弟弟朝我跑过来。原来他一直在远处默默地跟着我。

"不回去。"

"你不回去，我也不回去。"弟弟拉住我的胳膊。

天黑下来了，湿气弥漫开来，河面聚起一层铁灰色的薄雾。没有风，空气湿答答的。九树王向河面伸出黑黝黝的树枝，纹丝不动。蚊子嗡嗡地飞，蟋蟀在草丛里鸣叫。

我们绕着河边走了一圈又一圈，直到半夜才回家。夜深了，家里还亮着灯，灯光透过窗户，昏黄黄的，屋里有人影晃动。院子里静悄悄的，间或响起一两声狗吠。

一日中午，我在厨房烧饭。莴笋叶子烫一下，放碗里垫底，肉

251

片在滚水里焯熟，用漏勺捞到碗里，撒一把红的海椒面、麻的花椒面。端起油锅，往碗里一泼，热油激上去，吱的一声，腾起轻烟，香气四溢。

"好香，女娃子弄水煮肉片嗦。"邻居张大妈一脚跨进门。

"小驼背爱吃，他姐喜欢给他做。你来一起吃吗？"妈说道。

"我吃过了，莫客气。刚才看到小驼背跟丁国庆去府河游泳，好像又跟毛脚撞上了。"

我扔下锅铲，朝门外跑。

"快点，把这个砍脑壳的喊回来！"妈在后面喊。

我跑到府河边，看到一群孩子围成一堆。毛脚大手向河中心虚晃一砍，说道："划条线，大家各游一半，井水不犯河水。"

"凭啥子九树王在你们那边，讲理噻。"丁国庆说道。

"我们人人都敢从九树王跳水。"

"你说我们又哪个不敢？讲理噻。"

"是不是都敢哦？你挑我们，我挑你们，各出一个人，比试一下。不仅要从九树王跳，还要比谁游得远。输了的，不准再来府河游泳。"他边说边斜眼瞟了弟弟一下。

"好，你先挑。"丁国庆说。

毛脚的手指头点来点去，口里念道："点兵点将，点到你。"在一群娃娃中胡乱划了几下，指上了弟弟。

弟弟瞪大了眼睛，耸起肩胛骨，背上的驼峰显得更大了。我跨步上前，按住弟弟的肩头。毛脚忽然嘿嘿一笑，眼睛觑我，说："有人在府河边打光胴胴，游野泳，还跟我打过啵喔。"

一帮人哄笑起来。"外表假正经，羞死先人了。""九树王遭晦气了，跳水的要淹死。"

我气得发抖，血涌上头，吼道："你说哪个？"

"哪个拣话是哪个。"毛脚笑嘻嘻的。

"没证据的话莫要乱说。讲理嚛，比赛就说比赛。"丁国庆说道。

弟弟的脸扭歪了，鼻孔呼呼出气，嘴唇没了血色，声音颤抖："我打死你。"他佝偻着腰，弓起驼背，两条腿弯曲，一头撞向毛脚胸口。毛脚没站稳，往后一倒，坐在地上。他两手箍住弟弟的驼峰，翻转身，扣住弟弟的双手，按在地上，一屁股坐在驼背上。

我似乎听见了弟弟脊椎断裂的咯吱声，心痛得仿佛要炸裂一般。我一头扑上去，两只手去抠毛脚的眼睛。

弟弟脸贴在地上，挤压得变了形，两条细腿拼命蹬地，腾起灰尘。

"叫你歪，压死你个驼背。"

"快放开，要出人命的！讲理嚛，你欺负人家驼背嗦。"丁国庆捉住毛脚的胳膊，拼命撕扯，将他从弟弟身上拖开。

"三个打一个嗦。说好比赛的嘛。"有人起哄。

弟弟的嘴角擦破了皮，汗水沾着灰尘，顺着下巴滴。他从地上爬起来，指着毛脚，恨恨地说："我就跟你比。"

"你跟我比，输了不要又说我欺负你。"毛脚得意扬扬。

"赢了咋说？"

"你想咋个？"

"讲理嚛，人家赢了，你就给别个道歉。"丁国庆说道。

"好，老子还怕输给你个驼背不成。"毛脚大手一挥。

我拉住弟弟。弟弟扭过脸，一把甩开我的手，脱了衣服，往地上一摔，跑上桥头，抱着九树王噔噔噔地就上去了。他站在一根伸向河面的树枝上，小脸沾着灰尘，又黑又脏，眼睛瞪得圆圆的，咬紧牙巴，腮帮子不时抽动一下，头发支棱起来。

丁国庆大喊一声："预备，跳！"弟弟立起脚尖，纵身一跃，咚的一声入了水。

弟弟居然敢从九树王跳水！我的心抑制不住地狂跳。

毛脚比他快几秒入水。弟弟紧跟在后面。两边的孩子各自呐喊助威。

"小驼背也敢来九树王跳水。"

"唉，小驼背落后了。"

"小驼背咋个比得过毛脚嘛。"

桥上的行人纷纷停下脚步，指指点点地看。

弟弟拼命朝前拱，到了对岸，身子一侧，脚一蹬，掉头接着往回游。河中央一块大石阻挡了水流，河水在这里拐了弯，盘旋成一个土黄色的漩涡。我突然想起，这就是当年我抓住木盆的地方。从这里往回游，能缩短十多米的距离。弟弟绕到漩涡处，停了下来。我的心提了起来，生怕他冒险从这里返回。桥上的人喊："小心漩涡。"我尖叫起来："回去，快回去！"毛脚用手臂打水，两腿上下踩踏，浮在水面，伸着脖子远远观望。

弟弟一头扎进漩涡，像个小黑点一闪便消失了。

254

"完了，完了，小驼背把命戳脱了。"旁边有人叹息。

"唉，一个驼背，咋跟毛脚斗狠嘛。"

我的心像被什么东西紧紧揪住了，眼泪涌了上来。

"快看——"丁国庆踮起脚，伸着脖子，大喊起来。我透过模糊的泪眼，看到一个脑袋从水面冒出来。是弟弟！周围的人叫起好来。

弟弟抓住岸边的树枝，奋力一跃，上了岸。他浑身滴着水，连眼睫毛上都沾着水珠，眼睛使劲眨巴，他甩甩头，手横起一抹，小脸舒展开来。我跑过去，把衣服披在他身上。人们围住了他。

毛脚撑着石壁爬上来，全身湿漉漉的。他站在人群外，捂住一只耳朵，单脚跳跃，抖出水，光脚在地上蹭，慢吞吞走过来，说了一句："算你狠。"

"造谣乱说，弄出人命了，你娃要遭得凶。"丁国庆冲毛脚吼。

"道歉！道歉！"这边的娃儿喊起来。

"小驼背，你不要怄气了。"毛脚抠抠头皮。

"给我姐道歉！"弟弟扯下衣服甩到肩上，双手叉腰。

"不道歉，不准走。"娃儿们围住毛脚。有人扯他的胳膊，故意用光膀子撞他。

"对不起了。你大人有大量，原谅我一回。"毛脚低下头，冲我作个揖，挤开人群，赶紧溜走了。

大家把弟弟抛向空中，喊着"嘿哟"，又接住。"走起，走起。"丁国庆领头，几个娃儿手臂交叉，搭个马架，抬起弟弟，沿着九眼桥游行。娃儿们跟在后面，叽叽喳喳。有人提了搪瓷脸盆，一边敲打，一边嚷："闪开，闪开，小驼背大胜毛脚啰。"一路哐当声不断。沿途的娃儿涌进队伍，跟着跑，队伍越来越长。两三只狗在队伍里钻来钻去，绊着人腿，汪汪地叫。公交车被挡了路，司机半站起身，使劲按喇叭，急得喊："小祖宗，快让开。"路边小店的客人也蜂拥出来看稀奇。

弟弟叉开两条腿，骑在娃儿们的手臂上，高昂起头，眼珠子乌黑发亮，咧开了嘴笑。他的皮肤晒得通红，水珠顺着驼背滴下来，整个人像在发光。

弟弟回到家，妈抄起火钳，劈头盖脸打他，骂道："死娃儿，你不要命了。"弟弟不躲不跑，咬牙说："宁愿不要命，也不受人欺负。"我护住他，替他挨了两火钳。

傍晚，我领弟弟出门，走进古月胡。胡师傅满面含笑，用毛巾掸了掸板凳，说："小驼背，先坐下。"糯米、芝麻、核桃、黄豆磨成粉，煮成泥，掺着猪油、白糖炒，撒上花生碎，甜香蓟鼻。胡师傅抄起铁铲，往小瓷碗里一抹，三合泥堆得冒了尖。弟弟捧着碗，用一只亮晶晶的小钢勺转着挖，小口送进嘴里，细细嚼，一口又一口。远处，传来府河水击打桥墩的声音，轰隆、轰隆……一声接一声。

2022 年 10 月定稿

汪仁，曾用笔名含笑，出生于成都，毕业于武汉大学法学院，现

256

为自由撰稿人。作品见于《青年作家》、"ONE·一个"APP。

2021年3月参加成都樱园何大草写作工坊。

2022年7月，参加"ONE·一个"APP联合亭东影业、阿里影业、"网易文创·人间工作室"、"未来事务管理局"共同发起的"故事大爆炸2022"征文大赛，作品《老李的婚事》入围，并与上海有石文化有限公司签订著作权授权合同，探索影视化。

樱园何大草写作工坊·课堂笔记

※

1 小说要写出日常中的传奇，要"务追险绝"。让本不该同框的人同框，让本不该发生的事情发生。

2 好的小说要能够留下鲜活的人物。

3 在生活同质化的今天，你的故乡就是他人的异乡，带着你个人的色彩和温度，值得好好书写。

4 一句话要说清楚，不要留下疙瘩，不要让人眼花缭乱。

5 让人一口气读完的小说未必是好小说，有时候"涩"可能更高级。

6 讲述故事要层层压实，清晰明了。人物太多、内容太杂，会扰乱读者的视线。满树繁花之后，枝干可能会被淹没。

7 好的对话要有言外之意、弦外之音，要能够推动情节、刻画人物。

8 要让读者在故事里走得深，走得远，必须构建好的人物关系。

9 好的小说要不断出现问题、解决问题。

10 情节的复杂不是为了炫技，而是为了表现人性的复杂。

11 通过人物的命运，写出小说家的命运观和对世界的认知。

（章立娟记）

1 　静气，克制，细节，白描。

2 　人物与人物之间，对手戏做够，层层压实。

3 　故事要好看，首先得文字好看，讲究起承转合。

4 　日常的人情世故，也要写出异质感。从俗套里进，破俗套而出。

（黄可静记）

1 　小说属于一个更安静的世界，是让人沉淀下来，用纯净沉思代替浮躁
　　狂热的世界。

2 　用诗的方式去苛求小说。用精准的诗意语言营造一种朴素之美。

3 　写作始终是艰苦的劳动，是对平庸生活的反抗。

4 　让情节的每一步都走得很缓慢，却有内在的推动，用细节累积期待。
　　细节是情节的一部分，要别致，发生一点点事情，生出一朵花，生出
　　一点芽。

5 　无一处不落在实处。

6 　不能仅仅复制平庸的日常，要有飞翔的姿态。让人生发生一次裂变，
　　命运之门已把他撞伤。要有伤痕，有念想。

7 　写出悲悯，对人性如火如荼的颂扬。

8　小说是被遗忘的艺术，写出一个消失的世界和宇宙。

9　最深刻的同情是客观的描述。

10　心平气和地叙述人与人之间的差异。

11　所有的闲笔都是有用的。

12　拿放大镜去观察。

13　情节可以夸张，但必须自有逻辑。用强大的逻辑，把不可能的故事变成可能。

14　小说最大的吸引力是悬念。

15　"你是一个创造者。"

（乌图禾记）

※

1　天赋才华是不可靠的东西。才华是云，虚无缥缈；才能是雨，落到地上，让种子生根发芽。

2　做一个写作者，有三种书是值得读的：一是学习技巧的，一是开阔视野的，一是提升境界的。买书时，不必太理性，凭感觉、兴趣、冲动，一念之间，可以抱一堆书回去。逐渐完善一间自己的书房，不必全是精品，芜杂更好，有生气，可以养人心、人气。

3　写作从任何地方都可以开始，记录天气、心情、感受到的细节，文字做到准确、简洁，就是一篇微型散文。

4　叙述的事情如果太繁杂，就把时间像图钉一样一个个清晰地按在上面。

5　要反复磨炼你的语言，这是基础。

6　写一个人用陈述的方法来写，不要太跳太碎。

（了了记）

※

1　坚定地写个性，写差异性，把个体的人写好，写丰富。

2　小说要提供陌生的经验，永远呈现个体，抓住非典型，而不是寻找代表性。

3　越到高潮，文字越要冷下来。

4　小说要触动人的禁忌，要放在不寻常的关系中，考验关系之间的碰撞。

5　对环境千言万语的描写，都不如一句话点醒读者的经验世界。

6　写小说不能被经验牵着走，要打破经验。对素材，要砸碎，重新组合。

7　围棋术语有"金角银边草肚皮"，小说也是。只写中心人物是单薄的，如杜拉斯所说，不只要讲一个故事，是要讲述一切。

8　要找到关键时刻的沉默，在合适的地方停下来，克制才有张力。

9　喜剧应当热烈而有度，要掌握分寸感。

10　人物要写够，不写透。

11　越复杂的故事，线条越要清晰，时间越要准确。

12　小说的质感在于语言。

13　精心找细节，而不只是写出细节。

（关小记）

※

1　写作就是一种冒险。写，写完它，改，改完它，耐心会给你带来一切。

2　事件塑造人物，人物衬托出时代，时代还要找到有时代感的道具，让它像根刺一样扎进读者的心。

3　小说的一个最高标准在于语言的高级，如汪曾祺所说，写小说就是写语言，要有苦心经营的随便。

4　乡土不等于土味，小的地方，要写出大手笔。

5　把才气小心翼翼地变成才能，艺术的成立，要先有术，才有艺。

6　写作不能任性，永远不要认为在为自己写作。

7　故事必须见"血"，就是见个案，要有具体的事情、细节、肌肤之痛，要割下去。

8　写苦难不是卖惨，要有光，满不在乎地讲述苦难。

9　写作的策略是，找准自己的优点，也看到自己的局限。

10　不能增加生活气息，又制造阅读难度的方言，就一定不能用。

11　绕远道，绕得好，就是伟大的，风土人情全都出来了。

12　回避了难度，就是回避了高度。

（王稚春记）

※

1　小说不等同于生活，它是创造的生活。

2　小说的起承转合要比生活来得更讲究。

（朱星海记）

※

1　好的写作要引人入胜，要让读者需要你，而不是需要作品之外的加持。你的作品因好看而被需要。

2　作家可以不世故，但不能不懂世故。

3　写作时要学会打岔，旁逸斜出，吊胃口，控制节奏，带出日常。

4　对话里藏着机锋，有意味，百转千回。

5　讲故事不能直线思维，要在一条线上斜出小花小朵。

6　白描、细节、克制，贴着人走，把事情说清楚，提高鉴赏力，对文本精微阅读，保持日常化写作。

7　小说里的人物，大多是平凡生活的例外。因为例外，所以可写。自然、反常、审美，是我们选择写作人物的原则。

8　永远不要议论，把结论放到细节中去。议论太多的小说，很容易过时。

9　面对繁多的素材，要清晰地知道什么需要写，什么不需要。好的写作，是要写出常人看不到的东西。

10　速度永远不要超过你的技术，要写能力驾驭范围之内的。

11　小说是最自由的文本，写小说要懂得"藏"，一个结引出另一个结，永远牵着读者跟着走。

12　要把小说写成艺术品，有美感、形式感、诗意、艺术感，可以反复玩味。

（戴爱梅记）

※

1　小说，要引人入胜、创造细节、高潮迭起、借鉴印证，有静默之气、辽阔视角，清晰准确、朴素简洁、平和面对。

2　层层压实，铺展开来，辗转蜿蜒。讲述完一个人物，再让一个新的人物出场，故事走向新的方向。

3　推动力，故事的推动就是出现问题、解决问题，跟着一个人的视线，解决最难的问题。《教父》就是不急促的解决，很从容。问题是存在的，有铺垫地"绕远道"，将人物一个一个拖进来。

（瑞晶记）

※

1　越是虚假的故事，越要有真实的时间和氛围感。

2　降低叙事难度，就好好写一个故事，保留完整度。

3　写小说，套路要正确，故事要新鲜。

4　好看的对手戏，一定要有反转。

5　写好对话，对话产生情节，推动并展现情节。

6　深情一定要克制。每句话要说得准确，说得清楚简洁。

7　世情小说，要写好人情世故。

8　冲动、极致、疯狂。

（屈川莉记）

※

1　建立有效的人物关系，最不搭的关系可能是最有效的。

2　小说开头要有代入感。最好的开头，让人物先出来。

3　能够一句话说清楚的，不要用三句话说。

4　语言要精雕细刻。文学就是要讲究。不要出现网络语言。

5　貌似平淡的叙述中包含用心，不该做的事让他去做，不该在一起的人
　　让他们在一起。

6　要写人的禁忌，用很正常的方式写不正常的东西。

7　生活的逻辑不是文学的逻辑，不能被素材带着走。

8　议论和抒情永远要控制住。

9　不要有脱离细节的抒情，不要讲大道理，一切融合在细节中。

10　要与俗套不断斗争，务追险绝，要有意外。

11　伟大的小说要对人的正面价值进行肯定，在黑暗世界看到光。

12　优秀的读者必须是反复的读者，一字一句阅读，读出巧妙的结构和措辞。

（汪仁记）

※

1　时间的赢家就是赢在时间上。写过去，向后看。

2　小说要留下人物来，这是最重要的。

3　从细节表现人物，但细节不能淹没人物。

4　怎样写一个人物？给他一个问题，然后讲述怎么解决这个问题。

5　语言是树叶，人物和细节就是树枝，要有姿态。

6　这个世界就是由大量碎片构成的，去搜索他们的故事，寻找他们的家庭成员，并把他们放在一起处理些问题。

7　名词、量词也可以释放出诗意。

8　谦卑、包容的格局是伟大小说家必须具备的。

9　意外就是文学与艺术。

10　当两个人相处没有故事时，第三者进来就会有故事。

11 闲笔要么塑造性格，要么烘托氛围，要么述说命运。

12 高级的小说在犹豫之间，在最让人不痛快的人身上。纠结才有艺术。

13 叙述的强度来自生命的强度。

14 我喜欢既是用头脑的写作，又是用身体、用血液的写作，以及浑然一体的写作。头脑写作和身体写作之间，我更喜欢身体写作。身体写作和浑然一体写作之间，我更喜欢浑然一体。

（彭小刀记）